Fadia Faqir

Wie Säulen aus Salz

Aus dem Englischen von Robert A. Weiß und Rita Seuß

Fadia Faqir

Wie Säulen aus Salz

Roman

Europaverlag München · Wien

Die Deutsche Bibliothek – CIP-Einheitsaufnahme

Faqir, Fadia:
Wie Säulen aus Salz : Roman / Fadia Faqir.
Aus dem Engl. von Robert A. Weiss und Rita Seuss. –
München ; Wien : Europaverl., 1997
ISBN 3-203-77008-3

Originalausgabe
Pillars of Salt
Quartet Books, London

Lektorat: Cordelia Borchardt

Die Übersetzer sind Mitglieder des Kollektiv Druck-Reif, München

Umschlaggestaltung: Wustmann und Ziegenfeuter, Dortmund

Herstellung: Bercker, Kevelaer
Printed in Germany
ISBN 3-203-77008-3

Danksagung

Dieser Roman, den ich innerhalb des ersten Promotionsprojekts für ›Creative Writing‹ an der University of East Anglia, Großbritannien schrieb, bedurfte (und erhielt) Hilfe von vielen Seiten. Zu großem Dank verpflichtet bin ich Malcolm Bradbury für seine wertvolle Unterstützung und für seinen Rat; Jon Cook, der stets da war, wenn ich ihn brauchte, und der mir mit seinem kritischen Urteil eine wertvolle Hilfe war; sowie Julian Hilton für seine gründliche Durchsicht des Manuskripts. Mein besonderer Dank gilt der inzwischen verstorbenen Angela Carter; ihr kritisches Urteil und ihre Unterstützung werden mir in Zukunft sehr fehlen. Ich danke auch meinen Kollegen an der School of English and American Studies, University of East Anglia, insbesondere Anne Enright, Mark Ellis, Belinda Hamer, Louise Doughty, Kathy Page, Gerri Brightwell, Janet Hutcheon und andere sowie Rolf Hughes, der mir mit seinen aufmunternden Briefen die Kraft gab weiterzumachen. Mein besonderer Dank gilt Soul Hyman für seine Freundschaft und seine Hilfe sowie meinen Freunden Nawal und Roger Fenwick, Samira Kawar sowie Yakoub Dawany und Karim al-Rawi. Schließlich möchte ich dem Royal Jordanian und dem Overseas Research Scheme meinen Dank aussprechen, die durch die Finanzierung des Graduiertenkurses die Entstehung dieses Romans überhaupt erst ermöglichten.

Für meinen Sohn Haytham und
meinen Stamm, die Ajarimah

Chronologische Übersicht

1187	Saladin al-Ayyubi durchquert das transjordanische Bergland und bereitet in der Schlacht von Hattin unweit dem See Genezareth dem Kreuzfahrerheer eine vernichtende Niederlage.
1878–1909	Einwanderung kaukasischer, vor der russischen Verfolgung geflohener Tscherkessen nach Transjordanien.
1916	Der Scherif Hussein ruft in Mekka zum arabischen Aufstand gegen die Osmanen.
1917	Der britische Außenminister Arthur James Balfour gewinnt die britische Regierung dafür, die Zionisten und ihre Bemühungen zur Schaffung einer »nationalen Heimstätte in Palästina für das jüdische Volk« zu unterstützen.
1919	Im Vertrag von Versailles wird arabisches Territorium den Alliierten als Mandatsgebiet zugewiesen.
1920	Mit der Vertreibung König Faisals aus Syrien flüchten viele seiner politischen Gefolgsleute – Syrer, Iraker, Libanesen – aus Damaskus nach Transjordanien.
1920	Die britische Mandatsverwaltung übernimmt Transjordanien als Teil des Palästina-Mandats.
1921	Großbritannien errichtet das Emirat Transjordanien.

1923	Das Emirat Transjordanien wird als selbständiger Nationalstaat anerkannt.
1923	Sultan Ibn Adwan erhebt sich gegen Emir Abdullah und die Briten. Er zwingt den Emir, die großen Finanzlasten, insbesondere die Eintreibung von Steuerrückständen aus dem Jahr 1918, aufzuheben. Im weiteren Verlauf dieses Jahres stößt der Sultan nach Amman vor; in einem erbitterten Kampf besiegen Regierungstruppen unter britischem Kommando die Truppen Adwans.
1925–1927	Emir Abdullah gewährt Drusen Zuflucht, die nach Aufständen in Syrien vor den Franzosen geflohen sind.
1926	Bewohner des Wadi Musa rebellieren gegen die Regierung und weigern sich, Steuerrückstände zu bezahlen. Ihr Aufstand wird von Regierungstruppen niedergeschlagen.
1928	Transjordanien unterzeichnet einen Vertrag mit Großbritannien, der ihm größere Unabhängigkeit zugesteht.
1946	In einem neuen britisch-transjordanischen Vertrag erhält Jordanien formell die Unabhängigkeit.
1952	Ibn Tala Hussein wird Nachfolger seines Vaters, König Talal.
1953	Hussein wird zum König von Jordanien gekrönt.
1956	Der britische Kommandant der Arabischen Legion, Generalleutnant Sir John Bagot Glubb, zieht ab. Damit ist die vollständige Unabhängigkeit des Haschemitischen Königreichs Jordanien erreicht.

Der Geschichtenerzähler

Im Namen Allahs, des Erbarmers, des Barmherzigen: »Kleidet nicht die Wahrheit in die Lüge und verbergt nicht die Wahrheit wider euer Wissen.«

O ihr erlauchten Herrschaften, betet für unseren Propheten Muhammad, dessen Seele wie der Mond ist, und für seine rechtschaffenen Gefährten. Heute, in der ersten Nacht des Ramadan, des Monats des Fastens und des Betens, werde ich euch eine entsetzliche Geschichte erzählen. Im Monat Ramadan hat Allah, der mächtige König, den Koran herabgesandt, der den Menschen den rechten Weg weist. Aber ich, Sami al-Adjnabi, der beste Geschichtenerzähler Arabiens und der älteste Wanderer in der Levante, werde euch die Geschichte Mahas erzählen, werde die vielfältigen Geheimnisse der Vergangenheit und der Gegenwart vor euch ausbreiten, auf daß euch das Entsetzen packt und ihr zugleich begierig nach mehr verlangt. Bittet Allah um Gnade und Vergebung und fleht um sein Erbarmen.

Wenn ich es recht bedenke, sollte euch eigentlich meine Eselin Aziza diese Geschichte erzählen. Was meinst du, Aziza? Willst du zu diesen Leuten sprechen, so daß einer aus den Heerscharen der Dschinn, einer der mit seltsamen Kräften begabten Geister, die, wie es heißt, unserem Meister Salomon dem Großen dienstbar waren, deine Schreie in verständliche Worte faßt und uns zeigt, wie falsch dich die Ohren der Sterblichen verstehen: Ohren, die nur auf leeres Geschwätz eingestimmt sind? Meine Damen und Herren, wie Sie sehen, schüttelt meine Begleiterin Aziza den Kopf, läßt den Schwanz wie eine Peitsche durch die Luft sausen und stampft mit den Hufen auf. Wie weise du bist, Aziza. Du willst die unselige Geschichte nicht erzählen.

Nun, geschätzte Herrschaften, so wollen wir versuchen, meine unsterbliche Liebe, meinen Affen Maymun, zu überreden, euch die Geschichte des fluchbeladenen Weibes zu erzählen, unter deren Fuß sich alles in Basalt verwandelt. In schwarzes Felsgestein! Allah, Seine Engel, Seine Trompeten und Sein unersättlicher Höllenschlund verwandeln alles, was Maha nur berührt, in Ödnis. Maymun schüttelt sein Strohröckchen und seine goldenen Ohrringe.

Schlag das Tamburin auf deinen Schenkel.

Maymun, lieber Maymun,
bringe uns zum Mond,
bewege dich, tanze,
nah ist unser Tod.

Es heißt, Allah hat meinen Freund, den Menschen Maymun, in einen Affen verwandelt, als er sich den Arsch mit einem Stück Brot abwischte. Und was, wenn er es wieder tut? Wird er dann in ein mißgestaltetes menschliches Wesen zurückverwandelt, wie wir es sind? Ha ha ha. Hi hi hi. Allah nehme alle unsere Sünden hinweg und schenke uns Vergebung.

Maha war ihr Name. Ein Reh, das die Wüsten Arabiens durchstreifte, seit Eva, geschaffen aus der krummen Rippe unseres Vaters Adam, aus dem Paradies vertrieben wurde. Maha. Eine Frau voller Liebreiz, herausfordernd und willfährig. Es heißt bisweilen, Maha sei gottesfürchtig und rein gewesen wie Rabia al-Adawiyya, die Mutter der Sufis, die von Allah erwählte Sängerin.

Die Fügsamkeit, das Licht,
Und die junge Huri.
Die Zeit ist gekommen, daß die Seele
des Fremden in ihr Haus eingeht.

Ich sage, Maha war ein zänkisches Weib, das von Sonnenaufgang bis Sonnenuntergang das zerfetzte Fleisch der Sterblichen zermalmte. Sie war ein scharfes Schwert in der Seite der Feinde Arabiens: der Tartaren, der Kreuzfahrer und der Römer.

Mahas Seele war eine Fackel, entzündet am brennenden Öl eines Olivenbaumes und weder dem Osten noch dem Westen zugehörig. Ihre ruhelose Seele irrt in der Wüste umher und wird noch lange keinen Frieden finden. Die Wissenden werden erzählen, daß Mahas Leben begann, als das erste neugeborene Mädchen vom Stamm der Bani-Qur`aish lebendig begraben wurde. Als den Stammesmitgliedern die Geburt einer Tochter und nicht eines Sohnes angekündigt wurde, verfärbten sich ihre Gesichter schwarz. Im selben Augenblick, in dem die Tränen Adams den Körper des neugeborenen Mädchens reinwuschen, das er lebendig in der Erde begrub, flatterten die Flügel von Mahas Seele, erhoben sich in die Luft und glitten hinweg über den düsteren Horizont Arabiens. Mit diesem ersten Mädchen, in Sünde getötet, wurde die Blutrache gesät zwischen Mann und Frau. Der Schrei dieses Mädchens hallt wider in den Herzen der Frauen, die nach Rache dürsten. Deshalb kann kein Mann seiner Frau vertrauen, kein Herr seiner Geliebten.

Zwei Jahre, bevor Maha im Mutterleib empfangen wurde, behexte ihre Mutter ihren Vater, als der durch das öde Land zog. Die Mutter, die Zigeunerblut in den Adern hatte, verführte Scheich Nimer von den Bani-Qasim. Er sah Maliha zum erstenmal, als sie in einer Barackensiedlung der Zigeuner tanzte.

Eines Tages machte ich mich mit meiner Eselin Aziza und meinem Affen Maymun auf den Weg zu den Siedlungen der Bani-Qasim. Sie hatten sich im Land des Volkes Lots niedergelassen. Ein unglückseliger Stamm, der in einem verfluchten Tal lebte, das einst in unserer ruhmreichen Geschichte ein ismaelitischer König, einer Eingebung folgend, Jordanien genannt hatte. Jenseits eines schroffen Basaltabhangs – Aziza bewegte sich mehr rutschend als gehend – erstreckte sich ein sandiges Tal, das rot sein wollte, aber gelb und trostlos blieb. Auf dem Weg ins Dorf hinunter bemerkte ich, daß es auf den Hochebenen von jungen englischen Soldaten wimmelte. Sie waren im Jahr des Herrn 1921 in dieses Tal gekommen. Mein Freund, der englische Reisende, der jedes Steinchen der Berge und Ebenen umdrehte, das Land vermaß und alles aufschrieb, nannte es »Mandatsgebiet«. Aus ihren Autos und Panzern stieg schwarzer Rauch in den klaren blauen Himmel. Ich winkte den Mandatsleuten mit ihren sonnenverbrannten Gesichtern zu und setzte meinen Weg fort. Mandat oder nicht, was kümmerte es mich. Ich war ein halber Araber und hatte einen unstillbaren Hunger nach Geschichten. Mein Ziel war das Dorf von Maha, der Frau mit Wimpern, die spitz waren wie Pfeile.

Da lag es vor mir, das Dorf Hamia. Grüne und triste mattbraune Flicken Land erstreckten sich endlos bis zum Horizont, gesäumt von einem Vegetationsgürtel aus Zitrusplantagen. Die Häuser waren aus Lehm und Stroh gebaut, die Türeingänge von Hand geformt, manche eckig, andere bogenförmig. In den engen Gassen des Dorfes lag Kuhmist neben Schafvlies. Nackte Kinder spielten in diesen stallähnlichen Gassen, und sie störten sich nicht an dem Gestank und dem Dreck. Junge Männer bemühten sich, ihre Tatkraft und ihren Mut unter Beweis zu stellen, besonders, wenn sie einen Zuschauer fanden. Um einen Fremden zu unterhalten und noch bevor sie ihn nach seinem Namen gefragt hatten, scheuten sie keine Mühe. Meine Aziza iahte laut und stampfte mit den Hufen, ihr widerstrebte diese auftrumpfende, einfältige Prahlerei. Die Araber von Hamia besaßen keine Würde. Sie wurden in diesem salzigen Land geboren, das zwischen dem Toten Meer und dem Jordanfluß eingezwängt liegt. Sie lebten hier, zählten die geflügelten Kakerlaken, starben und fielen der Vergessenheit anheim. Und ich, Sami al-Adjnabi. Wer bin ich?

Ich bin der Geschichtenerzähler.
Eine Fülle von Geschichten habe ich im Gepäck.
Ja, ich spinne Garn, spinne Geschichten.
Tag um Tag spinne ich.

Hochverehrte Herrschaften. Ich habe sie gesehen. Ja, ich habe Maha gesehen. Sie kniete auf der Erde ihres Hofes, makellos wie der volle Mond, groß und erhaben wie die erste Frau, so war sie … Ihre Augen blitzten wie die des ersten Mädchens, das geboren wurde und das Adam begrub, ehe Eva Kain und Abel zur Welt brachte.

Die Leute zeigten mit dem Finger auf sie. Sie waren sich nicht sicher, ob jener Schatten, der sich in den Orangenhainen verbarg, der Schatten Mahas war oder der Malihas, ihrer Mutter, so ähnlich sah sie ihrer Mutter. Es rauschte in den Blättern. Horcht, horcht, Maha erzählt den Steinen des Jordantals ihre Geschichte. Ich wußte nicht, ob sie das Erdreich umpflügte oder Unkraut jätete, ob ihr Haar dunkel war oder hell; dennoch, eins wußte ich: Sie war schön wie die Morgendämmerung im Wadi Rum. Wenn sich das neblig verschleierte Licht über Rum herabsenkt, flackern die Bilder, die ich, meine Eselin und sogar der beschränkte Maymun im Geiste vor uns über den Sanddünen sehen. Die wunderbare endlose Weite aus Sand, Licht, Schatten und Luftspiegelungen. Luftspiegelungen, Licht und Schatten. Horcht, horcht. Ich vernehme noch immer Mahas Worte, die die Brise heranträgt …

Um Saad

Ich, Maha, Tochter Malihas, Tochter Sabhas, warf den Kopf auf dem weißen Kissen hin und her, ließ den Blick durch das leere Krankenzimmer schweifen und seufzte. Allah hat die Menschen erschaffen und den Abschied. Mich, Maha, den Indischen Feigenbaum – »stark«, pflegten die Leute von Karameh zu sagen, »aber bitter wie die Kolokynthenfrucht« –, brachte man in dieses trübe, von Stimmen eingelullte und von Nebelschleiern umhüllte Krankenhaus, weil ich von dem Wort »Abschied« nichts wissen wollte. Allah schuf die Trennung. Allah zählte die Tage; setzte an ihre Stelle die Jahre. Ich bin fest davon überzeugt, daß ich in Allahs ewigen Verzeichnissen nicht vorhanden bin, daß mein Name nicht einmal in dem wohlverwahrten Buch des Schicksals geschrieben steht. Maha ist zu einem Niemandsland geworden, auf dem jeder Hirt seine Schafe weiden und jede Krankenschwester ihre Nadeln hineinpieksen kann. Sie vergiften einem das Blut in den Adern, stoßen einen hinaus in die Sanddünen und sagen: »Wir sind Allahs Kinder, und zu Ihm werden wir zurückkehren.« Die frische Brise an meinem Lieblingsplatz unter den blühenden Orangenbäumen streichelte meinen Körper. Ein Wohlgeruch erfüllte das Tal und brachte mich in eine andere Welt. Der Dufthauch löschte das Feuer in meinem Kopf und in meinem Herzen. Ich wurde wie meine Freundin Nasra, und so führten mich meine Schafe auf die Weide. Nasras Ohrringe klimperten.

Mutter, ich habe den Mond gesehen.
Nachts, er stand hoch am Himmel.
Vergib mir, Allah, ich habe gesündigt.
Das Feuer der Leidenschaft hat mich verwandelt.

Das Gezeter und Fluchen einer Frau weckte mich. Mein Kopf war sofort klar, als ich die schmächtige, graue Gestalt und ihr weißes Bündel Kleider sah. »Ich heiße Um Saad«, schrie sie Salam, die Krankenschwester, und Kukash, den Pfleger, an. Sie gab ihm einen Schubs und sagte mit einer Stimme, so sanft wie Himmelschöre: »Verflucht seien deine Eltern dafür, daß du mich ins Irrenhaus gebracht hast. Ich werde dich töten.« Dann versetzte sie Kukash einen Fußtritt und rollte sich auf dem Boden zusammen wie ein Igel. Sie schrie und schrie. Plötzlich entdeckte sie mich. »Was? Eine schmutzige Beduinin. Riechst du ihn nicht, den Mistgestank? Du schläfst doch bei deinen Schafen.«

Ich blieb stumm, sprach kein Wort. Ich wußte, daß Um Saads Herz vom lodernden Feuer der Trennung verzehrt wurde. Was immer sie über Beduinen sagen mochte, ich würde es ihr nicht übelnehmen. Statt zurückzuschreien, bedeckte ich mein bloßes Zahnfleisch mit den Händen und lächelte.

»Ich komme aus der Stadt, aus Amman. Und ich weigere mich, das Zimmer mit einer grinsenden Beduinin zu teilen«, sagte sie. Ihr rosafarbenes Tuch glitt ihr vom Kopf und entblößte ihr glattes graues Haar. Daraufhin stampfte sie auf dem Schal herum und verfluchte den Vater, den Großvater und den Ururgroßvater der Krankenschwester. Fluchend sog Kukash an seinem Zigarettenstummel, kratzte sich das zerzauste Haar und rieb sich schläfrig die Augen. Seine Geduld war am Ende. Mit einem Handgriff warf er Um Saad aufs Bett und band ihr die Beine und Arme an dem eisernen Bettgestell fest. Salam lächelte engelsgleich und stach mit ihrer Nadel in eine von Um Saads Venen. Um Saad zuckte zusammen, erschauderte und fiel dann in einen tiefen dunklen Schlaf.

Salam deckte Um Saad mit einem weißen Bettlaken zu, Kukash spuckte auf den Fußboden und verließ den Raum. Salam sah mich an und meinte: »Maha, du hast keine Alpträume mehr. Langsam scheint es dir besser zu gehen.« Ich nickte bestätigend. Was Salam sagt, stimmt immer. Wie eine weiße Wolke schwebte die engelsgleiche Gestalt davon. Das Klacken des Schlüssels im Schloß. Dann Stille.

Draußen vor den vergitterten Fenstern hatten die Spatzen aufgehört zu zwitschern, und die Luft wurde wärmer. Es war Mittagszeit.

Ich dachte an die Schnitter, die jetzt mit ihren Sicheln den Weizen mähten. Mein Orangenhain, dieses Juwel auf der Stirn des Jordantals, ist auf Daffashs Gnade angewiesen. Inzwischen hat er sie bestimmt an Samir Pascha oder an seine Herren, die Engländer, verkauft.

Die Engländer hatten Harb getötet, den Gefährten meiner Seele. Seine sanfte Hand streichelte mein offenes Haar. »Weine nicht, Gefährtin meiner Seele. Weine nicht. Beim Leben deiner Großmutter Sabha, du wirst glücklich sein mit mir.« Ich muß die Erinnerungen verdrängen. Der weise Hakim hat vielleicht ein Kraut, das den Schmerz, der in mir aufwallt, zu heilen vermag. Er begräbt die Toten und kümmert sich nicht um die Lebenden. Ein Wanderer.

Wohin eilst du, o meine Gazelle? Hinein in die Weiten der Wüste?
Wohin eilst du? Die Trennung von dir bringt Leid.

»Wohin eilst du?« Ein Wanderer, der meinem Herzen folgt. Schau, wohin mich mein Herz gebracht hat. Ans Ende der Reise. An ein Ziel, das ich niemals im Blick hatte. In die Nervenheilanstalt von Fuhais.

Stunden später, als die Sonne in ihre Welt zurückgekehrt war, bewegte sich Um Saad in ihrem Bett und fing an zu stöhnen. Ich hörte die schwachen Seufzer, die über ihre schaumigen Lippen kamen, als weinte ihr Herz.

Oft hatte ich die Orangen betrachtet, wie sie sich im leichten Lufthauch der Abenddämmerung an den Zweigen wiegten, und jetzt sah ich sie reglos auf einem Teller unter einer elektrischen Glühbirne liegen. Ich schälte eine Orange und träufelte Um Saad den Saft in den Mund. Nach der Spritze bekommt man Durst, man fühlt sich wie ausgetrocknet. Auch mein Herz tat weh. Mein Herz sehnte sich nach Mubarak, meinem Sohn.

Schließlich öffnete sie die Augen, sah mich an und begann erneut zu schluchzen. Mit einer Stimme, sanft und weich wie dicker Samt, sagte sie: »Verzeih mir, Schwester.«

Ich strich mir über die Stirn und erwiderte: »Was denn verzeihen? Du hast nichts getan.« Sie warf heftig den Kopf hin und her und weinte weiter. Mit einem Stück Verbandsmull, das ich in das Glas kaltes Wasser tauchte, wischte ich ihr über das Gesicht, die Hände, die Beine. Sonst war es Nasra, die mir meine Schmerzen wegwischte. Wo ist sie, meine Freundin und Gefährtin?

Unter verhaltenem Schluchzen fragte Um Saad: »Siehst du die Flammen?«

»Ja.«

Ihr Gesicht war nicht mehr jung. Falten lagen um Mund und Augen. Einst müssen ihre kleinen grauen Augen groß und schwarz gewesen sein. Ihre Nase war schmal und spitz, ihr Mund groß und üppig. Zwar war ihre Haut erschlafft, doch immer noch makellos. Ich drückte ihr die Hand, die am Bettgestell festgebunden war.

»Wie heißt du, Schwester?« fragte sie.

»Maha.«

»Maha?«

»Ja, Um Saad.«

Noch so viel Verbandsmull hätte nicht ausgereicht, um Um Saads Tränen in jener Nacht zu trocknen – ihrer ersten Nacht im Irrenhaus. Wieder und wieder betupfte und trocknete ich ihr Gesicht, bis das erste Morgenlicht in das bleiche Zimmer fiel und sie einschlief. Mein Bett war feucht und kalt. Ich hüllte mich in die Decke ein, um meinen frierenden Körper zu wärmen. Ich sehnte mich nach Harbs Händen, nach der sanften Haut seiner Brust und nach seinem warmen Atem.

Maha

Schon immer war Harb der Gefährte meiner Seele. Welch schöne hohe Stirn. Welche Würde. »Was mir am meisten an dir gefällt«, sagte er immer, »sind deine strahlenden braunen Augen.« Die seinen waren haselnußbraun. Im trüben Licht der Morgendämmerung schwanden die Schatten an den gewölbten Decken der Lehmhäuser. Imam Rajabs kräftige Stimme rief zum Gebet. »Allah-u-Akbar.« Mein Vater, Scheich Nimer, schlief noch und träumte von meiner Mutter Maliha.

»Maha, mein Augenlicht«, sagte meine Mutter immer. »Trink etwas Milch.«

Wenn ich an den Zitzen unserer Kuh Halabeh zog, rann die Milch über meine Hände. Hinter mir stand Harb. Moschusduft vermischte sich mit dem Geruch frischer Milch. Ohne den Kopf zu heben oder mit dem Melken aufzuhören, sagte ich: »Was machst du hier? Wenn mein Bruder Daffash dich sieht, bringt er uns beide um.«

»Guten Morgen, meine schöne Stute.«

Sein Blick war neckend und herausfordernd. Ich lächelte.

Einmal hatte ich Daffashs Pistole und Gewehr entladen und die Patronen unter meiner Matratze versteckt. Daffash hatte Zaid, Scheich Talibs Sohn, eben zum Kampf gefordert. Ich erinnere mich, wie er den Lauf der schwarzen Pistole begutachtete und wie ich auf dem Teppich niedersank, an dem ich webte, und mich vor Lachen krümmte. Da stürmte mein Bruder auf mich zu wie ein verwundetes Maultier.

»Was lachst du?« brüllte er mich an und zielte mit der Pistole auf meine Stirn.

Ich konnte nicht anders, ich kreischte vor Lachen. »Die Pistole ist nicht geladen.«

Daffash starrte die Waffe an, dann mich, und brach schließlich selbst in schallendes Gelächter aus. Als ich Harb diese Geschichte erzählte, runzelte er die Stirn, dann lächelte er.

Die Sonne kroch über den Horizont. Flirrendes Licht, erbebende Blätter. Harbs Lächeln erstarb, und er sagte: »Ich wünschte, ich könnte dir hundert Kamele, ein Kästchen mit Juwelen und zehn Meter reine indische Seide schenken.« Er senkte den Kopf, band mir ein Tuch von leuchtendem Purpur um die Schultern und legte seine Hand auf den Griff seines Dolches. »Maha, ich möchte dich heute abend sehen.«

»Bist du verrückt? Es ist unehrenhaft, wenn sich ein Mädchen nachts draußen herumtreibt. Man wird mich erschießen.«

»Ich werde dich beschützen, Rehäugige.«

»Nein.«

»Ich möchte dich heiraten.« Während ich das Tuch fest um meine Brust zog, schüttelte ich den Kopf. Die Frauen, die meinen Bruder Daffash liebten, sich mitten in der Nacht zu heimlichen Treffen mit ihm davonschlichen, waren Närrinnen. Törichte Närrinnen, die um der Liebe willen ihre Ehre aufs Spiel setzten. Glaubte Harb etwa, daß Maha, die Tochter Malihas, ebenfalls eine Närrin war?

Als ich allein war und meine Beine im Kanal baumeln ließ, überlegte ich, ob ich mich an jenem Abend mit Harb treffen sollte. Was, wenn ich tatsächlich hinging? Wenn ich ihm nachgab? Ich dachte an meine Freundin Nasra. Dunkelgrüne Augen, das Gesicht umrahmt von kastanienfarbenem Haar. Große braune Perlen um den Hals. Ihr schäbiges schwarzes Kleid, im Kontrast dazu ihre hellgrünen Hosen. Stets verbarg sie ihren großen Mund hinter der Rohrflöte, auf der sie den Schafen ihre traurige Geschichte erzählte.

Während meine Gedanken noch um sie kreisten, kam Nasra auf mich zu gelaufen, wie von einer schwarzen Viper gebissen. Am Kanal warf sie sich zu Boden, schlug sich ins Gesicht und wiegte den Oberkörper hin und her.

»Maha, o Maha! Maha, ach, Maha!«

»Schwester, welches Unheil ist über dich gekommen?« Ich packte sie bei den Schultern.

»Rühr mich nicht an.« Nasra heulte wie eine verwundete Wölfin und entwand sich meinem Griff. Sie schüttelte und krümmte sich, als würde sie von Bauchschmerzen geplagt.

»Was ist los?« Ihr Körper bebte, Tränen strömten ihr über das Gesicht, ihr Kleid war bis zum Nabel aufgerissen. Meine Hände begannen zu zittern, als ich erkannte, daß es zu spät war. Zu spät. Ich konnte nur mehr die Fäuste ballen und in den Himmel recken.

Nasra trank einen Schluck Wasser. »Er hat mich … mit Gewalt … «, stieß sie mit schriller Stimme hervor, dann begann sie leise zu weinen.

Ich wollte mir die Ohren zuhalten. »Weine doch nicht, Schwester.«

»Ah! Allah«, keuchte sie.

Unsere Schwestern glauben, wenn man die Hände auf den Kopf legt und fest drückt, könne man verhindern, daß Kummer und Schmerz hineinströmen. Nun, es ist völliger Quatsch. An jenem Nachmittag hat es nicht geklappt. »Du Unglückliche. Wer hat das getan? Wer?«

Sie senkte den Blick.

»Nasra, wer war es? Bitte sag es mir.«

Wieder begann sie leise zu schluchzen.

»Wer hat es getan? Sag es, Nasra. Wer?«

»Dein Bruder Daffash«, hauchte Nasra und wischte sich mit zitternden Fingern die Tränen aus dem Gesicht.

Der Vogel des bösen Omens flog durch die Luft und ließ sich auf meiner Brust nieder. Über meine Wangen liefen Tränen. Schlag dir auf die Brust, schlag dir auf die Brust, bis es aus dir herausbricht, laß es los. Doch der Druck in meinem Innern wurde stärker. »Nasra, Schwester, ich bekomme keine Luft«, flüsterte ich und wippte mit dem Oberkörper vor und zurück. Meine Freundin hatte ihre Unschuld verloren, ihre Ehre, ihr Leben. Jetzt war sie ein Nichts. Keine Jungfrau mehr, ein vollkommener Niemand. Ein Stück Fleisch. Eine billige Hure. Nasra murmelte schluchzend vor sich hin. Dolche bohrten sich mir ins Herz.

»Daffash, Sohn Malihas, ich werde dein Blut trinken.« Ich stopfte die Enden meines Kleids in die Hose, packte Nasra am Handgelenk und ging entschlossen auf unser Haus zu. Die kühle Luft zwischen den Häusern streichelte mein Gesicht und lud mich zum Verweilen ein. Nein. Niemals. Ich würde dieses Maultier töten und die Frauen von Karameh erlösen.

Nasra setzte sich auf den Boden, schlang die Arme um die Knie und schluchzte. Unterdessen nahm ich das englische Gewehr von der Wand, entsicherte es und richtete es auf meinen Bruder, der tat, als schliefe er. Scheich Nimer, mein Vater – möge Allah seinen rechten Arm beschützen – hatte mir vor Jahren das Schießen beigebracht. Oftmals waren wir zusammen auf die Jagd gegangen, während Daffash zu Hause geblieben war und sich entweder schlafend gestellt oder hinter meiner Mutter versteckt hatte. Wenn mein Vater einen Schuß abgegeben hatte, pflegte er zu sagen: »Die Tochter des Tigers der Wüste muß eine Tigerin sein.«

Ich stieß Daffash den eisernen Lauf zwischen die Rippen und rief: »Wach auf, du Hund, und sieh mit an, wie ich dich töte!«

Langsam öffnete er die Augen und erblickte Nasra. Als er erkannte, daß es mir ernst war, hielt er sich die Hände vors Gesicht. »Nicht schießen! Ich bin doch dein Bruder, der Sohn deiner Mutter und deines Vaters.«

»Du hast ihr Leben zerstört.« Ungerührt legte ich den Finger an den Abzug.

»Bei Allah, hör mich an, ehe du mich umbringst!«

»Einem dreisten Vergewaltiger höre ich nicht zu.«

»Sie hat es so gewollt. Immer hat sie mich mit ihrem lüsternen Blick angestarrt … und mich in Versuchung geführt.«

»Dich in Versuchung geführt?!«

»Dauernd spielte sie diese Melodien auf ihrer Flöte, damit hat sie mich gelockt.«

»Dich gelockt? Du … «

»Die Flöte ist schuld daran.«

»Du bist schuld.«

»Nein, bei Allah.«

»Hat sie etwa ja gesagt? Hat sie das?«

Nasra schüttelte den Kopf und erklärte: »Ich ging zur Höhle, weil ich auf der Suche nach meiner Ziege Nawmeh war.«

»Hat er dich bedroht?«

»Er hielt mir den Dolch unter die Brust, ich schwöre es.«

Er deutete auf Nasra und entgegnete: »Du hast aufgehört, dich zu wehren, und dich hingelegt. Es hat dir gefallen.«

»Halt den Mund! Sie hat ihre Jungfräulichkeit verloren. Du weißt, was das bedeutet.« Ich zielte auf ihn, bereit zu schießen. Dieser Dreckskerl, dieser aufgeblasene Schwätzer verdiente den Tod. Gerade wollte ich abdrücken, da drehte sich alles um mich herum. Zwei Hände griffen nach meinen Fußknöcheln, ich stürzte. Nasra! Nasra? Nasra rettete Daffash? Warum denn nur?

Daffash schlug die Decke zurück, sprang auf und riß das Gewehr an sich. »Ich werde euch beide töten, ihr verrückten Huren«, brüllte er.

Ich wußte, daß er es ernst meinte, also schloß ich die Augen und nahm Nasra, die wieder zu weinen anfing, in die Arme. »Weine nicht. Deine Tränen sind kostbar. Bewahre Haltung. Soll er uns doch erschießen. Das ist besser, als in Schmach leben zu müssen.«

In diesem Augenblick stieß mein Vater die Holztür auf und schrie Daffash an: »Was tust du da? Leg das Gewehr weg!« Mit seinem langen Stock schlug er gegen den Lauf.

»Ich wollte diesen verrückten Weibern den Kopf zurechtrücken.« Dabei klopfte Daffash auf seinen Bauch und lachte.

Mein Vater betrachtete Nasra, ihr tränenüberströmtes Gesicht, ihr zerrissenes Kleid. Nach einem Blick auf Daffash reichte er Nasra die rechte Hand. »Steh auf, meine Tochter. Möge Allah den Teufel verdammen.«

Zu Daffash sagte er: »Wenn du dich noch einmal in die Nähe dieser Frau wagst … «

»Es tut mir leid, Vater«, meinte Daffash.

Mein Vater strich Nasra über den Rücken und meinte: »Und du hättest ihn nicht in Versuchung führen sollen.«

Da erkannte ich, wie hoch die Lehmwände waren, die uns gefangenhielten. Ich setzte mich auf den Boden, preßte die Handflächen gegen die Schläfen und begann zu weinen.

Es war eine lange Nacht. Der heiße, feuchte Wind, der das Salz des Toten Meeres herantrug, umzingelte die Lehmwände unseres Hauses, belagerte das Dorf. Durch das kleine Fenster konnte ich das runde Gesicht des Mondes sehen. Und der Mond stellte mir unablässig Fragen. Sollte ich mich zu dieser ungewöhnlichen Stunde hinauswagen, um Harb zu treffen? Würde Harb mich verachten, wenn ich zu ihm kam? War er wie die anderen Männer unseres Stammes? Was, wenn Daffash davon erfuhr? Zweifellos würde er mich wie ein Kaninchen abschlachten. Nashmi, unser Hund, bellte wie verrückt. Nasra war entehrt worden. Am Rand des Gehöfts wartete Harb. Im Mondlicht sah er aus wie ein großes, weißes Gespenst. Mein Herz schlug so laut, daß es gewiß alle Männer von Karameh hören konnten. Das Pochen meines Herzens durchdrang die dicken Lehmmauern und schlich sich in teigige Ohren. Hör nicht auf sie. Ein Ohr aus Lehm, ein anderes aus Teig. Der Ruf des Dorfwächters Raai hallte durch die engen Gassen, während er seine Runden drehte. Wende langsam den Kopf auf dem Kissen, halte die Augen fest geschlossen und vergiß Harb. Ich streckte meine zitternden Hände aus, umklammerte meine Schenkel, seufzte tief. In meinem Kopf spukten Worte, wiederholten sich wie ein Echo. Du bist eine Jungfrau … weiß wie eine Taube … rein wie Tautropfen … eine Jungfrau … Honig im verschlossenen Topf.

Als sich schließlich Sonnenstrahlen durch das kleine runde Fenster stahlen, spürte ich einen leichten Schmerz in der Magengrube. Ich zog das schwarze Kleid über, rieb mir die Augen, dann lehnte ich mich gegen die Lehmwand. Tränen rannen mir übers Gesicht. Wasser aus einer unbekannten Quelle, die jahrhundertelang im Felsen eingeschlossen gewesen war. Bestimmt hatte ich Harbs Liebe verloren. Warum sollte er einen Angsthasen lieben? Es war die Schuld meiner Mutter. Sie hatte mir eingeschärft, dem Drängen der Männer nicht nachzugeben. Männer, hatte sie gesagt, glauben, daß Frauen Engel sind, die vom siebten Himmel herabsteigen. Ich war eine Beduinin, frei wie eine Schwalbe und mutig wie meine Großmutter Sabha. Ich hätte dem Ruf meines Herzens folgen sollen.

Meine Haut spannte, kantig traten die Knochen hervor, und im fahlen Dämmerlicht wirkten meine Beine dünner und meine Hände kürzer. Ich wollte mich zusammenrollen und vergessen, was jenseits dieser Holztür lag. Doch ich sehnte mich nach Harbs Umarmung. Unter seinen sanften Fingern würden sich die Blütenblätter meiner Blume öffnen. Ich wischte mir mit dem Ärmelende die Tränen ab, legte die Steppdecke und die Matratze zusammen und auf die anderen Matratzen, die sich auf der langen Holztruhe stapelten. Dann warf ich den rot-schwarzen Teppich über den Stapel aus Matratzen, Decken und Kissen und zupfte ihn so zurecht, daß alles gut zugedeckt war. Zu Lebzeiten meiner Mutter war unser Haus immer voller Gäste gewesen. Überall auf dem Boden hatten Matratzen und Kissen gelegen. Jetzt vermoderten die Kleider meiner Mutter in der Truhe, die gefräßigen Motten fielen darüber her. Auch ich würde bald alt sein, verfallen, sterben.

Ich füllte eine Blechdose mit Getreide und eine andere mit Wasser. Friedlich gluckten die Hennen in ihren Drahtkäfigen. Und ich wünschte mir, ich wäre ein kleines, Körner pickendes Küken. Beim Verstreuen der Körner fielen viele daneben und landeten auf den Köpfen der schlafenden Hühner. »Mein Glück ist dahin, wie Mehl verstreut in einer weiten Ebene.« Unsere Kuh Halabeh kaute geduldig Gras. Ich warf Halabeh und Mujahid, dem Pferd, ein Bündel Gerste hin. Da schüttelte der Hengst seine prächtige Mähne und wieherte, und ich streichelte seine Nüstern. Die Kamele waren an der Palme in der Ecke unseres Hofes festgebunden. Sie kauten an der Gerste, ein immerwährendes Auf und Ab, wie ein endlos malmender Stößel. Ich umfaßte Halabehs zarte Zitzen und zog und zog. Milch floß über meine Hand und tropfte in die Blechdose. Noch lange hatte ich den tröstenden Geschmack warmer Milch auf der Zunge.

Mein Spinnen und Weben war nichts als der Wunsch, schmutziges Schaffell zu verwandeln. In der großen Truhe meiner Mutter fand ich etwas Garn, das aus gezwirnten Wollsträngen gesponnen war, und ein rostbraunes Spinnrad. Nasra brachte mir einen Sack Wollbüschel. Sie hatte die Schafe von Scheich Talib geschoren, in dessen Haushalt nur eine einzige Frau lebte, und diese hatte zu schlechte Augen zum Spinnen. Mit der linken Hand hielt ich das Faserbündel, das über das Häkchen führte, mit der rechten drehte ich das Rad. Meine Mutter hatte gesagt, wenn man gut spinnen wolle, sei ein gleichmäßiges Zusammenspiel zwischen der linken und der rechten Hand erforderlich. Der Faden dürfe nicht zu grob und schwer sein, aber auch nicht zu dünn und schwach.

Feine Fäden in meinem Schoß, Fäden bis zum Horizont, ein Netz, das sich über das Jordantal, das Tote Meer und die Mineralquellen senkte. Die Fäden reichten weit, bis Mukawir, wo die Engländer ihre Gefangenen hängten und Hakim mit seiner schwarzen Ziege lebte, die ihn fragte: »Gibt es ein Heilmittel gegen Herzenskummer?« Hakim umarmte seine Ziege und erwiderte: »Nein.«

Das Spinnen half mir, die ganze letzte Nacht zu vergessen, die gebrochenen Versprechen, den Feigling in mir. Mein Vater schlurfte aus dem Haus, nur mit Hilfe seines Stocks konnte er sich geradehalten.

Die Melodien auf Nasras Rohrflöte klangen nun anders. Es fehlte ihnen ihre frühere Eindringlichkeit. Die Unglückliche, sie dachte, indem sie ihr Flötenspiel änderte, könnte sie sich vor Daffash schützen. Das arme Mädchen, sie schenkte seinen Worten Glauben.

»Du solltest auf dem Feld sein«, meinte mein Vater leise.

»Meine Hände sehnten sich nach dem Spinnrad, und da dachte ich mir, ich könnte doch ein, zwei Fäden spinnen.«

»Deine Radieschen und deine Hennasträucher werden durstig sein.«

Ich legte das Rad auf den Boden, zu Füßen desjenigen, der mich so oft wie kein anderer vom Weben abhielt. Niemals würde der Teppich fertig werden.

Um zum Orangenhain zu gelangen, mußte ich den alten Kanal überqueren und durch den Schlamm waten. Es war wie immer; wenn ich mit meiner Arbeit begann, erfüllte mich stets eine heitere Gelassenheit. Ich berührte jeden Baum und jätete das Unkraut, dann öffnete ich die Schleuse und ließ das Wasser herein. An jenem Morgen war der Boden empfänglich für mein Hacken und Graben, als wüßte er um meine Traurigkeit. Ich grub in der Erde, ich grub nach der Wurzel meines Leids, um sie eigenhändig auszureißen. Die Luft schmeckte so bitter und salzig an jenem Morgen. Harb würde mich verachten, und ich verachtete mich auch selbst schon.

Durch die Bäume erscholl der Ruf meines Vaters.

»Maha, Maha, meine Tochter, komm schnell!«

Es mußte dringend sein. Sonst unterbrach mich der alte Mann nie, wenn ich auf dem Feld arbeitete, das sparte er sich für meine Webarbeiten auf. Ich tauchte die Hände ins kalte Wasser und versuchte, die Erde abzuwaschen, doch der schwarze Rand unter den Fingernägeln blieb.

Im Haus setzte sich mein Vater auf den halbfertigen Teppich. Meine Mutter hatte ihn nicht zu Ende weben können. Es war ein cremefarbener und brauner Teppich von zehn Handspannen Länge, der mindestens fünfzehn Spannen lang sein sollte. »Deine Großmutter Sabha hat den ersten Faden gesponnen. Vollende du, was deine Großmutter und ich begonnen haben.«

»Ja, Vater«, sagte ich.

Er wiegte seinen Körper hin und her und stocherte mit dem Stock in der Erde, dann befahl er: »Setz dich, Tochter.« Während er mir den Rücken tätschelte, begann er: »Harb war hier.« Heiß schoß mir das Blut in den Kopf. Ich senkte den Blick. Was, um Allahs willen, hatte er meinen Vater erzählt? Ich preßte die Hände auf meinen verkrampften Bauch, seufzte und wartete.

»Er hat um deine Hand angehalten. Heute abend werden Scheich Talib und die Würdenträger des Stammes kommen und den Heiratsantrag vorbringen.«

Ich konnte nicht verstehen, was mein Vater sagte. Eine Zeitlang lagen Geräusche in der Luft, die ich schließlich als Stimmen erkannte. Die Stimmen überlagerten sich und formten Worte. Harb wollte mich heiraten?! Dabei hatte ich mich doch letzte Nacht nicht aus dem Haus gewagt. Meine Mutter – Allah sei ihrer Seele gnädig – sagte mir, die Männer seien wie Raubvögel; sie jagten ihr Opfer, solange es noch lebte und sich wehrte, wenn sie es aber getötet und sie sich den Bauch vollgeschlagen hatten, hielten sie nach ihrer nächsten Beute Ausschau. Unter

Schaudern erwiderte ich: »Möge Allah alle Frauen vor Leid, Raubvögeln und Schande bewahren.«

Mein Vater fragte: »Willst du Harb zum Mann nehmen?«

Genau wie es die anderen Männer unseres Stammes getan hätten, machte Harb mir einen Heiratsantrag, weil ich mich ihm verweigert hatte. Wie Daffash und Raai war auch er ein leidenschaftlicher Jäger. Ein Beduine, der Sohn eines Beduinen. Meine Mutter hatte recht gehabt. Meine Bauchmuskeln spannten sich an, als ich mir eingestand, wie sehr ich ihn liebte. Der Weisheit meiner Mutter zum Trotz verliebte ich mich in einen Adler. Ja, ich liebte ihn, wie der Hennastrauch das Wasser liebt. Solange Kamele Gerste kauen und die Haine Orangen tragen, würde ich ihn lieben. Tränen traten mir in die Augen, als ich nickte.

Um Saad

»Maha, wo bist du?« rief Um Saad.

Fahles Dämmerlicht erfüllte das Krankenzimmer. Ich hielt mir die Nase zu, um den Geruch nach Medikamenten, Urin und Schweiß nicht zu spüren. Aus dem dunklen Himmel regnete es Orangenblüten. Ich lächelte und sagte: »Hier auf diesem Bett, Um Saad.«

»Verzeih mir, Maha.«

»Ich habe dir schon gesagt, es gibt nichts zu verzeihen.«

»Als sie mich aus Amman nach as-Salt fuhren, meine Schwester, erinnerte ich mich an die Picknicks, die wir machten, als ich noch jung war. Und ich sagte bei mir: ›Haniyyeh, du wirst heute einen schönen Tag erleben. Sie bringen dich zu den Quellen von as-Salt.‹ Und dann, Schwester, sah ich die Rebspaliere von Fuhais und die schmale Straße, die sich wie eine Schlange den Berg hinaufwand. Und das Blut schoß mir in die Beine. Ich wurde von panischem Schrecken gepackt. Sie brachten mich nach Fuhais, wo die Christen wohnen und wo die Verrückten hinkommen. Hanieh, sagte ich bei mir, sie werden dich in ein Gefängnis stecken, das auf unheiligem Land gebaut ist. Sie steckten mich in eine Zwangsjacke und stießen mich durch die wuchtige, hohe Tür. Als ich mich umdrehte, sah ich das Flimmern der glühenden jordanischen Sonne, die alles in ein gelbliches Licht tauchte. Die Trauben werden zu Sultaninen verdorren. Wenn ich über die Schwelle dieses riesigen Gebäudes trete, sagte ich mir, werde ich nie wieder herauskommen. Ich bin keine Gestalt aus Tausendundeiner Nacht. Ich werde keinen al-Shater Hasan rufen und seine Tarnkappe aufsetzen können, ich werde keine andere Identität annehmen, in keinen anderen Körper schlüpfen und mich in bessere Zeiten und an blühendere Orte versetzen können. Da stieß mich dieser riesenhafte Kerl in den Rücken, und ich stolperte in dieses Zimmer.«

»Kukash.«

»Wie? Zerzaustes Haar?«

»Ja, Kukash.«

»Der Name paßt zu ihm. Seine Haare sind wie die Borsten eines Kehrbesens.«

Wir lachten. Der merkwürdig gebrochene Klang einer *rebab*. Wir sahen einander an, hielten inne. Um Saad, immer noch am Bett festgebunden, wandte den Kopf nach links und sah sich im Zimmer um.

»Streng dich nicht an. Der Raum ist leer, bis auf die beiden Betten und das Tischchen.«

»Allah möge mir vergeben. Als ich dich in dem schwarzen Kleid und dem Band um die Stirn in diesem Bett liegen sah, konnte ich nicht anders. Mit einer Frau aus der Stadt das Zimmer zu teilen, ist eine Sache, aber das Zimmer mit einer schmutzigen Beduinin teilen zu müssen, eine andere. Dabei bist du überhaupt nicht schmutzig, Maha. Als du mich mit kaltem Wasser betupft hast, roch deine Hand nach Gärten, nach Wiesen und reifen Früchten. Du hast mich in mein Gärtchen oben auf dem Zitadellenhügel versetzt. Bei deinem Leben, du hast mir mit deinen Händen nicht nur über die Glieder gestrichen, sondern auch mein Herz angerührt. Plötzlich war ich vier Jahre alt, trug mein leuchtend orangefarbenes Kleid und grüne Stiefelchen und lief atemlos zu den Schaukeln. Ich hielt den Piaster, den mir mein Vater am Morgen gegeben hatte, so fest in der Hand, daß meine Fingerknöchel ganz weiß wurden. Ich hatte Angst, den Piaster zu verlieren, den ich für eine Runde auf der Schaukel und eine Zuckerwatte ausgeben wollte. Die Schaukeln waren wie immer in der Nähe des kleinen Flusses aufgebaut, der Amman in zwei Hälften teilt. In der Nacht vor dem großen Fest konnte ich nie schlafen. Ich saß im Bett und wartete auf die einundzwanzig Schüsse, mit denen das Fest eröffnet wurde. Der kommende Tag würde ein Tag der Freude und des Entzückens, der Schaukeln und der Zuckerwatte sein. Der kommende Tag lockte mit einem neuen Kleid und mit ein paar Freiheiten. Meine Mutter – Allah sei ihrer Seele gnädig – nähte mir aus den Stoffresten im Schrank ein neues Kleid. Aus türkisfarbenem Chiffon mit winzigen Paillettenherzchen darauf. Manchmal glaubte ich fest daran, ich könnte sehen, wie die Herzchen pochten. Tum-ti-tum-titi-tum. Die Schaukel schwang hoch hinauf in den Himmel, und die Kinder auf den Schaukeln am Fluß trällerten gemeinsam:

›*Heute ist mein Fest. Ya-la-la.*
Ich trage neue Kleider. Ya-la-la.
Ein Kleid mit Rüschchen. Ya-la-la.
Und vorne hübsch bestickt. Ya-la-la.‹

Meine Mutter vergaß nie, mir ein Gummiband mitzugeben. Das band ich um meinen Rock, damit er nicht hochgeweht wurde. Aufrecht stand ich in der Schaukel. Land, Himmel. Land, Himmel. Das Einwandererviertel, in dem wir wohnten, und dann wieder der blaue, grenzenlose Himmel. Die Häuser waren mit leuchtend bunten Bändern und mit Papierblumen geschmückt. Unter den

Bäumen am Fluß hatte der Zuckerwatteverkäufer auf seinem Karren rosafarbene duftige Wölkchen aufgesteckt, und er rief: ›Mädchenlocken, Zuckerwatte, köstlich und wohlschmeckend.‹ Aus der Wunderbox ertönte eine schwungvolle fröhliche Melodie. Land, Himmel. Land, Himmel. Ich umklammerte das Seil der Schaukel noch fester und flog, ich stieg höher und höher hinauf, höher als die anderen Kinder, höher als die Häuser des Viertels. Ya-la-la. Wenn der Mann die Seile packte und die Schaukel zum Stehen brachte, war mir ganz schwindlig, meine Stirn war schweißnaß, meine Hände zitterten. Dann – ich schwöre es – sah ich, wie die kleinen Herzen auf meinem Kleid pochten.

Mit dem noch verbleibenden halben Piaster kaufte ich mir eine riesige, rosa Zuckerwatte und biß hinein. Die Mädchenlocken zerschmolzen im Mund und lösten sich in nichts auf. Ich sog den prickelnden süßen Geschmack ein. Maha, Schwester, mein Leben ist wie Zuckerwatte: flockig und üppig von außen, aber innen leer wie dieses verdammte Krankenzimmer. Und diese Zuckerwatte nannte man ›Mädchenlocken‹. Sie war genau wie mein Leben. Das Leben eines Mädchens. Eine flockige Lüge für einen halben Piaster. Ya-la-la.«

Maha

Über den feuchten Boden schlurfend kam mein Vater auf mich zu. »Willkommen, mein Vater.« Sein halb rasierter Schädel erinnerte mich an einen alten, grauen Maulwurf. Das weiße Kopftuch hatte er sich um den Hals gebunden, und der Saum seines gestreiften Hemds war fleckig. »Bitte, Vater, laß mich dein Hemd waschen.« Aber davon wollte er nichts hören, weil es nur Maliha verstanden hatte, seine Hemden zu waschen. Er konnte doch nicht so herumlaufen, mit kajalverschmierten Wangen. Bestimmt hatte er wieder um meine Mutter geweint. Während er seine rissigen Hände aneinanderrieb, fragte er: »Immer noch bei der Arbeit, Maha?«

Seit ich eine Frau geworden war, sah er es ungern, wenn ich auf dem Feld arbeitete, weil es zu anstrengend sei und sich nicht schicke. Eine Frau habe sich in geschlossenen Räumen aufzuhalten. Andererseits wollte er auch nicht, daß ich mit der Feldarbeit aufhörte, denn ich war die einzige, die sich um die jungen Orangenbäumchen kümmerte. All dies konnte ich aus seiner Frage herauslesen.

»Hast du Daffash heute gesehen? Er muß die Gerste in den Speicher bringen.« Die ganze Sorge meines Vaters galt nur einer einzigen Person, einem einzigen Namen: Daffash. Er wünschte sich einen guten Sohn. Einen Bauern, der mit seiner Hände Arbeit den Boden umgrub und dieses Stück Land in eine blühende Obstplantage verwandeln konnte. Doch Allah hatte ihm einen Sohn geschenkt, der den Frauen nachlief und dem Stadtleben zugeneigt war. Er wollte den Hof modernisieren. Mit der einen Hand würde er Schaden anrichten, den er mit der anderen Hand wiedergutzumachen versuchte.

»Nein, ich habe ihn nicht gesehen. Vielleicht ist er in die Stadt gefahren.«

Auf seinen Stock gestützt, setzte er sich.

Ich tauchte den Blechnapf in das kalte Wasser. »Trink, Vater, auf das Glück und die Gesundheit.«

Während er den Sonnenuntergang betrachtete, wiegte er den Körper hin und her. »Mein Sohn läßt sich von den Lichtern der Stadt verlocken. Er läßt sich von den falschen Sternen leiten. Sieh dir dagegen Scheich Talibs Söhne an, von früh bis spät pflügen sie das Erdreich um!«

Daffash pflegte jeden Donnerstagmorgen in die Stadt zu fahren und am Sonntagabend zurückzukehren. Eine allwöchentliche Gewohnheit, die ich nur zu gut kannte. Am schlimmsten war es am Montagvormittag. Beim geringsten Anlaß brach er einen Streit vom Zaun. Wo ist mein Dolch, mein Hund, wo bleibt das Frühstück, wo sind meine Sandalen? Oft zog er mich an den Haaren. Dreckige Ratte, häßlichstes Weib auf der Welt, tu, was ich dir befehle! Das einzige, was seinen Schimpftiraden und seinen Schlägen Einhalt gebieten konnte, war der lange Holzstock meines Vaters. Dann entschuldigte sich Daffash und schenkte mir eine Schachtel ausländischer Pralinen.

»Bei der Seele meiner Mutter, in mir wirst du einen guten Ersatz haben, Vater«, versprach ich.

Während seine rauhen Hände über meine Zöpfe strichen, sagte er: »Mögest du niemals einen schlechten Tag erleben, Maha.«

Mein Vater flocht mein langes Haar zu zwei Zöpfen, und seine Berührung linderte meinen Schmerz. Er meinte, ich erinnere ihn an meine Mutter, Maliha, Allah sei ihrer Seele gnädig. Die großen braunen Augen, das bebende Kinn, genau wie sie. Meine Mutter hatte immer zu Allah gebetet, er möge sie vor dem bösen Blick beschützen und ihr ein erträgliches Leben schenken. Kurz nach der Getreideernte war sie gestorben. Die Leute von Hamia kannten die Ursache ihrer Krankheit nicht. Ihr Körper war zur Hälfte gelähmt, und ihr linkes Auge hatte keinen Lidschlag mehr, ausdruckslos starrte es die Gerstenhalme an. Mitten in der Nacht wurde meine Mutter dann hinausgetragen und im Hof von Abu Aubayydahs Schrein aufgebahrt. Man stellte den Sarg vor das Grab des Heiligen, das mit dicken grünen Teppichen und roten Samtkissen verhüllt war. Auf diese Kissen stützt man sich mit den Ellbogen, wenn man Abu Aubayydah um seine Fürsprache beim Propheten Muhammad bittet. In der Nacht, als meine Mutter starb, legte sich die klamme Luft wie ein feuchtes schwarzes Samttuch über uns. Von ferne, von den leuchtenden Minaretten Jerusalems, erscholl der ekstatische Ruf: »Allah-u-Akbar, Allah ist groß, Allah-u-Akbar.« Meine Mutter gab ihren Geist auf, sie lag da, auf dem von Hühnermist übersäten Betonboden. Mit offenem Auge hauchte sie ihr Leben aus. Ach, ihr schlimmes Auge. »Maha, mein Augenlicht, trink doch ein wenig Milch.«

Mit Hilfe der jungen Männer vom Stamm Qasim errichtete Daffash drei Zelte für meine Verlobung. Die Staubwolke, die sie dabei aufwirbelten, raubte mir die Sicht. So konnte ich nicht erkennen, wer die Seile festzurrte und wer die Stangen aufrichtete. Hamda, meine Nachbarin, stürmte keuchend und mit rotem Gesicht in den Frauentrakt. »Meine Schwester, ich wollte schon früher kommen, aber ich wurde aufgehalten, verzeih. Flieh kam vom Feld zurück und bat um etwas zu essen.«

»Hetze dich nicht. Die Männer rösten gerade die Kaffeebohnen.«

»Möge Allah dir für die guten Taten deiner Mutter Maliha Glück bescheren. Amen«, keuchte sie und band das schwarze Kopftuch fester, das ihre hohe Stirn verbarg. »Die Leute von Hamia sagen, daß er in dich verliebt ist.«

Ich zuckte mit den Achseln und spähte durch den Spalt zwischen den Vorhängen, um zu sehen, wie viele Männer in Harbs Namen vorsprechen und um meine Hand anhalten würden. Scheich Talib in seinem lehmbraunen Mantel war eine feierliche, würdevolle Erscheinung. Die Männer trugen goldgesäumte Mäntel und salbten ihre glänzenden Bärte mit Moschus, der aus den Drüsen einer wilden Gazelle gewonnen wird. Die Söhne des Scheichs saßen im Halbrund um ihn herum, außerdem Imam Rajab, der Verwalter des Schreins, Jarbwa, der beste Hirte des Stammes, Raai, der Wächter, und Hajjeh Hulala, die Hebamme. Neben Scheich Talib saß mein Vater und strahlte wie eine Perle unter falschen Schmucksteinen. »Allah segne unsere Gäste. Seid willkommen in diesem Haus«, wiederholte er.

Als Harb mit Daffash das Zelt betrat, hüpfte und tanzte mein Herz zu der Musik, die Jarbwa mit Stößel und Mörser spielte. Ding-deng-ding-deng. Sein kräftiger Schnurrbart und sein gestutzter Kinnbart schimmerten im schwachen Licht der Gasolinlampe. Die einzige Palme ragte hoch empor in den blassen Horizont und streckte ihre Blätter in den dunstigen Himmel. Langsam und behutsam ging die Sonne unter. Ich legte meine Hand auf mein pochendes Herz und bemühte mich, gleichmäßig zu atmen. Die Frauen des Stammes brauchten ja nicht zu sehen, wie aufgeregt ich war.

Ich setzte mich neben Hamda und atmete tief ein. Im letzten Licht der sinkenden Sonne sah ich noch den Orangenhain, die Radieschen- und Hennapflanzen, die an die Palme angebundenen Pferde, das einsame Haus mit den runden Fenstern. Warum hatte ich der Heirat mit Harb zugestimmt, der sich in nichts von den anderen Männern des Stammes unterschied; der mich nur deshalb zur Frau nehmen wollte, weil ich mich ihm verweigert hatte? Meine Eltern hatten oft unter der Palme gesessen und geplaudert, meine Mutter hatte sich an meinen Vater gelehnt, und er hatte gelacht. Als Harb mir den Heiratsantrag machte, war es, als würde ich von einem schweren Spaten am Kopf getroffen, und ich gab mein Jawort. Ja, ich würde jede Nacht meines Lebens an Harbs Seite schlafen, ja, ich würde seinen Mantel, seine Baumwollhemden und seine Unterhosen waschen. Ich würde ihm seine Mahlzeiten zubereiten und den Rest meines Lebens Tag für Tag seinen funkelnden Goldzahn sehen. Der Orangenhain vor mir schien sich immer weiter auszudehnen. Ich hatte mit dem Kopf genickt und dadurch mein Schicksal an das von Harb geknüpft. Meine Augen sahen eine Gazelle laufen, meine Ohren hörten das Echo von Nasras Melodien und die klingelnden Glöckchen ihrer Schafe, die nach Hause liefen. Ich liebte den Geruch des brennenden, vom Moschusduft überlagerten Sandelholzes. Harb war in mich verliebt.

Das Klirren des Messingkännchens und der Kaffeetäßchen holte mich aus meinen Gedanken zurück. Scheich Talib weigerte sich, den angebotenen Kaffee zu trinken. Nach einem Räuspern verkündete er: »Ich werde deinen Kaffee nicht trinken, Scheich Nimer, ehe du mir nicht gibst, worum ich dich gebeten habe. Du bist uns noch eine Antwort schuldig.«

»Ah, bei Allah, er würde dir gewiß schmecken.«

»Wir wollen deine Tochter Maha für unseren Sohn Harb.«

»Bei Allah, trink deinen Kaffee, Scheich«, erwiderte mein Vater mit zitternder Stimme.

Bestimmt war es ihm schwergefallen, mich zu verheiraten. Ich war seine Gefährtin, seine Haushälterin, seine Feldarbeiterin. Eine warme Träne lief meine Wange hinab, als Scheich Talib an dem Kaffee nippte und sagte: »Dein Kaffee ist genießbar, und deine Tochter ist es wert, die Verlobung einzugehen.«

Da hoben alle Männer ihre Tassen und riefen: »Unseren Glückwunsch! Mögen ihnen Wohlstand und Söhne beschert werden.«

Hastig wischte ich eine Träne fort, als ich in Harbs Gesicht blickte. Der erste Lichtstreifen nach einer langen Nacht, eine Zitronenernte nach drei Jahren des Wartens – nein, das strahlende Gesicht eines neugeborenen Kindes.

»Jarbwa, hol deine *rebab* hierher. Spiel uns eine schöne Weise.«

Der heisere Klang der traurigen *rebab* erinnerte mich an meine Mutter, Allah sei ihrer Seele gnädig. Ach, wie ich mir wünschte, sie könnte die Hochzeit miterleben und mir meine Last von den Schultern nehmen. Anscheinend hatte Hamda bemerkt, daß meine Miene von Trauer überschattet war, und stimmte einen Heulgesang an. Die langgezogenen, trillernden Töne verrieten den Männern, daß auch die Frauen glücklich waren. Durch den Gesang wurden die übrigen Bewohner von Hamia angelockt. Kleine Kinder stupsten ihre Mütter an und wollten wissen, wer die Braut sei. Daß die Frau mit dem fleckigen Kleid und dem schmutzigen Gesicht die strahlende Braut sein sollte, wollten sie nicht recht glauben.

Nasra, Halimeh, Hamda und ihre Töchter bildeten ein Kreis um mich und fingen an, die Trommel zu schlagen und zu singen.

»Wir sind die Frauen von Qasim. Haya, haya.
Großgewachsen wie die Palmen. Haya, haya.
Duftend wie süßes Basilikum. Haya, haya.«

Ich war ganz versunken in die traurige Melodie der *rebab*. Jarbwa erzählte gerade die Geschichte von Umayma. Die windstille Luft trug seine Worte den Frauen zu, als er die herausragenden Eigenschaften Umaymas aufzählte. Sie war tugendhaft und rein, fügsam und schön, großmütig und tapfer. Während ich die derben Gesichter der Frauen in den schlecht beleuchteten Zelten betrachtete, wurde mir klar, daß diese Umayma, die die Männer priesen, nur in ihren Köpfen existierte.

»Sie verzauberte mich, verhüllt war ihr Antlitz,
Denn rein und heilig ist Umaymas Name.
Schlank und füllig gleichermaßen, von makellosem Wuchs,
So voller Liebreiz, als habe die Schönheit
das Erdenkind in eine Fee verwandelt.«

Es juckte mich in den Fingern, zum Spinnrad zurückzukehren, doch Harbs Mutter, Tante Tamam, beobachtete mich unablässig. Den ganzen Abend saß sie schweigend da mit ihrer langen Pfeife, von der sie sich niemals trennte, und ließ mich nicht aus den Augen. Als ich das Zelt verließ, spürte ich, wie mir ihr funkelnder Blick folgte. Ich holte einige Wollbüschel, das Spinnrad und ein paar Fäden aus der Truhe meiner Mutter. Als ich damit heimlich über den Hof schlich, stieß ich mit Harb zusammen, der frischen Kaffee aufbrühen wollte und auf der Suche nach den Bohnen war. Er packte mich am Handgelenk und flüsterte im Dunklen: »Wie sehr ich mich nach diesen braunen Augen sehne! Am nächsten Freitag wird unsere Hochzeit sein. Sei bereit, meine Braut!« Doch ich schüttelte den Kopf, riß mich los und lief zum Zelt zurück, wo ich mich zu den Frauen setzte, die noch immer ihr eigenes Loblied sangen, während die Männer von Umayma träumten.

An jenem Abend durfte ich nicht einen einzigen Faden spinnen. Hajjeh Hulala und Tante Tamam beharrten darauf, daß es ein böses Omen sei, in der Verlobungsnacht zu spinnen. Nicht einen einzigen Faden durfte ich spinnen.

Der Geschichtenerzähler

Im Namen Allahs, des Erbarmers, des Barmherzigen, so spricht der Herr: »Siehe, Ich erschaffe einen Menschen aus trockenem Lehm, aus geformtem Schlamm. Und die Dschinn erschufen Wir zuvor aus dem ewigen Feuer.«

Erlauchteste Herrschaften, sprecht ein Gebet für unseren Propheten Muhammad und für seine rechtschaffenen Gefährten. Heute ist die dritte Nacht des Ramadan, des Monats der Mildtätigkeit und der Gnade. Werft ab eure Sünden, tut Buße und kehrt um zu Allah, der uns aus Staub erschuf, alsdann aus einem Samentropfen, alsdann aus geronnenem Blut, alsdann aus Fleisch, geformtem und ungeformtem.

Maymun, mein liebes Äffchen, wo war ich stehengeblieben? Erinnerst du dich? Mein Geist wird allmählich zu einer osmanischen Polizeibehörde, in die jedermann leicht hineinkommt, aber nur schwer wieder herausfindet. Die trügerischen Jahre schwinden vor meinen Augen dahin, mir bleibt nur, Geschichten zu erzählen. Ich errichte Zauberreiche auf und mache Tote lebendig. Gepriesen sei Er, der die morschen Gebeine wieder zum Leben erweckt. Seine Reiche haben Bestand, die meinen aber versinken im Meer des Vergessens.

Uooooof, Uooooof, Yaaaabbba.
Mein Meister, der Imam der Moschee,
forderte mich auf, zu bereuen und nicht mehr an sie zu denken.

Ich sagte, bei Allah, bereuen werde ich nicht.
Denn ich werde nicht aufhören, sie zu lieben.

Meine Herrschaften, vergebt mir, die Königin der Trauer hat von meinem sterblichen Leib Besitz ergriffen. Das unselige Land Qasim – trocken, fahl und kränklich – hält nur Bitterkeit für euch bereit. Das andere Licht im Meer der Finsternis ist Mahas Schatten.

Ihre Mutter Maliha lehrte Maha, die Axt zu gebrauchen, das beste Mansaf zu kochen und das Spinnrad zu drehen. Die Seele eines feurigen Dschinn, der aus den Tiefen des Meeres emporgestiegen ist, muß von ihr Besitz ergriffen haben. Im Alter von zehn Jahren vermochte es Maha, ganz allein den Acker ihres Vaters zu pflügen, für zwanzig Stammesmitglieder zu kochen und für ihre Mutter Fäden zu spinnen.

Maliha war kein sterbliches Wesen wie wir. Ihre Schönheit überstrahlte die Schönheit unseres Meisters, des Propheten Joseph, und ihre Weisheit war berühmt wie die Weisheit unseres Meisters Luqman. Die Lichter in ihrem Haus zogen Besucher an – Reisende, die wie Motten blind in ihr Verderben taumelten. Mit Hilfe ihrer Tochter gab Maliha den Geschöpfen Nahrung – in ihrem Haus, auf dem Feld und am Himmel, ja sogar den Zugvögeln und den Honigbienen. Ich spreche hier von zwanzig Kamelen, einer Orangenpflanzung, von Hühnern, Kühen, Pferden, Gästen und einem Bienenschwarm. Die Vögel des Glücks kreisten über ihren Häuptern. Mit eigenen Augen, die eines Tages von Ameisen zerfressen werden, sah ich, daß Friede und Eintracht über diesem Fleckchen Erde herrschten. Ein Garten war vom Himmel herabgefallen und hier niedergegangen. Ich umarmte meine Eselin, legte meine Wange auf ihren Rücken und beweinte meine Jugend, sinnlos vergeudet in einem kalten fernen Land, das die Wärme der beduinischen Sonne nicht kannte.

Meine Eselin Aziza hat blaue Augen. Seht sie euch an, ihre großen Augen, die zum Himmel, auf Allahs Thron gerichtet sind. Azurblau wie unsere Mutter Erde, vom zweiten Himmel aus betrachtet. Auf dem geflügelten Pferd al-Buraq reitend, sah Muhammad die Erde: einen blauen, in der Finsternis dahintreibenden Ball, und er warf sich zu Boden. Preist Ihn, der die Nacht erschuf und den Tag, die Sonne, den Mond und die Erde, die auf eigenen Bahnen dahinziehen. Blau sind Azizas Augen.

Fluch dem Teufel! Als sie sah, wie ich mir die heißen Tränen der Eifersucht abwischte, richtete sie ihre großen blauen Augen auf Scheich Nimers Haus, die vom bösen Blick getroffen wurden. Große blaue Augen, ein spitzes Kinn und ein zerstörtes Haus. Ein zerstörtes Haus, große blaue Augen und ein durchbohrtes Kinn. Das Gute verwandelte sich in Böses. Vor dem Übel des Neiders, wenn er neidet, suche ich meine Zuflucht beim Herrn.

Meine Brüder, als Maliha gestorben war, brach Scheich Nimer zusammen, und Maha verwandelte sich in eine Dämonin. Die Leute sagen, Harut und Marut, die fluchbeladenen Engel und Meister der schwarzen Magie, hätten Maliha die Zauberei gelehrt. Die ganze Nacht hindurch pflegte sie am Spinnrad zu sitzen und Zaubersprüche aufzusagen. Harut und Marut wurden fälschlicherweise mit König Salomon in Verbindung gebracht, der ein wahrhaft Glaubender war. Sie aber lehren die Leute Zauberei und was ihnen in Babel offenbart war. Und fürwahr, um Schlimmes verkauften sie ihre Seelen. O daß sie es wüßten! Ja. Sogar Raai, der Wächter, einer der tüchtigsten Männer des Dorfes, schwor mir, er habe Maliha und Maha miteinander flüstern hören: »Das Blut der

Männer ... Beutefleisch ... Adlernieren ... zuckend in seinem Blut.« Der gute Mann umklammerte sein Gewehr und fing an, Allah anzurufen. Die Knie wurden ihm weich, als er ihre Worte hörte. Bestimmt hatten sie über ihn gesprochen. Er wußte, daß sie ihn nicht mochten, weil er ein wachsames Auge auf sie hatte und sie daran hinderte, giftige Kräuter zu sammeln. In eben diesem Augenblick verlor Raai seine Zeugungskraft. Die Furcht, meine Herrschaften, schlägt sich auf das Rückgrat der Männer, macht sie unfruchtbar und nimmt ihnen all ihren lebendigen Samen. Wenngleich Wächter mutig sind, setzen sie doch behutsam einen Schritt vor den anderen, um nicht auf ein entsetzliches kriechendes Getier zu stoßen. Durch das ständige Spähen in die Dunkelheit wurden ihre Augen groß wie die der Eule. Sie sterben früh, weil sie am Tag nicht richtig sehen können. Nach ihrem Tod suchen sie die ewige Finsternis. Die Araber hatten recht, als sie sagten: »Wer die an Allah Glaubenden bewacht, stirbt früh an Schmerz und Kummer«. Gepriesen sei Allah, sein ist der Tag des Jüngsten Gerichts.

Ein durchdringender Schrei zerriß die Stille des Dorfes und weckte alle Seelen und Geister auf. Aziza stampfte mit den Hufen auf, und Maymun kreischte. Maha, so sagten sie, habe gerufen: »Mutter, wohin gehst du? Warum läßt du mich hier zurück?« Der markerschütternde Schrei war wie aus einer anderen Welt und ließ einem die Haare zu Berge stehen und die Knie weich wie Moos werden. Ich drückte mein Äffchen fest an mich und begann, Koranverse zu rezitieren, damit es sich beruhigte und aufhörte zu zittern. Mahas Schrei gellte wie das Kreischen des ungehorsamen Engels Iblis, als er zur Erde hinabgestoßen wurde. Möge Allah Erbarmen mit uns haben. Am darauffolgenden Tag beobachtete ich einen Prozessionszug, der sich langsam auf Abu Aubayydahs Schrein zubewegte. Männer, Frauen, Kinder, ja sogar Säuglinge nahmen an dem Begräbnis teil. Azrael, der grimmige Engel des Todes, durchstreifte mit blutunterlaufenen Augen, in einen pechschwarzen Mantel gehüllt, das verfluchte Land Qasim. Nasra die Schafhirtin kreischte mit schriller Stimme: »Gebt die Hoffnung auf. Azrael ist da.«

Als Malihas offener Sarg auf dem Hof des Schreins abgestellt wurde, gelang es mir, einen Blick hineinzuwerfen. Ihre weit aufgerissenen Augen blickten mich vorwurfsvoll an. Ihrem verzerrten Gesicht nach zu urteilen, war sie von einem Dämon berührt worden. Es ist gefährlich, sich mit einem Dschinn aus den Heerscharen unseres Meisters Salomon einzulassen. Als Shammar, der böse Dschinn, ihr seine Finger in die Augen bohrte, war sie auf der Stelle tot. Neben dem Sarg stand eine geisterhafte, in einen schwarzen Mantel gehüllte Gestalt wie eine Vogelscheuche. Allah, rette mich vor den blutbefleckten Händen Azraels. »Maha, ihre Tochter«, murmelte ein altes Weib und verschwand in der Dunkelheit. Zwei riesige angsteinflößende Augen quollen aus einem kleinen runden Schädel hervor. »Vor dem Übel der Nacht, wann sie naht, nehme ich meine Zuflucht zum Herrn des Morgengrauens«, flüsterte ich.

Die Männer des Stammes sahen zerzaust aus und blickten erschrocken drein. Sie drängten sich um den Sarg und warfen sich nieder zum Gebet. Da wurde ich gewahr, daß ich ein Fremder war in ihrem Land, daß ich in meiner Jugend zwar den Koran studiert, jedoch nie zu Allah gebetet hatte. Ich bemühte mich, die Muslime nachzuahmen, die den Rücken beugten und sich verneigten. Die Männer von Qasim hatten eine komische Art zu beten, und ich mußte mich beherrschen, um nicht laut loszulachen.

Zuerst strecken sie den Rücken und legen die Hände mit den Handflächen nach oben hinter die Ohren, dann falten sie sie urplötzlich vor dem Bauch. Sie flüstern etwas vor sich hin, dann beugen sie die Knie und werfen sich zu Boden. Am Ende dieses anstrengenden Rituals, das mehrmals wiederholt wird, wenden sie den Kopf zuerst nach rechts, dann nach links über die Schulter und sprechen dabei die Worte: »Der Friede und die Gnade Allahs seien mit dir.« Sie glauben tatsächlich – das habe ich später erfahren –, daß der Engel der guten Taten auf ihrer rechten und der Engel der bösen Taten auf ihrer linken Schulter sitzt und ihre Verfehlungen und Tugenden eifrig niederschreibt. Am Ende des Begräbnisses sprachen sie gemeinsam die Worte: »O Allah! Verwandle meine Grabesfurcht in Liebe! Laß mich erkennen, was mir bisher verborgen war! Amen!«

Das ganze Dorf atmete erleichtert auf, als Maliha tot war, aber ihre Tochter durchstreifte die Gassen und kündigte noch mehr Unheil und Zerstörung an. Maha, meine ehrenwerten Herrschaften, schmiedete mit der Schafhirtin Nasra Pläne, ihren unglückseligen Bruder Daffash zu töten, um den Hof zu erben. Daffash ist ein schmächtiger, kluger Mann voller Ideen, und er setzt sich für die Modernisierung seines rückständigen Dorfes ein. Regelmäßig besuchte er die Stadt, sprach mit den gelehrten Engländern und arbeitete mit deren Ingenieuren Pläne zur Entwicklung des Tals aus. Er trug den Reisenden ihren Kompaß und fütterte die Pferde der Ingenieure; er teilte ihnen mit, was die Leute über sie sagten, und übersetzte ins Hocharabische, was auf den Steinen geschrieben steht. Zwar sprachen die Reisenden und Ingenieure die arabische Hochsprache und konnten den Koran lesen, aber niemand sprach die Sprache des heiligen Buches in Arabien. Daffash hörte ihnen also zu, buchstabierte ihre Worte nach (er konnte weder lesen noch schreiben), formte aus den Silben Sätze und übersetzte sie in seinen breiten Beduinendialekt. Aus dem Satz »Nieder mit der Balfour-Deklaration« zum Beispiel wurde im Zuge des komplizierten Prozesses der Qasimi-Übersetzung: »Jemand dort oben muß herunterfallen«. Die Worte klingen ganz ähnlich. Ha ha ha. Hi hi hi. Ein echter Teufelsbraten! Daffash wurde von diesen fremden Reisenden großzügig entlohnt. Und jetzt wollen wir unsere Ohren mit einem Lied belohnen. Schlage, schlage, schlage die Trommel.

Ich bin der Geschichtenerzähler.
Im Gepäck eine Menge Deklarationen.
Ich spinne Garn, spinne Geschichten.
Ich spinne und spinne Balfourationen.

Meine Damen und Herren, Balfour, so erklärte mir mein Freund, der Engländer, war ein feiner englischer Herr, der in einem fernen Land namens Großbritannien lebte. Selbst die tagelangen Fuchsjagden mit seiner Hundemeute langweilten den feinen englischen Herrn. Er hatte Lust, ein Spiel zu spielen, das »Landverteilen« hieß. Dem Engländer zufolge übergab Lord Balfour das Land westlich des Jordans einem Stamm, das selbst kein Siedlungsgebiet hatte. Ein Land ohne Volk für ein Volk ohne Land, dachte er. Er übergab das Land, auf dem wir uns befinden, einem saudischen Stamm, dann schüttelte er den Staub seiner Langeweile ab. Scharen von englischen Armeeoffizieren mit ihren Familien fielen ins Tal ein. Rose, die Tochter des Anführers des englischen Stammes, nahm an der Qasimi-Hochzeit teil. Doch bevor ich von dieser Hochzeit erzähle, muß ich euch noch von den beiden Geiern sprechen, den Raubvögeln.

Daffash schlief, als Maha und Nasra hereinstürmten, das Gewehr von der Wand rissen, es luden und auf ihn richteten. In der Nacht zuvor hatten sie am Kanal gesessen und den Plan ausgebrütet, ihn zu töten. Sie wollten ihn erschießen und seinen Leichnam im Hof verscharren. Die beste Tageszeit dafür war der Spätnachmittag, wenn die Sonne hinter den Bergen unterging und die Nacht hereinbrach. Gewöhnlich begab sich der Vater zu dieser Stunde zum Abendgebet in die Moschee. Das Haus würde also leer sein, Daffash wehrlos. Aber Allah ist wachsam und beschützt die Schwachen, die an Ihn glauben. Als ich Maha in der Moschee erblickte, sah sie böse aus, wie besessen; sie war imstande, einen Mann kaltblütig niederzumetzeln und am nächsten Tag an seinem Begräbnis teilzunehmen. Die beiden spuckten Daffash ins Gesicht und riefen: »Deinen Kadaver werden wir den hungrigen Adlern zum Fraß vorwerfen.« Möge Allah die Gesichter dieser Weiber schwärzen. Ihr Gehirn ist kleiner, ihr Glauben an Allah schwächer. Zur besagten Zeit drangen sie also ins Haus ein. Scheich Nimer kam jedoch unerwartet zurück, da er ohne Sandalen aus dem Haus gegangen war. Er schlug Maha das Gewehr aus der Hand und fing an, sie zu schelten. Raai hörte, wie sie lautstark miteinander stritten. Nasra stieß die Tür auf und flüchtete in Richtung der dunstverschleierten Berge, möglichst weit weg von diesem verhexten Haus. Maha heulte wie ein hungriger Ghul, dem man im letzten Augenblick seine Beute entrissen hat. Zwar bin ich ein Fremder in diesem Land, aber ich habe die schändlichen Geschichten seiner Bewohner erfahren. Gepriesen sei Gott, denn der Tod ist nahe.

Maha

Im schimmernden Licht der Morgendämmerung schwankten die fünf Kamele, die Harb meinem Vater als Teil der Brautgabe übergeben hatte. Die magere Gestalt meines Vaters neben den großen Kamelen hatte an jenem Morgen etwas Unwirkliches. Über unseren Häuptern breitete sich das verhalten leuchtende Blau des Himmels aus. Ich wusch mir das Gesicht und reichte meinem Vater eine Tasse Milch. Seine rissigen Hände wurden immer rauher und dunkler. Ich bedauerte den alten Mann, der immer schwächer wurde, während ich an Stärke gewann. Früher hatte ich mich vor ihm gefürchtet. Doch nach dem Tod meiner Mutter war der feurige Glanz in seinen Augen erloschen.

»Guten Morgen, Vater. Trink auf das Glück und die Gesundheit.«

»Ich werde deine fleißigen Hände vermissen, wenn du mich verläßt.«

»Harb ist ein Reiter, er ist überall in den Ebenen und Wüsten zu Hause.«

»Was meinst du damit?«

»Wenn er fort ist, werde ich dich besuchen kommen.«

»Dein Platz ist an der Seite deines Gemahls.«

»Aber du bist mein geliebter Vater.«

»Tochter, Daffash ist in die Stadt gefahren, um seine Freunde herzuholen.«

»Allah stehe uns bei! Wie soll ich denn als Braut auch

noch all diese Gäste bewirten?« Meine Mutter starb mit offenem Auge auf dem Boden vor Abu Aubayydas Schrein. Das Einzige, was sie mich zu tun bat, war, den zu kurzen Teppich fertig zu weben. Dieser Teppich, Mutter, wird unvollendet bleiben.

Jarbwa und Raai kamen, um die Schafe zu schlachten. »Seid gegrüßt, Männer«, sagte ich, während ich mir das Ende meines Schleiers vors Gesicht hielt.

»Wo sind die Schafe?« fragte Jarbwa und wetzte seine beiden Dolche.

Ich führte die beiden Männer in den Hinterhof und wies auf die fünf Schafe, die geduldig auf ihre Schlächter warteten. Zuerst warfen sie die Tiere auf den Rücken, dann fesselten sie ihnen die Hinterbeine und riefen: »Im Namen Allahs!« Ich wischte mir mit dem Ärmel über die Stirn. Die Schafe wehrten sich und schlugen immer wieder aus. Doch schließlich wurden ihnen die Kehlen durchgeschnitten. Ihre Leiber zuckten, als sie ihre Seelen ihrem Schöpfer überantworteten. Raais weißes Gewand war blutbespritzt, rot tropfte es von seinen Dolchen. Als die Zuckungen der Tiere aufhörten, banden sie sie an Haken an der Hausmauer und begannen, ihnen das Fell abzuziehen. Die Sonne ging unter. Über mein verschleiertes Gesicht strich eine kühle Brise. Die Ziege spürt keinen Schmerz mehr, wenn sie nach dem Schlachten gehäutet wird.

»He, Frauen, holt euch die geschlachteten Tiere!« riefen der Wächter und der Hirte.

Mit der Hilfe von Nasra und Hamda gelang es mir, die Kadaver in den vorderen Hof zu schleppen, wo wir sie in Stücke schnitten. Das Fleisch warfen wir in große Töpfe und entfachten darunter Feuer. Hamdas Töchter gingen auf die Ebenen hinaus, um für die beiden großen Kessel mit Reis noch mehr Brennstoff zu sammeln. Da Hamda sich um den Reis kümmerte, konnte ich mich dem Brotbacken widmen. Halimeh sang, während sie das kochende Schaffleisch umrührte, ein trauriges Lied:

»He du, der du dich auf dein Schwert stützt,
Dein Schwert hat mich verwundet.
Inmitten der Menschen und all der Lebewesen,
Hat deine Liebe Schande über mich gebracht.«

Ich schüttete einen halben Sack Mehl in eine Wanne, goß Wasser dazu und knetete solange, bis sich meine Hände wund anfühlten. Als Tamam mich so sah, machte sie ein schmatzendes Geräusch und meinte: »Eine Braut, die bäckt! Das ist das Ende der Welt.« Ich lächelte, dann zündete ich ein Feuer unter dem Backblech an und schürte es. Ich klatschte den Teig von einer Hand auf die andere, bis er dünn war wie die Tücher des Zigeuners, des fahrenden Händlers. Wäre er doch an diesem Nachmittag vorbeigekommen, dann hätte ich mir ein wenig Jasminöl und ein durchsichtiges Brokattuch als Gesichtsschleier kaufen können. Im prasselnden Feuer unter dem Backblech glaubte ich, die Hände meiner Mutter zu sehen, wie sie den Teig hin- und herwarfen. Schweiß vermischte sich mit Tränen. Wenn Daffash mich geschlagen hatte und sie mir sanft über das Haar streichelte, verflog aller Schmerz. »Was erwartest du denn? Er ist ein Junge. Allah hat ihn eine Stufe höher gestellt als uns. Und wir müssen uns Allahs Willen beugen.«

Durch den bläulichen Rauch konnte ich einen Landrover ausmachen, der auf unser Feld zuhielt. Mitten in dem Beet mit den Radieschen- und Hennapflanzen blieb er stehen. Zornig und mit geballten Fäusten rannte ich auf das Fahrzeug zu. Daffash, zwei Flittchen und ein makellos gekleideter Mann saßen darin. »Fahrt euren Wagen weg!« schrie ich, so laut ich konnte. »Ach! Meine Radieschen, mein Henna!« Der Fahrer lächelte und ließ den Motor an. Welchen Schaden sie angerichtet hatten, konnte ich nicht erkennen, weil sie soviel Staub aufgewirbelt hatten. Der verdammte Daffash mit seinen Freunden aus der Stadt!

Da zeigte Daffash mit dem Finger auf mich und verkündete: »Meine Schwester, die zänkische Braut.«

Die Frauen brachen in Gelächter aus und riefen mit ihrem städtischen Akzent: »Unglaublich!«

In den Gesichtern der Fremden spiegelten sich Staunen und Verachtung. Der Ruß, das Blut und die Tränen mußten ihnen abstoßend erscheinen.

Sie waren Frauen wie ich und doch ganz anders. Eine von ihnen trug ein enges Oberteil und einen weiten, schamlos kurzen Rock. Während ich mein Kleid fester um die Brust zog, senkte ich den Blick. Durch den dünnen Stoff konnte man den Körper dieser Frau genau erkennen. Die dünne Zigarettenspitze, an der sie sog, ähnelte Tamams langer Pfeife, doch diese war aus derbem Olivenholz geschnitzt, während die Zigarettenspitze aus glänzendem schwarzen Stein gemacht war und einen Goldrand hatte. Warum sie sich die Zöpfe hatten abschneiden lassen und federgeschmückte Bänder um ihren beinahe kahlen Schädel trugen, war mir unbegreiflich. Die eine Frau war dunkel, die andere blond, eine Ausländerin. Knallrote Lippen, blondes Haar, Augenbrauen wie ein Strich. Am liebsten hätte ich Wasser heiß gemacht und ihnen die Schminke von den Gesichtern gewaschen.

Daffash zwirbelte seinen dünnen Schnurrbart zwischen Daumen und Zeigefinger, dann breitete er die Arme unter dem wallenden Mantel aus und sagte: »Willkommen, Pascha. Seid willkommen, ihr Gäste. Ihr gehört zur Familie. Unter euren Füßen wird unser Land gedeihen.«

Ich eilte ins Haus zurück, um es für die Gäste zurechtzumachen. Ich holte die Matratzen und legte sie nebeneinander auf den dicken Teppich. Als die Fremden das Haus betraten, blieben sie vor dem Gemälde von Sittna Badryya stehen. »Mmmm«, brummten sie. Hastig erklärte ich, daß Sittna Badryya eine berühmte beduinische Schönheit sei.

»Seltsam«, meinte der Mann, den Daffash Pascha genannt hatte, »sie ist gar nicht dunkelhäutig.« Meine Schüchternheit verbot mir, ihnen zu sagen, daß nicht alle Beduinen dunkle Haut haben, daß »Dunkelhäutigkeit« in unendlicher Vielfalt auftritt. So verkniff ich mir diese Bemerkung und brachte den Stadtfrauen Handtücher, mit denen sie ihre bloßen gespreizten Beine verhüllen konnten. Die Blondine machte sich eine Weile an dem Handtuch zu schaffen, faltete es schließlich zusammen und legte es sich um den Hals. Ich mußte ein Kichern unterdrücken.

»He, Mädchen, bring den Kaffee«, fuhr Daffash mich an und warf mir einen finsteren Blick zu. Dann sagte er: »Heute ist der Tag deiner Hochzeit, die wollen wir doch gebührend begehen.«

Draußen vor dem Haus brach ich in Gelächter aus über die Stadtfrauen, die so gar kein Schamgefühl hatten. Dabei stieß ich mit Hamda zusammen, der ich die Geschichte mit den Handtüchern erzählte.

»Sie sind es eben so gewohnt, meine Schwester. Bei Allah, die Männer haben ziemlich schnell genug von ihnen. Sie zeigen ihnen ja alles, während wir unsere Schätze verbergen. Wenn Flieh mit mir schläft, fühlt er sich immer, als hätte er die Städte Andalusiens erobert«, sagte Hamda. »Diese Stadtfrauen, sie kennen weder Scham noch Scheu.«

Mit einem Klaps auf die Schulter meinte sie: »Ich werde den Kaffee für die Gäste kochen. Du solltest besser ein Bad nehmen.«

»Das Haus ist doch voll mit Leuten.«

»Dann eben im Lagerraum.«

»Bringst du Daffash den Kaffee?«

Hamda forderte mich mit einer Handbewegung auf zu gehen. Also füllte ich die Tonne mit Wasser, gab ein paar Zitronenblätter dazu und ließ es über dem Feuer kochen. Der Duft der Zitronenblätter erinnerte mich an die Zeit der Ernte. Nasra half mir, die Tonne in den Lagerraum zu tragen. In der Nähe des Toten Meeres grasten unsere Pferde und Kamele. Möge Allah Jarbwa noch ein langes Leben schenken. Nachdem ich zwei Säcke Heu hinter die verschlossene Tür gestellt hatte, zog ich meine schmutzigen Kleider aus. Meine Fußsohlen waren rauh und trocken, Erde und Ruß hatten sich unter meine Finger- und Zehennägel gegraben, meine Haut war dunkel verfärbt. Ich war anders als diese weltgewandten geschminkten Frauen, die breitbeinig auf unserer Matratze saßen. Doch Harb liebte mich. Man sagte, ich hätte die Mandelaugen meiner Mutter. Der Geruch von Olivenöl und Thymian erfüllte den düsteren Raum, als ich mich mit einem Luffa-Schwamm und Kanan-Seife aus Nablus abrieb. Draußen bellte Nashmi, der Hund. Wie konnte ich mich von ihm trennen? Wie konnte ich neben einem fremden Mann schlafen? Ohne mich wäre mein Vater verloren. Allah strafe Daffash für seine Schandtaten!

Mit lauter Stimme rief ich nach Hamda. »Bitte bring mir die Kleider meiner Mutter. Sie sind in der Holztruhe.« Fröstelnd wartete ich, bis Hamda schließlich das Bündel durch das kleine Fenster unterhalb der Decke hereinwarf. Als ich nach den Kleidungsstücken griff, war mir, als schüttelte ich meiner Mutter die Hand. Ich roch an der schimmernden roten Hose, dem leuchtend pinkfarbenen Unterrock, dem langen, mit goldenen Perlen bestickten Samtkleid. Dünne Goldfäden durchzogen den schwarzen Schleier wie glänzende Tränenspuren. Die glitzernde Gestalt meiner Mutter durchschritt den Lagerraum, schimmernde Perlen blieben zurück. Abermals mußte ich weinen. Meine Mutter war der einzige Mensch, der mich führen, mir beistehen, mich bei der Hand nehmen konnte. Wo war sie? Was sollte ich tun, wenn Harb mich in seine Arme zog? Wäre ich in jener Nacht, als er mich sehen wollte, hinuntergegangen zum Toten Meer, er hätte mir keinen Heiratsantrag gemacht. Meine Mutter hatte recht. Könnten wir nicht unsere Hochzeitsnacht am Toten Meer verbringen, unter den einsamen Sternen und dem sehnsuchtsvollen Mond?

Um Saad

»Maha, Schwester«, rief Um Saad.

Ich wandte den Blick zum vergitterten Fenster und sah den wolkenverhangenen Mond. Eine ferne weiße Lüge. Ein Krankenhaus. Medikamente und Wolken. Ich wandte den Kopf und antwortete: »Ja, Um Saad.«

»Die Menschen schlafen, auch Kukash und Salam, nur unsere Augen sind offen.«

»Ja, Um Saad.«

»Allah und Seine Geschöpfe sind gegen uns. Seit ich die Augen aufgeschlagen habe, habe ich nur Elend und Leid gesehen. Ich krame in meiner Erinnerung nach etwas Erfreulichem, und ich finde nichts. Mein Vater kam ruß- und schmutzverschmiert nach Hause, nach Hamidiyyeh in Damaskus. Er war müde und verdreckt. Ein Gewehr hing ihm über die Schulter. Mein Vater gehörte zu den Aufständischen, die gegen die Franzosen in Syrien kämpften. Bestimmt hat er den Franzosen einen gehörigen Schrecken eingejagt, da auch ich mich maßlos vor ihm fürchtete. Er durchmaß das kleine Zimmer mit großen Schritten und brüllte dabei, bis ich, unter der Bettdecke verkrochen, vor Angst verging. Er sprach vom Töten und vom Blut, von Sprengstoff und Leichen, bis mir das Blut in den Adern gefror. Er trug ein weitgeschnittene schwarze Hose und als Kopfbedeckung einen Turban; quer über die Brust hatte er sich einen ledernen Patronengurt geschnallt. Ich kniff die Augen fest zusammen, um die Bilder heraussickernden roten Bluts und verwesender Leichen nicht in mich eindringen zu lassen.

Eines Morgens weckte mich meine Mutter und sagte: ›Mach dich bereit, Haniyyeh. Wir fahren nach Transjordanien. Wir verlassen Syrien.‹ Mir gefiel der Name des neuen Landes. Transjordanien – es klang wie Musik in meinen Ohren. Also schnürte ich meine Kleider, Hosen, Unterhemden, Schuhe und meine Stoffpuppe Habibeh zu einem Bündel und folgte meiner Mutter. Ein Karren, vor den zwei Maultiere gespannt waren, wartete schon vor dem Haus. Mein Vater verstaute den großen Blechkoffer im hinteren Teil des Wagens und hieß uns hinaufklettern. Allmählich entschwand der Markt von Hamidiyyeh meinem Blick, die Stände mit Obst und Gemüse verloren sich in der Ferne. Damals war mir nicht bewußt, daß ich meinen Geburtsort nie mehr wiedersehen würde. Während ich auf dem Karren saß und mich an den Streben festhielt, summte in meinem Kopf eine Melodie: ›Trans–, Trans–, Transjordanien‹. Die Landschaft veränderte sich, wurde weißer, trockener, rauher. Mein Vater würde nicht mehr gegen die Franzosen kämpfen und dann vielleicht mich und meine Mutter in Ruhe lassen. Ich mochte meinen Vater nicht, aber ich haßte die Franzosen, die schuld daran waren, daß er so ruhelos und schmutzig war.

Der rhythmische Trott der Maultiere lullte mich ein. Ich schlief, und als ich nach langer Zeit erwachte, befand sich unser Karren inmitten von Reitern und Wagen. Zusammen mit anderen Kämpfern und ihren Familien bildeten wir eine Karawane, die sich langsam in Richtung Amman wand. Nach viertägiger Reise, nach all dem Staub und Pferdegetrappel wachte meine Puppe Habibeh auf. Nachts funkelten die Sterne, die ich gerne heruntergeholt und daraus für Habibeh, meine schmutzige Puppe, eine

Halskette gemacht hätte. Plötzlich schreckte mich ein Ruf auf: ›A – M – M – A – N‹. Ich hielt mich mit beiden Händen am Karren fest und starrte auf den grünen Fleck vor uns, der größer und größer wurde. Maha, Schwester, es war Liebe auf den ersten Blick. Als wir näherkamen, sah ich die Bäume und das Wasser, die höflichen Menschen, die Kaukasier, die die Felder pflügten und sangen. Ich sah die mit Mais beladenen Karren und die Gipfel der Berge. Damaskus war langweilig und flach, Amman hingegen aufregend und hügelig. Tra-la-la. Trans–, Trans–, Transjordanien, wo die Berge hoch, die Ebenen grün und die Häuser weiß waren, ein Land, in dem Milch und Honig flossen.«

Plötzlich wurde die Tür aufgesperrt, und Dr. Edwards und die Krankenschwester Salam traten ein. »Ihr seid ja immer noch wach«, stellte er fest, das Stethoskop in der Hand. Wir kniffen die Augen zu.

Doch selbst durch die geschlossenen Augenlider konnte ich Salams mechanisches Lächeln sehen, als sie sagte: »Ich glaube, sie werden jetzt schlafen, unsere beiden Mädchen.« Sie verließen das Zimmer und schlossen hinter sich ab. Ich hörte Schlüsselrasseln und Schritte, die sich entfernten.

»Wer war das?«

»Ein Arzt. Er kommt aus einem Land, das England heißt.«

»Und was macht er hier?«

Ich zuckte die Schultern. »Erzähl doch weiter, Um Saad.«

»Maha, Mädchen des Volkes, sie schickten mich in die Schule. Meine Mutter steckte mich in einen langen schwarzen Rock und einen schwarzen Umhang und zog mir einen schwarzen Schleier über Kopf und Gesicht. Schwitzend, vermummt und nach Luft ringend begab ich mich zur *kutab*, zur Koranschule, die der Moschee angeschlossen war. Ich sah kaum den Boden, auf dem ich ging, kaum die Gesichter der Menschen, denen ich begegnete. Sie waren schemenhafte Gestalten, wie aus Rauch. Die *kutab* lag unweit unseres Hauses. Die Lehrerin, eine alte Tscherkessin, hieß Rahimeh. Sie trug einen weißen Schleier und ein langes Kleid, doch ihr Gesicht war unverhüllt und leuchtete wie der Vollmond. Sie hieß mich willkommen und fragte mich, ob ich ein Pausenbrot dabei hätte.

Ich stand auf und sagte: ›Ja, Frau Lehrerin, ein Brot mit Schafskäse und Gurken.‹ Alle lachten, und ich schwitzte und fühlte mich unwohl unter meinem Mantel.

›Setz dich. Hast du den heiligen Koran dabei?‹

›Ja, Frau Lehrerin‹. Ich trat auf meinen Rock und stolperte.

›Gut. Ich lehre euch den ersten Vers und einige arabische Buchstaben.‹

›Ja, Frau Lehrerin.‹ Wir setzten uns im Halbkreis und wiederholten die Koranverse, die uns Fräulein Rahimeh vorsprach. Im Namen Allahs, des Erbarmers, des Barmherzigen.

›Beim Lesen der Worte Allahs dürft ihr keinen Fehler machen. Nimm deinen Schleier ab, Haniyyeh, mit diesem Ding kannst du ja gar nichts sehen‹.

Mit zitternden Händen hob ich den Schleier und blickte in die Gesichter meiner Klassenkameradinnen. Die transjordanischen Mädchen strahlten vor Glück. Ich lächelte sie an und atmete erleichtert auf. Die Luft war jetzt kühler, der Raum größer. Ich war so aufgeregt, weil ich etwas Neues lernte, den Vers *al-Fatiha*. Meine Lieblingssure war ›Das geronnene Blut‹. ›Lies! Im Namen deines Herrn, der erschuf, erschuf den Menschen aus geronnenem Blut … Der die Feder gelehrt. Gelehrt den Menschen, was er nicht gewußt.‹ Und ich, Schwester, saugte alles, was ich nicht wußte, auf wie ein trockener Schwamm. Die Schule bot mir einen Vorwand, das Haus zu verlassen und dem Zorn meines Vaters zu entfliehen. Aber der Wind bläst immer anders, als das Schiff es will. Ein Jahr später, als wir bei der Sure *Ya-Sin* angelangt waren, dem Herzen des Koran, und als ich gelernt hatte, meinen Namen zu schreiben, befahl mir mein Vater, von nun an zu Hause bei meiner Mutter zu bleiben. ›Du bist jetzt erwachsen‹. Aber ich wollte nicht erwachsen werden, ich wollte meinen Körper in seiner kindlichen Gestalt wiederhaben.

Ich vermißte Fräulein Rahimeh und meine Freundin Dalal, ich sehnte mich danach, jeden Morgen die *kutab* aufzusuchen, sehnte mich nach den flachen, durchgeweichten Broten mit Schafskäse und Gurken. Doch ich sagte: ›Ja, Vater‹, und hörte meine Schulkameradinnen wie in der Grammatikstunde wiederholen: ›Haniyyeh, die zwei Jahre später die Mutter von Saad wurde, fügte sich ihrem Vater.‹

Maha

Langsam schlich ich mich ich den Raum, um von den Hochzeitsgästen nicht bemerkt zu werden. Doch der Mann aus der Stadt sah mich und rief: »Welch bezaubernde Beduinenaugen!« Mir wurde heiß in dem schweren Samtkleid, und ich betete zu Allah, daß Daffash mir nicht wieder irgendeine Arbeit auftrug. Mein Vater schlurfte herein und warf einen mißbilligenden Blick auf die unbedeckten Beine der Stadtfrauen. Ohne mir in die Augen zu sehen, sagte er: »Allah möge dich beschützen, mein liebes Kind.« Da ging mir das Herz auf, und ich hätte den alten Mann, der so traurig aussah, am liebsten umarmt. »Daffash«, meinte er dann, »Daffash, bereite das Mansaf.«

Seufzend sagte ich: »Der Reis ist fertig, das Lammfleisch ist gar und in Joghurtsauce eingelegt, und das Brot ist in Tuch eingeschlagen.« Möge Allah meine Nachbarinnen segnen, die den größten Teil der Arbeit getan haben. Ohne Hamdas und Nasras Hilfe wäre ich mit dem Kochen nicht fertig geworden.

Der freie Platz auf einer der Matratzen sah so bequem und einladend aus, daß ich mich darauf niederließ, die Beine anzog und unter meinem langen Kleid verbarg. Die Stadtleute unterhielten sich gerade über englische Clubs, Offiziere und Kirchen. Nichts von all dem hatte ich je zu Gesicht bekommen. Die blonde Frau sagte in stockendem Arabisch, bei dem die Kehllaute fehlten: »Der Zutritt ist nur Engländern gestattet.«

»Was ist mit den Freundinnen der Offiziere?« fragte die dunkelhaarige Frau in ihrem verwässerten Arabisch.

Daffash zwirbelte seinen dünnen Schnurrbart. »Und was ist mit mir?« wandte er sich an die Blondine. »Ich habe viel Zeit damit zugebracht, Reisenden alte arabische Inschriften zu übersetzen.«

Sie klopfte ihm auf die Schulter. »Du bist ein aufgeschlossener Araber. Von denen gibt es nicht viele.«

Während er weiter seinen Bart zwirbelte, flüsterte er: »Wir begehren nur euer Wohlwollen und eure Anerkennung.«

Obwohl alle lauthals lachten, fühlte ich mich unwohl in dieser Gesellschaft. Daffash war ein Narr. Die Trommelschläge und das Singen und Heulen der Frauen drangen von draußen herein und bewahrten mich davor, noch länger dem stockenden Arabisch lauschen zu müssen.

»Scheich Nimer, Allah vermehre deinen Reichtum.
Du bist der beste Schwiegervater.
Gesegnet sei das Haus Nimer.«

Harbs Familie kam, um mich ins Brautgemach zu führen. Plötzlich wurde ich von Furcht ergriffen. In Gedanken berührte ich noch einmal alle Gegenstände des Raums: die alten Matratzen, die meine Mutter genäht hatte, die Holztruhe, das geölte Spinnrad, das englische Gewehr meines Vaters, den alten Tonkrug, den unvollendeten Wollteppich, den runden Spiegel. Mein alter Vater sollte nicht das Beben meines Kinns bemerken, deshalb zog ich den Brokatschleier über mein tränennasses Gesicht.

Hoch aufragend, in einen Mantel gehüllt, trat Harbs Onkel ein, und er schien den ganzen Raum auszufüllen.

Harbs Mutter stand so dicht neben mir, daß ich ihren tabakgeschwängerten Atem roch. Nachdem Tamam die Braut ihres Sohnes prüfend in Augenschein genommen hatte, beschloß sie, sich zu setzen. Erst jetzt sah ich die jungen Mädchen des Stammes, die in der Mitte des kleinen Raums tanzten. Die Luft war stickig, und mir wurde schwindlig. Die Trommel, die hüpfenden Mädchen mit ihren bunten Tüchern und Harbs ältliche Mutter verschmolzen zu einem dumpfen Traum. Aus dem Nichts tauchte das faltige Gesicht meines Vaters auf. Ich konnte ihm nicht in die Augen sehen, also senkte ich den Blick und starrte auf meine Zehen hinab. Er legte seine rissige Hand auf die meine und drückte sie, und seine zittrige Stimme drang an mein Ohr: »Sie sind gekommen, um dich zu holen, Braut.« Den Blick fest auf die Zehenspitzen gerichtet, die unter dem Saum des langen Samtkleids meiner Mutter hervorlugten, erhob ich mich. Mein Vater küßte mich auf die Stirn.

»Vater, vergiß nicht zu essen«, flüsterte ich.

»Paßt gut auf sie auf«, ermahnte er Harbs Onkel.

»Wir werden stets ein Auge auf sie haben.«

Harbs Onkel streckte seinen langen Arm aus und griff nach meiner Hand.

»Komm mit, meine Tochter.«

Zärtlich umspielte die warme Abendbrise meinen Schleier. Gaslampen wurden vor mir hergetragen. Der Duft der Orangenblüten legte sich schwer auf mein Herz und erinnerte mich daran, daß ich Abschied nehmen mußte – von meinem Hof, meinen Henna- und Radieschenbeeten, von den Kamelen und Hühnern, von unserem Hund Nashmi, unserem Araberpferd Mujahid und unserer bernsteinfarbenen Kuh Halabeh. Harbs Haus lag abgeschieden am Rand des Dorfes. Der Festzug bewegte sich auf die hell erleuchteten Zelte in Scheich Nimers Hof zu. Die Zigeunerinnen waren bereits da, in ihren durchsichtigen Kostümen tanzten und wirbelten sie inmitten der Männer herum. Schande über sie, sie waren wie die Stadtfrauen, beinahe nackt! Die Zigeunertrommel hatte einen grelleren und durchdringenderen Klang als die arabische Trommel.

»Grünend, grünend ist unsere Braut.
Apfelgleich sind ihre Wangen.
Streut Jasminblüten aus.
Entzündet Kerzen, laßt Weihrauch duften.«

Ich war weder grünend noch apfelgleich; ich war neunzehn Jahre alt. Meine Rückenmuskeln schmerzten vor Erschöpfung. Ich betrat das Zelt, setzte ich mich auf den dicken Teppich und streckte meine steifen Beine.

Bald darauf zog die Hochzeitsprozession weiter, diesmal zu Harbs Haus. Die Männer ritten zu Pferd, die Frauen gingen zu Fuß. Manche der in Mäntel gehüllten Reiter trugen flackernde Laternen. Unterdessen zählten die Frauen die Vorzüge der Braut auf: Ihre Vorfahren seien edelmütig gewesen, ihre Mutter eine gottesfürchtige Hausfrau, sie selbst sei züchtig und rein. Im Wechselspiel von Licht und Schatten tauchten lächelnde Gesichter auf und verschwanden wieder. Trotz der kühlen Erde waren meine Füße wund und müde. Plötzlich brauste der Landrover an uns vorbei. Mein Bruder Daffash brach in die Stadt auf, mit seinem Herrn und den beiden Frauen. Hoffentlich, dachte ich, erfuhr mein Vater nicht, daß er nicht einmal in der Hochzeitsnacht seiner Schwester im Dorf blieb. Nasra hatte sich zwischen den Frauen durchgezwängt und ging, lautlos wie ein Schatten, an meiner Seite. »Allah schenke dir Glück, Schwester«, flüsterte sie. »Ich kann ja nicht mehr heiraten, obwohl ich gerne ein Kind hätte.«

Ich nahm ihre Hand und sagte: »Sei nicht traurig. Vielleicht ist es besser so. Allah bestimmt, was das Beste für uns ist.« Dann senkte ich den Kopf. Der einzige Ohrring, den Nasra trug, baumelte im trüben Licht der Laternen und erinnerte mich an die entwürdigende Tat meines Bruders, der dieser ausländischen Frau ergeben wie ein Hund folgte.

Es war ein langer Weg durch die verschlafenen Gassen, vorbei an den Lehmhäusern mit ihren winzigen schimmernden Fenstern. Linkerhand stand hoch und erhaben Abu Aubayydahs Schrein. Ich stellte mir vor, wie die Hände meiner Mutter im Dunkeln das Spinnrad hielten, wie sie sich bemühte, die heiteren Augenblicke des Lebens im Webmuster festzuhalten. Im trüben Licht sah ich mich dasitzen und auf die Muster meines halbfertigen Teppichs starren. Braune Formen auf beigem Untergrund. Unter meinen Füßen verwandelten sich die verträumten Gassen in einen endlosen Fluß. Der Jordanfluß zog sich tief unten durch das Tal, an seinen Ufern wuchsen grüner Thymian und Basilikum. Er mündete ins Tote Meer, in den See, den ich so sehr liebte. Immer wieder sehnte ich mich nach dem salzigen Geschmack auf der Zunge.

Harbs hell erleuchtetes Haus wirkte in der Dunkelheit fremd. Im Hof hatte man für die Gäste mehrere Zelte errichtet, mit niedrigen gewölbten Dächern, während Harbs Haus höher war und ein flaches Dach hatte. Die Türen unseres Hauses hatte mein Vater bogenförmig gestaltet. In Harbs Haus jedoch herrschten gerade Linien vor, die sich im rechten Winkel trafen, hier war nichts gebogen oder gekrümmt. Durch diese rechteckige Tür würde ich nicht passen. Doch es war mein neues Zuhause.

Ich mußte mich entspannen. Das sagte ich mir mehrmals vor, bis das Minarett des Schreins mein Echo zurückwarf und wiederholte: »Entspann dich. Verwandle dich in ein Rechteck. Allah-u-Akbar.«

Ich quetschte mich durch die unvertraute Tür, und da stand Harb und empfing mich mich mit strahlendem Gesicht. Ich sah seinen dichten Schnurrbart, seinen Goldzahn, seine schlanke, hochgewachsene Gestalt, die festen Schenkel, die von unzähligen Ritten auf feurigen Araberpferden kündeten. Da verzieh ich ihm, daß er wie die anderen Männer des Stammes war, und wehrte mich nicht mehr gegen meine Liebe zu ihm. Er nahm meine Hand, und unter seinen Berührungen fühlte ich mich zart, weich und zerbrechlich. Als er mir beim Hinsetzen half, stockte mein Atem. Aus meinen Rippen schienen Flügel zu wachsen, und als Harb den Brokatschleier hob und mein Gesicht enthüllte, schwebte ich in die Lüfte empor. Voll andächtiger Ergebenheit betrachtete er meine tränennassen Wimpern. Und mein Herz flog ihm zu, ihm, meinem Gemahl.

Als Hamda kam und mich auf die Stirn küßte, vergoß ich keine Träne mehr. Harbs Gegenwart war alles, was ich spürte, mit jeder Faser meines Körpers. Hamda schaute Harb an und sagte: »Sie ist uns sehr lieb. Gib gut auf sie acht.«

»Bei Allah, macht euch keine Sorgen. Sie ist so edel wie eine reinrassige Stute, sie ist mir so teuer wie mein Augenlicht.« Als Hamda den Raum verließ, folgten ihr alle anderen, die Trommlerin, die Tänzerinnen, Tamam und Hajjeh Hulala. Meine Freundinnen Halimeh und Nasra küßten mich auf die Wange, dann stürmten sie hinaus wie Fledermäuse bei Einbruch der Dunkelheit.

Harb schlang die Arme um mich und drückte mich fest

an sich, als befürchtete er, ich könnte plötzlich verschwunden sein wie die Reiter von Karak. Meine Mutter hatte mir erzählt, daß die Leute von Karak bisweilen von Pferdegewieher und Schwerterklirren geweckt wurden, als ob die Krieger des Propheten vorüberzogen, die in der Schlacht von Mutah kämpften. Doch sobald die Bewohner aus ihren Türen schauten, lösten sich die Reiter im Nebel der Morgendämmerung auf. Mein Reiter hingegen wölbte die Hände um mein Gesicht und ließ den Blick langsam über meine zitternden Lippen und mein bebendes Kinn wandern. Seine Berührung war zärtlich und voller Verlangen. Durch das Getrommel und den Heulgesang der Frauen konnte ich das Lied der Hochzeitsnacht hören.

»Höre, Bräutigam,
Wir sind rein und
Zart wie Rosenblüten.«

Die Stammesangehörigen hatten sich draußen vor der Tür versammelt und warteten auf den Beweis meiner Jungfräulichkeit. Junge Mädchen und Burschen, halbnackte Kinder, zahnlose alte Männer und Reiter – sie alle dürsteten nach meinem Blut. Mein Herz klopfte wie wild. Was würde er mit mir tun? Immerhin würde ich Blut verlieren. Ob es wohl so war wie bei einer gewöhnlichen Periode? Diese Fragen schwirrten in meinem Kopf umher wie Tauben in ihrem Schlag, während Harb meine Beine massierte. Ich sah sein dichtes Haar und die dunkle Haut seiner Schultern. Noch nie war ich so ruhig und gelöst gewesen.

Ich zuckte zusammen, als ich Tamam an die Tür klopfen hörte.

»Mein Sohn«, rief sie. »Laß mich für den Rest meiner Tage mit hocherhobenem Haupt durchs Leben gehen. Zeig dem ganzen Stamm, daß du der Stolz von Qasim bist.«

Harb vergrub das Gesicht in den Händen. Das Interesse an meinem Körper hatte er verloren. »Ich schaffe es nicht, wenn sie ständig an die Tür klopfen.«

Ich nahm ihn fest in die Arme und küßte ihn auf die feuchte Stirn, auf die Augen, auf Nase und Mund. Ich hörte galoppierende Pferde und Schüsse. Allmählich wurden die jungen Männer des Stammes ungeduldig. Harb legte sich auf den Boden, schloß die Augen, streckte die Beine aus. Ich hatte das Gefühl, ihm helfen zu müssen, wußte aber nicht wie. So legte ich mich neben ihn und drückte seinen Kopf an meine Brüste. Schließlich ging sein Atem gleichmäßiger, und er streichelte wieder meine Beine. Sein Gesicht war schweißbedeckt, seine Arme zitterten.

»Schon gut«, beruhigte ich ihn, »es ist alles gut.«

»Ja«, erwiderte er und küßte mich auf die Lippen.

Ein heftiges Klopfen an der Tür ließ ihn abrupt innehalten. Er stand auf und trat ärgerlich gegen die Wand.

»Los, mein Sohn«, zischte seine Mutter. »Der ganze Stamm wartet. Und mir droht Schande auf meine alten Tage!«

Harb war in Tränen aufgelöst, als er flüsterte: »Maha, ich kann nicht.«

Ich dachte an meine Ehre. In meinen Adern floß das Blut einer Jungfrau, doch Harb mußte es vergießen. Harb mußte den Beweis erbringen, daß ich eine Jungfrau war. Was, wenn die Leute das blutige Laken nicht zu sehen bekamen? Sie würden denken, daß ich keine Ehre hätte.

Und eine solche Schmach würde mein Vater nicht überleben. »Sie werden uns nicht eher in Ruhe lassen, als bis wir ihnen ein weißes Stück Stoff geben, das von Blut trieft. Wenn sie das nicht bekommen, werden sie glauben, daß ich keine Jungfrau mehr war. Der Name meiner Familie wird für immer besudelt sein.«

Harb war blaß, als er stockend hervorbrachte: »Maha, ich kann nicht.«

Da lächelte ich und sagte: »Wir können sie täuschen.«

»Unmöglich«, meinte er seufzend.

»Stich mir mit der Spitze deines Dolches in den kleinen Finger … «

»Nein, das tue ich nicht.«

»Sie sind auf mein Blut aus.«

»Ich kann dir doch in unserer Hochzeitsnacht nicht wehtun.«

Ich packte seinen Dolch und ritzte mir damit die Fingerkuppe, um nicht allzusehr zu bluten. Während ich das Blut abwischte, sah ich die Tränen in den Augen meines Gemahls. Er küßte meine Hand und sagte, er wolle nicht, daß ich leiden müsse, er liebe alles an mir, auch meinen kleinen Finger.

»Gib ihnen den Beweis meiner Keuschheit. Rasch!«

Mit zitternder Hand nahm er das Stück Stoff und warf es zur Tür hinaus. Schließlich dachten ja alle, er sei nackt. Ich kicherte.

Der ganze Stamm geriet außer sich, als sie mein jungfräuliches Blut sahen. Sie steckten das Tuch auf einen Gewehrlauf, ritten herum und schossen in die Luft. Wieder einmal hatte eine Frau ihres Stammes bewiesen, daß das Siegel ihrer Keuschheit bis zu diesem Augenblick unversehrt geblieben war. Der Honig im Topf war rein; ich war unbefleckt.

Um Saad

»Maha, Schwester«, seufzte Um Saad.

Ich fühlte mich müde an diesem Abend, meine Glieder waren schwer wie Blei. Ich hatte keine Kraft, nicht den Willen, weiterzuleben und das Licht des nächsten Tages zu sehen. Ich raffte mich auf und flüsterte: »Ja, Um Saad.«

»Mein Herz sehnt sich heute abend nach etwas Unerreichbarem. So hat uns Allah geschaffen. Als Sehnende, Begehrende, Wünschende, Verlangende. Ich erinnere mich an meinen ersten und letzten Besuch im Kino.«

»Was ist das: Kino?« fragte ich, damit Um Saad weitererzählte, zufrieden war.

»Man betritt einen riesigen Saal, nimmt auf Korbstühlen Platz und blickt auf eine Wand. Plötzlich erscheint dort ein helles Licht, und man sieht Menschen, die sich bewegen, die sprechen. Phantastisch.«

»Warum geht man dorthin, um Menschen zu sehen und zu hören?« Warum überhaupt irgendwohin gehen, um Menschen zu sehen und zu hören. Kein Ort ist ein guter Ort. Die Welt ist klein, ein enges Krankenzimmer, in dem man nicht atmen kann.

»Es ist etwas anderes. Man sieht Menschen, die man im wirklichen Leben nicht sehen kann, und man besucht Orte, die man im wirklichen Leben niemals besuchen kann. Der Film, den ich sah, spielte in Kairo. Mir gefiel der ägyptische Dialekt und das Tosen der großen Stadt. Ich spielte mit Dalal auf der Treppe ›Fang den Stein‹, als meine Mutter meinen Namen rief. Omar, Um Abdus Sohn, sagte sie, würde am zweiten Tag des Festes mit uns ins Kino gehen. Noch bevor an diesem Tag die Sonne aufging, hatte ich gebadet, mein neues Kleid angezogen und mir das Haar gekämmt. Während ich auf Omar und Dalal wartete, verhielt ich mich mucksmäuschenstill, um nicht die Aufmerksamkeit meines Vaters auf unseren Ausflug zu lenken. Bei deinem Leben, nie kam mir das Warten länger vor als an diesem Tag.

Als Dalal und Omar an die Tür klopften, hielt ich den Atem an. Sie traten ein, schüttelten meinem Vater die Hand und sagten: ›Frohes Fest, Onkel.‹

›Haniyyeh, bring die Süßigkeiten‹. Zitternd bot ich ihnen Konfekt an und machte ihnen heimlich ein Zeichen, nichts zu verraten. Dalal verstand, aber Omar gab das Geheimnis preis.

›Onkel, ich möchte um deine Erlaubnis bitten, Hanieh mit ins Kino nehmen zu dürfen.‹

Ich duckte mich und bedeckte den Kopf mit meinen Händen, um mich vor der Wucht der Explosion zu schützen, die im nächsten Augenblick stattfinden würde. Mit geschlossenen Augen wartete ich darauf, von Metallschnallen, Glassplittern und scharfen Worten getroffen zu werden. Nichts geschah. Ich blinzelte mit einem Auge und sah mich um. Alle saßen da und lächelten.

›Sie darf mitgehen, Omar, weil ich dir vertraue. Du bist ein Mann und kannst sie beschützen. Bring sie aber trotzdem nicht zu spät zurück.‹

Ich wäre beinahe in Tränen ausgebrochen, als ich meine türkische *mulaya* anzog. Ich legte Mantel, Maske und Schleier an und stieg die schmalen Stufen unseres Hauses hinunter.

›Hier entlang, Mädchen‹, rief Omar.

Beduinenmänner und -frauen drängten sich auf den Straßen des Zuckermarktes.«

Beduinenfrauen? Solche wie ich. Es gibt sie also wirklich. Mein Dorf Hamia existiert also wirklich.

»Bei Allah, solche wie ich?«

»Ja, solche wie du, Maha.«

»Ich war nie in der Stadt. Nur in Fuhais.«

»Hättest du doch dein Dorf niemals verlassen. Wäre ich doch niemals ins Kino gegangen, Maha. So vieles wünsche ich mir. Damals wußte ich nicht, was ich heute weiß. Ich hielt Dalals Hand, und sog das Bild des glitzernd klaren Flusses in mich auf. Die alten, aus weißem Stein erbauten Häuser glänzten im Sonnenlicht, Spitzenvorhänge bewegten sich im Lufthauch. Und eben dort geschah es, daß ich mir eine Krankheit holte, die man ›Sehnsucht‹ nennt. Ich sehnte mich danach, das zu sehen, zu hören und zu spüren, was sich hinter geschlossenen Türen und flatternden Vorhängen ereignet. Das Leben der Stadt mit all ihren Menschen begann in meinen Adern zu pulsieren. Wir gingen über den Innereienmarkt, auf dem die Eingeweide von Schafen verkauft werden, vorbei an der katholischen Kirche, wo die Nonnen sich zum Gebet versammeln, vorbei am Bukhariyyeh-Markt, wo die Perser Perlen und Pailletten verkaufen, vorbei an den römischen Ruinen, bis wir offene grüne Felder erreichten. Der feuchte Geruch nach Radieschen und Salat erfüllte die Luft. Der Fluß, der zwischen den Feldern dahinplätscherte, kühlte die Luft ab. ›Los, los, ihr Mädchen‹, rief Omar, der uns immer ein paar Schritte voraus war. Rote Buchstaben auf einem weißen Tuch verkündeten: ›Al-Amir-Kino‹. Omar hieß uns draußen warten und ging die Eintrittskarten kaufen. Wir standen inmitten einer Schar von Jungen und Männern. Außer uns kein einziges Mädchen. Ich ließ Dalals Hand nicht los, bis wir eine großen, fast leeren Saal betreten und auf niedrigen Strohstühlen Platz genommen hatten.

Ein mehrmaliges Knistern, dann vollkommene Stille. Schwester, man hätte eine Nadel fallen hören können. An der Wand tauchten Bilder auf, Töne waren zu hören. Werbung für Lifebuoy-Seife, Marie-Kekse und Kiwi-Schuhcreme. Alles in England hergestellte Produkte. Und von längerer Haltbarkeit als unser Schund. Ausgezeichnete Qualität und hoher Standard. Dann begann der Film. Farid al-Attrash erschien auf der Leinwand, und ich hatte das komische Gefühl, als wäre der untere Teil meines Körpers plötzlich nicht mehr vorhanden. Farid al-Attrash sang für Samiyya Jamal, die sehr arm war und deshalb als Bauchtänzerin in einem Nachtclub arbeiten mußte. Aber Samiyya Jamal war eine moralische und ehrbare Künstlerin. Klatschweiber lugten hinter kleinen Fenstern hervor, lästerten über sie und bezichtigten sie eines liederlichen Lebenswandels. Doch Samiyya Jamal war unschuldig. Sie tanzte zu Farids Gesang. Sie schwang ihre kräftigen Hüften und schüttelte ihre Brüste, und Farid sang von den Qualen der Liebe. Eines Abends fuhr er sie nach Hause zurück und küßte sie sanft auf die Lippen. Der untere Teil meines Körpers fiel zu Boden. Ich wollte die Hände ausstrecken und auf meine Beine und Hüften legen. Aber ich konnte nicht. Ich konnte mich weder bewegen noch blinzeln.

›Mit dir, auf immer und ewig.
Deine Schritte hören, auf immer und ewig.
Deine Schönheit bewundern, auf immer und ewig.‹«

»Ich höre die Schritte meines Sohnes, auf immer und ewig. Das sanfte Geräusch hallt wider in meinem Kopf,

Um Saad.« Sie achtete nicht auf das, was ich sagte, sondern fuhr fort, über den Film zu sprechen.

»Ich weinte, als man ihn nicht zu seiner Geliebten ließ. Ich weinte, als man sie anklagte, einen lockeren Lebenswandel zu führen. Ich weinte, als sie sich küßten, und ich weinte, als sie schließlich heirateten. Dalal fragte mich, warum ich weinte. ›Ich kann das Glück nicht ertragen‹, sagte ich. Ich kann das Glück nicht aushalten. Meine Schwester, Glück bricht mir das Herz. Allah schuf die Menschen mit einem Hohlraum in der Brust. Sie weinen, wenn sie sich an die traurigen Augenblicke erinnern; weinen, wenn sie sich an die glücklichen Augenblicke erinnern; sie klagen, wenn sie erkennen, daß es weder glückliche noch traurige Augenblicke gibt, über die sie nachsinnen können. Verflucht sei dieses Leben.

In jener Nacht, Maha, entdeckte ich das hölzerne Fenstergitter mit den sternförmigen Löchern. Ich setzte mich auf die Kissen und blickte durch diese Öffnungen auf die dunkle Stadt hinaus. Amman schlief wie ein Säugling. Selbstvergessen und ohne Erinnerung an gebrochene Herzen und traurige öde Straßen. Ich wäre am liebsten auf die Knie gesunken; ich, Hanieh Um Saad, hätte am liebsten einen Namen gerufen; etwas … jemanden gestreichelt. Berührt, liebkost. Wie gern hätte ich meine Nase an jemandes Wange gerieben. Doch das einzige, was ich in jener langen, schwülen Nacht tun konnte, war, mich selbst zu liebkosen und die Nacht zu umarmen.«

Maha

Es dämmerte schon fast. Die Rufe der Männer waren verklungen, und ich lag in Harbs Armen. Still lagen wir nebeneinander auf der Matratze. Seine Finger strichen über mein Haar, behutsam entflocht er meine Zöpfe. Ich schob sein Kopftuch zurück und umschlang seinen Nacken. Das Täuschungsmanöver hatte uns einander näher gebracht. Sanft umspielte mein gelöstes Haar meine Schultern. Seine schlanken Finger glitten über meine Augen, meine Nase, über Wangen und Ohren und verharrten schließlich auf meinen Lippen. Wohligkeit, Sinnenlust und ein unwiderstehliches Verlangen bemächtigten sich meines Körpers. Doch ich war eine Jungfrau, und Jungfrauen durften die Lust ihrer Männer nicht erwidern. Sonst würde Harb mich womöglich für unzüchtig halten.

Er küßte mich links und rechts auf den Mund, dann direkt auf die bebenden Lippen. Es war unvergleichlich, sogar viel schöner als einen Hennastrauch, das Pferd oder die Orangen zu küssen. Zum Teufel mit den alten Weibern und den alten Regeln! Ich rückte näher heran und legte meine Arme um ihn. Eine ertrinkende Katze, die einen im Wasser treibenden Baumstamm entdeckt.

»Mein Herz pocht und macht Freudensprünge, wenn ich dich ansehe«, sagte er.

»Die Reiter der Stämme dürfen nichts für Frauen übrig haben.«

»Für dich schon, Maha, Gefährtin meiner Seele.«

Mit jedem Wort aus seinem Mund, jeder Bewegung seines Körpers, fühlte ich mich freier und glücklicher. Mein Körper wurde schwerelos, leicht wie eine Straußenfeder. »Harb, ich habe einen Wunsch.«

»Deine Wünsche sind mir Befehl.«

»Könnten wir nicht zum Toten Meer hinuntergehen?«

»Aber ja.«

»Jetzt gleich?«

Er strich sich die Haare aus dem Gesicht. »Es ist schon spät«, meinte er.

»Aber es ist doch nicht weit«, bettelte ich.

Ein warmer, feuchter Windhauch wehte mir ins Gesicht und zauste mein offenes Haar. Harb hielt meine Hand. Das Dorf lag in tiefem Schlummer, nur ein, zwei Fenster waren erleuchtet – Häuser, in denen hungrige Säuglinge gestillt wurden. Tief sog ich den Duft der Orangenblüten ein, der mich so glücklich machte. Wir spazierten an dem mit Zitrusbäumen bestandenen Ufer des Jordanflusses entlang. Meine Pantoffeln hatte ich in Harbs Haus gelassen, barfuß trat ich auf kühle Erde. Das Gurren der Tauben wich dem gleichmäßigen Rauschen des Wassers. War ich tatsächlich mit Harb hier? Ich fröstelte. Da öffnete er seinen Mantel, zog mich enger an sich und legte den Mantel um meine Schultern. Als ich seinen warmen Körper spürte, fühlte ich mich geborgen und im Einklang mit der ganzen Welt, sogar mit meinem Bruder Daffash.

Mir fiel ein, wie unsicher ich mir gewesen war, als Harb um meine Hand angehalten hatte, nachdem ich mich nicht mit ihm hatte treffen wollen. Damals dachte ich, Harb sei nicht anders als Daffash.

»Bist du wie mein Bruder Daffash?« Harb lachte, als könne er meine argwöhnischen Gedanken lesen.

Er umfaßte fest meine Taille und antwortete: »Nein.«

»Aber du hast mir einen Heiratsantrag gemacht, obwohl ich mich nicht mit dir getroffen hatte.«

»Ja und nein.« Plötzlich verstummte er und richtete sich auf. Als ich seinem Blick folgte, sah ich ein paar Lichter, die am Westufer des Jordan langsam dahinzogen.

»Wer ist das?« fragte ich.

»Die Engländer.«

»Was tun sie in unserem Land?«

»Sie graben nach den Gebeinen von Salahadin.«

»Salahadin?«

»Salahadin al-Ayyubi, der muslimische Herrscher, der im Mittelalter die Kreuzfahrer besiegt hat.«

»Warum wollen sie denn seine Gebeine ausgraben?«

Er schaute zum westlichen Ufer hinüber und schüttelte den Kopf wie ein unwilliges Pferd. »Nein, ich bin nicht wie dein Bruder Daffash.«

Er blieb vor mir stehen und nahm mein Gesicht in seine Hände. Im kalten Mondlicht konnte ich seine Miene erkennen. Denselben Ausdruck hatte ich auf dem Gesicht meines Vaters gesehen, als er von meiner toten Mutter Abschied nahm. Drei Tage lang hatte Scheich Nimer, mein Vater, am Grab meiner Mutter geweint. Harb drückte mich fester an seinen warmen Körper und strich mir über Haar und Gesicht. Entgegen dem Rat der Alten legte ich meinen Arn um Harbs Hüfte. Da fuhr er sich durchs Haar und beschleunigte seinen Schritt; er konnte es kaum erwarten, ans Meer zu gelangen.

Vor uns tat sich eine weite dunkle Ebene auf, dort, wo sich das Süßwasser des Flusses mit dem Salzwasser des Meeres vermischte. Die kühle Brise schwächte die Hitze ab. Im Mondlicht verwandelte sich das Meer in einen riesigen Spiegel, ähnlich dem, den meine Großmutter meiner

Mutter geschenkt hatte und der mit einer ganz dünnen Lage Schmelzsilber überzogen war. Die wenigen Palmen und Kamele am Ufer nahmen sich in dieser endlosen Weite lächerlich klein aus. Alles erschien mir kühl, ruhig und verlockend. Meine Seele hob sich empor, berührte den Himmel und beugte sich hinab, um das Meer zu küssen. Durchdrungen von einer tiefen Zufriedenheit mit dem Geschenk des Lebens, verzieh ich der Vergangenheit, die mir soviel Leid gebracht hatte. Daffash hatte mich oft im Zorn verprügelt. Bestimmt hatte er mir eigentlich nicht wehtun wollen. Meine Mutter, ständig von Schmerzen geplagt, hatte sterben müssen. Und daß ich Wasser schleppen, meinem Vater Trost spenden und den Haushalt führen mußte, war doch keine große Anstrengung gewesen. Nein, ganz und gar nicht. Ich breitete die Arme aus und schwor mir, nie wieder zu weinen, stets ein Lächeln auf dem Gesicht zu traben und Harb, meinen Ehemann, zu lieben bis ans Ende meiner Tage.

Lachend lief ich auf das silbrig glänzende Wasser zu und sog die salzhaltige Luft, den stechenden Geruch von Säuren und Mineralien, ein. Dieses Wasser heilt alle Arten von Hautkrankheiten. Während ich mir durchs Haar fuhr, löste Harb seinen Gürtel mit dem Dolch und warf ihn auf den Boden. Ich setzte mich auf einen flachen schwarzen Felsen und sah meinem Gemahl zu. Er knöpfte sein Gewand auf, unter dem seine dunkle Haut zum Vorschein kam. Ich senkte den Blick und starrte auf die salzverkrusteten Kieselsteine. Das Blut schoß mir in den Kopf, als mir bewußt wurde, daß ich mehr von ihm zu sehen begehrte, daß ich seinen Atem hören und seinen mit Moschus parfümierten Körper riechen wollte.

Ich zitterte, als er mich auszuziehen begann. Erst der Schleier, dann das samtene Gewand meiner Mutter, der

Unterrock, die Hosen. Fest drückte er mich an sich. Hand in Hand tauchten wir in das warme Wasser ein, das die Sonne tagsüber aufgeheizt hatte. Unsicher tastende Hände, Widerstand und schließlich Hingabe. Harb küßte mich auf die Stirn. Der See war still, reglos verharrten die Palmen, der Himmel hielt den Atem an. Ich schwamm näher an meinen Mann heran, dann richtete ich mich auf und küßte ihn ebenfalls auf die Stirn. Ich würde den Rat der Alten nicht befolgen. Mein Körper barst vor Glut und Leben. Nein, auch den Rat meiner Mutter würde ich nicht befolgen. Verzeih mir, Mutter. Harbs Blick verriet Achtung und Entzücken. Also verachtete er mich nicht, weil ich ihn auf die Stirn geküßt hatte. Frauen von Hamia, ihr habt auf einem Misthaufen gelebt. Ich sprang auf meinen Mann zu, begierig nach jedem Tropfen Meerwasser.

»Du bist meine Frau«, keuchte Harb und hielt mich eng umschlungen.

»Ich bin deine Frau«, wiederholte ich, die Finger tief in seinen Rücken gegraben.

»Du gehörst zu mir«, sagte er fordernd.

»Ich bin dein«, flüsterte ich.

Mein Körper erbebte, als er in mich eindrang. Ich rief den Namen meiner Mutter, krümmte mich und gab mich ihm hin. Die Sterne blinkten, und der Horizont dehnte sich aus ins Unendliche.

Die Schuneh-Berge, die schwarzen Felsen, die Mineralquelle und dahinter das hochgebaute Jerusalem wurden Zeugen der Geburtsstunde unserer Liebe. Erschöpft und zufrieden zog sich der Mond in seine Welt zurück. Ich liebte den Mann, der in diesem Augenblick seinen nassen Körper mit seinem Baumwollhemd abtrocknete. Ich würde ihn beschützen, mich von ihm beschützen lassen und seine Frau sein, bis meine Seele zu ihrem Schöpfer zurückkehrte. »Ich sitze auf einem Stein, du auf einem anderen. Willst du mich als deinen Gefährten annehmen?« fragte Harb.

»Das will ich.« Wir lachten beide. Das Meer verwandelte sich in eine lichte Wolke, die den Dunst überstrahlte und sich anschickte, zu den Bergen Jerusalems aufzusteigen. Glänzendes Gold, funkelndes Silber, dunkles Braun und ein fröhliches weißes Licht. Harb nahm mein Gesicht in seine Hände und flüsterte, ich sei die Araberstute, die ihn überallhin begleiten würde, das heilende Kraut, das seine Schmerzen linderte. Ich lachte verlegen und versuchte, seinem Blick auszuweichen. Im zaghaften Morgenlicht funkelten die Salzkörnchen auf seinen Brusthaaren. Meine Hände waren fleckig vom beißenden, mineralhaltigen Wasser. Im Meer schwimmen, im Meer sich lieben, im Meer weinen, sich dem Meer überlassen. Die Basaltsteine, die geduldigen Kamele und der Jordanfluß, der sein Süßwasser ins Tote Meer ergoß, stimmten in die Melodie meiner Liebe ein.

Während ich mit der Hand die Augen abschirmte, ließ ich den Blick über die Landschaft schweifen. Der Berg Latroun ragte empor, die Schuneh-Berge neigten sich fürsorglich herab, und das Meer glich einem verspielten Kind, das auf dem Rücken liegend in den Himmel schaute. An jenem Morgen lag ein Glanz auf den Bergkämmen, der wohl von der allmählich durchbrechenden Morgensonne herrührte. Ich erstarrte, als ich die gebeugte Silhouette Hakims erkannte, der den Berg hinaufstieg. »Hakim!« rief ich lauthals und deutete auf ihn. »Hakim lebt«, wandte ich mich an Harb.

»Du glaubst doch nicht etwa Hajjeh Hulalas Altweibergeschichten?«

Tau und Licht, die Schwestern der Beduinen, kamen

mir zu Hilfe und ließen mich Hakim mit seinem gekrümmten Rücken erblicken, seine schwarze Ziege, seinen langen Stock. Mein Vater hatte mir versichert, daß Hakim, die Verkörperung des Zorns und Widerstands der Araber, nie zu atmen aufgehört hatte, daß er niemals sterben würde und immer durch die Wüsten und Gebirge Arabiens ziehen würde. Viele trachteten nach seinem Blut, doch er verstand sich auf die Kunst des Überlebens.

Auf Harbs Gesicht lag ein seltsamer Ausdruck, als er sagte: »Hakim ist vor vierzig Jahren gestorben. Damals lag dieses Land in Trümmern.«

Ich zuckte zusammen, weil mir mein Gatte nicht glauben wollte. »Ich habe ihn doch gesehen.«

»Es ist besser für ihn, wenn er im Untergrund bleibt. Er darf nicht gesehen werden.« Jarbwa hatte mir einmal erzählt, daß Harb gegen die Engländer kämpfte, daß er zusammen mit anderen berittenen Männern Armeestützpunkte überfiel. Harb, so hatte er gesagt, kämpfe gegen das Mandat. Ich war beunruhigt, weil Harb all das nicht mit mir teilte, sondern es ganz für sich behielt. Er wollte, daß Hakim und sein Widerstand im Untergrund blieben.

Statt die Abkürzung zu nehmen, ging ich durch die Bananenpflanzung. Hakim stieg den Berg Shuneh hinauf und verschwand in den Nebelschwaden, die den Gipfel verhüllten. Anscheinend war mir Harb gefolgt, denn hinter mir hörte ich das Rascheln der dicken Blätter. Als wir ein breites Flußbett erreichten, in dem ein Bächlein rann, wusch ich mir das Salz von Händen und Gesicht. Harb wusch sich die Haare, und als ich mit den Händen Wasser schöpfte und über seinen Kopf goß, verzog er belustigt den Mund. Das frische Wasser lief ihm in die Augen und tropfte von seinem dicken Schnurrbart. Jeder Baum im

Tal, jeder blinde Wurm unter der Erde, jede zusammengerollte Schlange unter den Steinen und jeder Tropfen Wasser tanzten zum Lied meines neu gewonnenen Glücks.

Mädchen, hast du einen Mann,
der dich beschützt mit der Macht seines Schwerts?
Nein, den habe ich nicht,
doch dir soll gehören mein Herz.

Die Melodien von Nasras Flöte drangen an mein Ohr. Sie klangen wehmütiger und verhaltener denn je. Seufzend sagte ich: »Die arme Nasra.«

»Daran ist dein Bruder schuld«, erwiderte Harb mit Verachtung in der Stimme.

»Dann weiß es also der Stamm?«

»Alle wissen es. Und jetzt wird sie von den jungen Männern belästigt.«

Es genügte ihnen nicht, Nasra wie Aas zu fleddern, sie wollten sich auch noch am Rest gütlich tun. Ich stellte mir vor, wie sie den Schafen zur Weide folgte, eine einsame dunkle Gestalt in der Ferne. Im Morgenlicht sahen meine Hände aus wie zwei gefangene Vögel. Harb umarmte mich. Hand in Hand machten wir uns auf den Weg zurück zu den Lehmhäusern.

Der Geschichtenerzähler

Im Namen Allahs, des Erbarmers, des Barmherzigen, »Und die Dichter, es folgen ihnen die Irrenden. Schaust du nicht, wie sie in jedem Wadi verstört umherlaufen? Und wie sie sprechen, was sie nicht tun?«

Erlauchteste Herrschaften, sprecht ein Gebet für die Seele des Vollmondes, unseren Propheten Muhammad, und für seine rechtschaffenen Gefährten. Heute, in der sechsten Nacht des Ramadan, dem Monat der Vergebung und der Gnade, möchte ich meiner Geschichte, die kostbar und reichgeknüpft ist wie ein persischer Teppich, einen weiteren Farbtupfer hinzufügen. Ich reiste durch Persien, doch es blieb mir nur der Zauberer in Erinnerung, der vor einem flackernden Feuer niederkniete. Diese Spatzenhirne beteten das stumme Feuer an, das ein Becher kaltes Wasser auslöschen kann. Laßt mich den Fata Morganen in der Wüste meines Geistes einen weiteren Schatten hinzufügen. Die Irrenden folgen dem Geschichtenerzähler in die Abgründe ihres eigenen Inneren. Um die Teile zu einem vollständig gerundeten Mond zusammenzufügen, streifte ich kreuz und quer durch alle Täler.

Die überwältigendste Landschaft liegt südlich meines windumtosten Zeltes: Petra. Die Erhabenheit, der Schmerz, die Bildhauerkunst! Ähnliches habe ich in keinem anderen Tal gesehen, nicht einmal in dem einsamen Tal meines Geistes. Rosarote Felsen, Höhlen und Tempel. Vor zweitausend Jahren, als die Erde noch eine flache, leere Wüste war, entdeckten die Nabatäer einen Dschungel rosaroten Gesteins und fingen an zu meißeln. Ich trieb Aziza an, hinaufzuklettern zum großen Platz, dann hinabzusteigen zum Schatzhaus und zu den Königsgräbern, wo sechs monumentale Grabstätten von sechs Königen in den Fels gehauen sind. Nachdem ich alle Wände abgetastet, alle Decken berührt und jedes Ziertürmchen in Augenschein genommen hatte, erkannte ich, daß dieser Ort sein Geheimnis niemals preisgeben würde, wie sehr ich mich auch bemühen mochte. Die Menschen lebten wie Adler in den Höhlen, die sie in die Felswand geschlagen hatten. Maymuns Kreischen rief mir die Nichtigkeit der Menschen in Erinnerung; sie meißeln, graben, schnitzen und sterben, doch sie werden überdauert von leblosem Gestein und vom blauen Himmel. Die rosaroten Felsen erinnerten mich an das gerötete Gesicht Mahas. Auch wenn man mit seiner Eselin und seinem Äffchen auf dem Bauch daliegt – Petra wird geheimnisvoll und unbezwingbar bleiben. Wie Petra, so auch Jordanien. Beide Stätten sind wie verschlossene Schmuckkästchen, ausgelegt mit Samt und voller Gold, Türkis und Perlen, die man sich in seiner Phantasie ausmalen kann, die sich aber der zittrigen, begierigen Berührung unserer Hände entziehen.

Maha – »bitterer Indischer Feigenbaum«, wie sie die Leute von Hamia zu nennen pflegten – fing mit frischer Begeisterung an, auf dem Hof zu arbeiten. Sie bewässerte die Felder, jätete Unkraut, pflügte und polierte sogar die Apfelsinen an den Bäumen, bis sie in der Sonne funkelten. Und wozu das alles? Kann mir jemand von euch sagen, wozu? Nein, nicht weil sie eine hart arbeitende Bäuerin war. Der Grund für ihren Eifer lag viel tiefer. Das Land. Ja, meine Herrschaften. DAS LAND. Die Quelle aller Gier und aller Zwietracht.

Sie arbeitete hart, als sei die Obstplantage ihr Eigentum und nicht der Besitz ihres unglückseligen Bruders Daffash. Groß ist die Schläue der Weiber. Ein Schatz, dachte sie, der ihr bald als Erbe zufallen würde. Die Gier in ihrem Herzen wäre genug für uns alle gewesen. Allahs Schlauheit verzehrt die Schlauheit der Gläubigen.

Der erste Schritt, sich dieses Stück Land anzueignen, war die Heirat. Eines kalten Nachmittags, als Maha mit ihrem Ärmel die Orangen blankpolierte, entdeckte sie Harb. Gut, dachte sie. Dieser stattliche Reiter ist bestimmt zeugungsfähig, gesund und stark. Er wird mich in meiner Gier beschützen. Was brauchte sie noch? Was braucht eine Frau mehr? Sie breitete den Teppich ihrer Mutter aus und fing an zu spinnen und Zaubersprüche zu sprechen, zu spinnen und zu weben, bis der Reiter innehielt und von seinem Pferd stieg. Mit ihrem Gesang rief sie Gog und Magog an, die Herren des Bösen und der Zauberei.

Gog und Magog, bringt ihn zu mir.
Gog und Magog, bindet ihn an mich.
Er soll mein sein. Gebt ihn mir.

Sie sah ihn mit ihren großen Augen an, und der Grünschnabel verliebte sich Hals über Kopf. Die Leute aus dem Dorf konnten beschwören, daß er tagelang nichts aß und in den Nächten vor ihrem Fenster stand, nur um einen Blick auf sie zu erhaschen. Er stürzte zu Boden, und niemand war da, der sagte: »Im Namen Allahs«. O weh, der beste Reiter war behext worden, und die Wölfe der Finsternis heulten einverständig. Blaß und krank vor Liebe kehrte er nach Hause zurück, so daß seine Mutter Taman weinte und sagte, die Tochter Malihas habe ihm den Verstand geraubt.

Nach endlosen Tagen des Leidens und nach langen schlaflosen Nächten war Harb dünn und zerbrechlich geworden wie ein Zweiglein Basilikum. Seine Mutter erkannte, wie verliebt ihr Sohn war und unter welch starkem Bann er stand. Zwei Wochen später wurden die Hochzeitstrommeln geschlagen, und der Brautzug fand statt. Ich setzte Maymun auf meinen Schoß und nahm unter dem Palmbaum Platz, um dem Zug der Beduinen zuzuschauen. Reiter hielten Laternen in den Händen, so daß meine schwachen Augen besser sehen konnten. Die Schafhirtin folgte der Braut wie eine strenge Wächterin und ließ keine andere Frau in ihre Nähe kommen. Ein helles Licht umstrahlte das Gesicht der Braut, die in einen schwarzen Schleier gehüllt war. In diesem sündengeschwängerten Augenblick sprang mein Äffchen auf meine Schultern. Es wollte ihr Gesicht sehen, sich ihre Gesichtszüge einprägen und sich die Freuden ausmalen, die sie für ihren Gatten bereithielt. Maymun war durchdrungen von Liebe, Leidenschaft, hemmungsloser Anbetung. Auch er war behext. Tränen netzten sein haariges Gesicht. Maymun, mein Freund, mein Liebling, weine nicht der Vergangenheit nach. Sei klug, sei glücklich, schlage das Tamburin auf deinen Schenkel, tanze, tanze, tanze.

Maymun, lieber Maymun,
gehe zum Mond,
schüttle dich, tanze,
nahe ist dein Ende.
Hihi – Haha – Huu.

Allah möge mir vergeben und meine Reue annehmen. Als die Trommeln verklungen waren und der Heulgesang der Frauen aufgehört hatte, wehte der kalte Wind ferner

Länder heran. Der Duft von Geißblatt drang mir in die Nase. Ich erhob mich und setzte mich auf einen Felsblock oberhalb der Zelte. Die Feuer und die Lampen sahen von dort oben aus wie Sterne, die in der Dunkelheit lockten. Am Himmel glühte die Asche der ausgebrannten Sonne. Der kalte Nachtwind wirbelte von der trostlosen Erde Staub auf, der als dichte Wolke emporstieg. Weit erstreckte sich der Horizont und kündete von fernen safrangelben Ebenen. Ich preßte meinen heißen Bauch auf den kalten Fels und beobachtete die Staubwolke, die sich wie ein Glorienschein über die Zeltspitzen gelegt hatte. In diesem sündenschwangeren Augenblick passierte etwas wirklich Sonderbares mit mir. Mein Körper wurde von einer tiefen Erschöpfung erfaßt, ein Teil meiner selbst löste sich von mir ab und beobachtete mich von außen. Ich erkannte, wie nichtig mein Mühen war, wie sinnlos es war, mit mir selbst in der Dunkelheit Zwiesprache zu halten.

Das wilde Freudengeschrei, das Pferdegetrappel und das Kurbettieren der Reiter mit ihren Pferden riß mich aus meinen trüben Gedanken. Maha war eine Jungfrau. Die Reiter feuerten Salven ab, schrien und wirbelten vor den Zelteingängen herum. Krächzende Männerstimmen – »Hii-dehhyya, hii-dehhyya« – drangen an meine müden Ohren. Maymun, der die geschlossene Tür des Brautgemachs nicht aus den Augen ließ, sprang auf, als die Männer die Enden ihrer Gewänder hin- und herschwenkten. Die Fahne von Mahas Keuschheit flatterte in der pechschwarzen Nacht des Tals. Wäre Daffash da gewesen, wäre er ein paar Zentimeter größer geworden. Aber Samir Pascha hatte ihn überzeugt, auf die hohlen Hochzeitsrituale zu verzichten und mit ihm zusammen den neuen Hof in Augenschein zu nehmen, den er im oberen Shuneh gekauft hatte. Dort wollte er sich ein Häuschen aus dem Stein der Region bauen. Raai erzählte mir, Samir Pascha wollte Daffash als Aufseher und Verwalter der Plantage anwerben. Die dunkelhaarige Frau war eine ägyptische Tänzerin, die Blonde war Rose, die Tochter des Anführers des englischen Militärstammes.

Rose war weiß wie eine Kerze, wie Porzellan. Wenn Daffash sich ihr näherte, wandte sie den Kopf ab. Ha ha ha, hi hi hi. Um dem weißen Mann und seinen Geldbündeln näher zu kommen, wollte Daffash Rose Bell heiraten. Nach den Worten des Wächters zeigte die Engländerin dem Beduinenreiter jedoch die kalte Schulter, kalt wie das Land, aus dem sie kam. Für Maha und die anderen Frauen des Stammes war ich, Sami al-Adjnabi, der Löwe der Wüste, gar nicht vorhanden. Ich, mein Äffchen, meine Eselin und meine Geschichten waren selbst für Nasra, die Dorftrottelin, unsichtbar.

Während ich auf dem Felsen saß und an die Seidenkissen, die wehenden Vorhänge, die juwelengeschmückten Frauen und die Bauchtänzerinnen dachte, sah ich zwei Gestalten, die sich aus dem Haus schlichen. Die kühle Finsternis hüllte alles und jeden ein. Ich traute meinen Augen nicht. Es waren Braut und Bräutigam. Rasch band ich meine Aziza und meinen Maymun an einen großen Felsblock, warf mein Bündel hinter den Fels und schlich den beiden schattenhaften Gestalten nach. Sie schlugen den Weg zum Jordan ein. Als sie am Ufer des Flusses standen und die Lichter auf der anderen Seite betrachteten, schnallte ich meinen Gürtel enger um die Hüften. Ich freute mich schon auf das, was ich jetzt zu sehen bekommen würde. Harb küßte sie und zog sie näher zu sich heran. Im bleichen Licht des Mondes schlenderten sie hinunter zum Toten Meer. Ich duckte mich hinter niedrige Büsche und warf mich auf den Boden. Wenn sie mich entdeckt hätten, hätte Harb mich erschossen. Ha ha ha.

Er zog seine Kleider aus und fing an, auch sie auszuziehen. Ich konnte ihren weißen Körper mit den runden Brüsten erkennen. In ihrer Nacktheit hatte sie nichts mehr von einer Beduinin an sich. Weiß und glänzend war sie, wie Porzellan, wie Kerzen, wie Rose. Oder war sie es vielleicht sogar? Hand in Hand wateten sie ins Wasser. Die Dschinn und die Dämonen flatterten ungehindert umher in diesem Land, das im Banne des Teufels stand. Sie versuchte ihn unterzutauchen, als wolle sie ihn ertränken oder taufen – wie es die Ungläubigen, die Christen tun, aber er blieb an der Oberfläche. Heftig rangen sie miteinander. Ihre Arme und Beine waren ineinander verschlungen und verwoben. Doch er widerstand ihrem Zauberbann und streckte seinen Kopf aus dem Wasser. Sie wiederum versuchte, sich seiner Seele zu bemächtigen, indem sie ihn in diesem Meer der Dämonen untertauchte. Ein markerschütternder Schrei war zu hören, als es ihr schließlich gelang, seinen Körper in Besitz zu nehmen. Der Schrei stammte von dem Manne. Ich war unangenehm naß am ganzen Körper. Ich hob meine Augen zum Himmel und rief Allah an.

Als die Sonne über der buschbewachsenen Ebene aufging, machten sie sich auf den langen Heimweg. Meine Füße und mein Rücken schmerzten, als ich mich aufrichtete. Sie sprach über jemanden, der Hakim hieß, und zeigte auf die nebelverhangenen Berge. Nichts! Ich nahm mir vor, Raai nach ihm zu fragen, wenn ich ihn wiedersah. Von den Minaretten Jerusalems hallte der Gebetsruf. Ich folgte den beiden nun nicht mehr und wandte mich zu den Mineralquellen am Ufer, um meinen sündenbefleckten Leib mit frischem Wasser zu reinigen. Während ich mich wusch, fiel mir ein Koranvers ein: »Das Gleichnis jener, welche neben Allah Beschützer annehmen, ist das Gleichnis der Spinne, die sich ein Haus machte; und siehe, das gebrechlichste der Häuser ist wahrlich das Haus der Spinne; o daß sie doch dies wüßten!« Er ist der Mächtige und Weise. Meine hochverehrten Herrschaften, was ich bisher für euch gewoben habe ist so gebrechlich wie das Haus der Spinne. Ein Windstoß, winzige Regentropfen genügen, um die Spinne hinwegzufegen und ihr feingewobenes Refugium zu zerstören. Unser Ende ist nahe.

Maha

Tante Tamam, Harbs Mutter, schaute überrascht, als sie mich an jenem Morgen auf dem kleinen Stück Land, das hinter dem Haus mit den zwei Zimmern lag, Unkraut jäten sah. Ich wollte dort ein paar Hennasträucher, Radieschen und einen oder zwei Orangenbäume anpflanzen. Allerdings war der Boden rings ums Haus sehr salzig und mußte mit Wasser ausgespült werden. Ich betrachtete Harbs Haus mit den kleinen Fenstern. Überall hatte es Ecken, die es bei uns zu Hause nicht gab. Meine Mutter mochte keine eckigen Formen. Die Türrahmen unseres Hauses waren mühevoll in Bogenform gearbeitet worden, der Spiegel war rund, und sogar der unvollendete Teppich hatte abgerundete Ränder. Um meiner neugeborenen Liebe willen mußte ich mich an diese spitzen Winkel gewöhnen. Ich mußte den Boden vom Salz befreien, empfänglicher machen.

Jeden Morgen ging ich mit dem Wasserkrug auf dem Kopf zum Tiefen Brunnen. Wenn ich den Gummieimer in das enge Brunnenloch hinunterließ, hörte ich das Platschen des kühlen Wassers. Die klagenden Melodien von Nasras Rohrflöte und das Blöken der Schafe hallten in mir wider. Im strahlenden Morgenlicht verblaßte die schwüle, sehnsuchtsvolle Nacht. Wenn ich dann mit meinem Steinkrug auf dem Kopf durch die verschlafenen Gassen zurückging, drang Jarbwas heisere Stimme an mein Ohr.

He du, die du den Wasserkrug trägst,
He du, die du Geheimnisse trägst,
du, Mädchen, gib mir doch ein wenig Wasser.

Ich besprengte den Boden rund ums Haus mit Wasser und weckte alle, die noch schliefen. Tamam rieb sich die Augen und paffte ihre Pfeife. Mißtrauisch beäugte sie mich und meinte, seit Harb in die Berge gegangen sei, hätte ich nur nutzlose Arbeiten verrichtet.

Fünf Tage nach unserer Hochzeit klopfte jemand entschlossen an die Tür. Wir waren am Ende unserer Erkundungsreise durch die Wonnen der Lust, und ich kämmte gerade Harbs Haar. Allah schütze uns. Harb hüllte sich in seinen Mantel und befahl mir, mich nicht von der Stelle zu rühren. Dann öffnete er die Tür und ging hinaus. Ich hörte, wie Jadaan atemlos und keuchend mit meinem Mann sprach. Gleich darauf stürmte Harb ins Zimmer zurück, zog sein Baumwollgewand und seine Schaffelljacke an, schulterte seinen Patronengurt und tastete nach seinem Dolch. Er brach auf zu einem neuen Überfall. Er warf sein Kopftuch über, schlüpfte in seine Sandalen und nahm das Gewehr von der Wand. »Hast du mein Pferd gefüttert?« fragte er mich.

Eilends streifte ich mein Gewand über, verhüllte meinen Kopf und folgte Harb in den Hof hinaus. Als er die Satteltaschen mit gemahlenem Korn und Datteln füllte, bemerkte ich, daß er während des Gesprächs mit Jadaan den rechten Arm in die Luft stieß. Ich konnte ihn fragen hören: »Noch mehr Steuern?«

»Die Engländer ... mit ihrer ganzen Streitmacht«, vernahm ich bruchstückhaft Jadaans Antwort.

»Rückwirkende Steuern?« fragte Harb.

»Ja ... ohne Absprache mit den Stammesführern.«

Harb sah zornig aus. Er packte Jadaan am Arm und stellte ihm weitere Fragen. Ich hatte das Gefühl, Harb würde lange wegbleiben. So wickelte ich noch etwas Butter in ein Tuch ein und band es ihm an den Sattel. Unsere Blicke trafen sich, als er aufs Pferd stieg. »Ich vertraue dir meine Mutter an, Gefährtin meiner Seele«, flüsterte er und galoppierte davon in die rabenschwarze Nacht. Das Getrappel der Pferdehufe verhallte, Hunde bellten. Ich schauderte.

Die erste Zeit unserer Ehe verbrachte Harb oft in den Bergen, und ich wartete meistens sehnsüchtig auf das vertraute Geräusch galoppierender Pferde. Im Hinterhof gediehen die Radieschen und verwandelten ihn in einen grünen, tauigen Teppich. Als Tamam die grünen Blätter und roten Wurzeln der ersten Radieschen sah, biß sie sich auf die Unterlippe, sog an ihrer Pfeife und meinte: »Allah ist groß.« Tamam stopfte ihre alte Pfeife mit frischem Tabak, den der fliegende Händler Uqla, ein Zigeuner, aus Damaskus mitbrachte. Das Bimmeln der Glöckchen, die Uqla seinem Esel umgehängt hatte, galt allen Ehemännern als ein Warnsignal. Denn Uqla führte den jungen Frauen des Dorfes bunte Tücher, Perlmuttarmreife, indische Seide und Goldzähne vor. Und sobald die Frauen von Hamia die Glöckchen läuten hörten, trugen sie Getreide, Orangen, Eier und Teppiche zusammen, um sie gegen seine Waren einzutauschen. Wie Ameisen schwärmten die Frauen der Qasim zu Uqla und seinem Esel. Tamam hingegen beobachtete das Treiben aus sicherer Entfernung und ließ hie und da ein Rauchwölkchen aufsteigen. Eines Tages aber sagte sie plötzlich, sie wolle sich einen ihrer Zähne vergolden lassen. Meine Tante war im Herzen jung geblieben.

Ich richtete den Blick auf die hohen Berge. Für mich

gab es keinen Schmuck und keine Tücher. Einesteils sehnte ich mich nach den Bergen, anderenteils zu meinem Vater am anderen Ende des Dorfes.

Jarbwa, der beste Hirte unseres Stammes, besuchte regelmäßig meinen Vater und brachte mir Kunde von dem alten Mann. Möge Allah Jarbwa ein langes Leben schenken, denn wann immer er mich aufsuchte, besänftigte er die Unruhe in meinem Herzen. Einmal schickte mein Vater ihn mit dem Packen Wollsträhnen und dem Spinnrad zu mir und bat ihn, mir auszurichten, daß er Maliha noch immer liebe. Und ich liebte meinen Vater.

Die jüngste Nachricht, die ich von unserem Gehöft erhalten hatte, lautete, daß mein Vater krank war. Daffash, mein Bruder, hatte gerade zwei Wochen lang den Boden bestellt, ehe er den alten Mann anschrie und die Obstplantage den Ameisen und dem wuchernden Unkraut überließ. Daffash war ein Stadtmensch und verbrachte die meiste Zeit mit Samir Pascha und den Engländern. Da beschloß ich, meinen Vater zu besuchen. Tamam faßte mich scharf ins Auge und sagte: »Du bist eine frischvermählte Frau. Du darfst deinen Vater nicht besuchen. Die Leute würden sagen, Maha hält es nicht aus im Haus ihres Mannes.« Doch der Einwand der Alten kümmerte mich nicht. Wenn Harb dagewesen wäre, hätte er mich gehen lassen.

Als ich am nächsten Vormittag das Basilikumbeet goß und darüber nachdachte, meinen Vater zu besuchen, sah ich Nasra auf mich zu laufen. Nach Luft ringend, blieb sie vor mir stehen. Diese Frau wurde auf Schritt und Tritt vom Unheil verfolgt. »Rette deinen Bruder!« stieß sie hervor.

»Was?«

»Er ist mit Salihs Frau zur Höhle gegangen, dein Bruder. Ihr Mann sucht sie, er dürstet nach Blut.«

Ich ließ den Wasserkrug fallen, rannte ins Haus, warf den Stapel Matratzen um und zog Harbs Gewehr darunter hervor. Die Waffe verbarg ich unter den weiten Falten meiner Hose. »Tante Tamam, ich gehe mit Nasra.«

»Um diese Zeit?« fragte sie paffend.

»Ich bleibe nicht lange weg.«

Als wir aus Tamams Blickfeld verschwunden waren, rannten wir den Berg hinauf. Meine Fußsohlen glühten. Daffashs Gier machte also nicht einmal vor Salihs Frau Halt. Was für ein Dummkopf diese Frau doch war! Wir folgten dem Pfad zur Höhle des schlechten Omens. Da deutete Nasra auf einen verschwommenen dunklen Punkt, der sich unten im Tal bewegte, und rief: »O weh, ihr Ehemann!«

Mit dem Gewehr in der Hand, den Finger am Abzug, betrat ich leise die Höhle. Daffashs Kopftuch war achtlos auf einen Stein geworfen. Als sich meine Augen an die Dunkelheit gewöhnt hatten, erkannte ich zwei aufeinanderliegende Gestalten. »Genug!« schrie ich, so laut ich konnte.

Daffash wandte das Gesicht zu mir und brüllte: »Du Tochter einer Hündin! Was hast du hier zu suchen?« Dabei spuckte er aus, doch sein Speichel landete auf dem erschrockenen Gesicht von Salihs Frau.

Nasra nahm ihre Hand und befahl: »Zieh deine Kleider an. Schnell.« Salihs Frau machte sich mit käseweißem Gesicht an ihrem Gewand zu schaffen. »Dein Ehemann sucht nach dir.«

Salihs Frau schlug sich mit beiden Händen ins Gesicht und rief: »Mein Gesicht ist schwarz, ganz und gar mit Ruß bedeckt.«

Nasra packte sie am Handgelenk. »Zieh dieses Gewand über den Kopf«, sagte sie. »Wenn du unbekleidet bist, wird dich dein Mann abschlachten wie ein Huhn.« Während ich den Gewehrlauf auf Daffash gerichtet hielt, gebot ich ihm, sich ebenfalls anzuziehen.

»Du wandelnder Alptraum!« fuhr er mich an. »Eines Tages werde ich dir die Eingeweide herausreißen und dein Blut aus deinem Schädel trinken.«

»Aber vorher wird *dein* Blut fließen, wenn du nicht gleich dein Hemd anziehst.«

Nasra, Salihs Frau und ich hielten uns bei den Händen und stolperten aus der Höhle hinaus. Zitternd standen wir im Sonnenlicht. Ich steckte das Gewehr unter meine Hose und hielt es mit der rechten Hand fest, damit es nicht herunterrutschte. Salih war nicht mehr weit von uns entfernt. »Wisch dir die Tränen ab und halt den Mund.«

»Friede sei mit euch«, begrüßte uns Salih, als er näherkam, und fügte dann mit einem Blick auf seine Frau hinzu: »Verflucht seien deine Eltern! Was hast du hier zu suchen? Man hört dein Baby im ganzen Tal schreien.«

Ich trat vor ihn hin, um zu verhindern, daß er seine Frau schlug. »Mein Bruder, ich habe sie überredet, mitzugehen und mir bei der Suche nach Blutwurz zu helfen. Mein Rücken bringt mich um, Bruder, und Tante Tamam sagt, ein Blutwurzsud könnte mich kurieren.«

»Sie hat mich nicht um Erlaubnis gefragt.«

»Allah wird uns allen vergeben.«

»Geh schon, Weib«, befahl Salih seiner Frau und schlug sie auf den Rücken. Sie strauchelte, kam wieder auf die Beine und stapfte mühsam und mit gesenktem Haupt hinter ihrem Mann her den Berg hinunter.

»Möge Allah meinen Bruder Daffash für seine schändlichen Taten bestrafen, Amen.«

Als ich Daffash unbekümmert lachen hörte, drehte ich mich um und spuckte auf die Steine.

»Danke, Schwesterchen.«

»Wofür? Es gibt keine Worte für deine Anstandslosigkeit. Geh und hilf deinem sterbenskranken Vater, statt Frauen zu vergewaltigen.«

»Unsinn! Ich habe sie nicht vergewaltigt. Sie hat mich darum gebeten, und es hätte mich in meiner Männlichkeit verletzt, ihr nicht das zu geben, wonach sie verlangt hat.«

»Schande über dich!«

Er blickte Salih und seiner Frau nach, die im ungewissen Licht in der Ferne verschwanden. »Es tut mir wirklich leid«, sagte er, nahm mich bei den Armen und küßte mich auf die Stirn.

Plötzlich rief Nasra mit durchdringender Stimme nach ihrer Ziege Nawmeh. Sie war verliebt in Daffash, den Mann, der sie vergewaltigt hatte, der ihr Leben ruiniert hatte und mit anderen Frauen schlief. Bei meiner Großmutter Sabha, das war mir unbegreiflich. Nun hatte Nasra ihm zum zweiten Mal das Leben gerettet. Mit zitternden Fingern griff sie nach ihrer Flöte und schlenderte den Berg hinunter. Eine traurige Weise erklang. Die Rohrflöte hatte dem heißen Luftstrom aus Nasras Mund, ihrer eifrigen Zunge geantwortet. Das tote Holz hatte geantwortet!

Nur mein Körper antwortete nicht auf Harbs heißen Samen. Das Fleisch war unwillig. Oh, wie ich den Anblick meines Menstruationsblutes haßte, das mich alle achtundzwanzig Tage wieder zu verhöhnen schien!

Tante Tamam pflegte paffend im verrauchten Zimmer

zu sitzen und zu fragen: »Ist dein Leib noch immer nicht gesegnet?«

Nein, Tamam, mein Leib war nicht gesegnet. Nein, Mahas Bauch war so flach wie immer, ihre Brüste waren so schlaff wie eh und je, und sie wurde regelmäßig von ihrer Periode heimgesucht. Wenn ich keine Antwort gab, schnalzte Tamam nur mit der Zunge. Gerade mal fünf Monate nicht schwanger, und schon fügten die Leute von Hamia jedesmal, wenn sie mich grüßten, hinzu: »Möge Allah dir einen Sohn schenken.«

Mein Körper bestand nur aus Muskeln, Knochen, Adern und Blut, wie die Schafe, die Jarbwa für unsere Hochzeit geschlachtet hatte. Ich brachte meine Tage mit Essen, Trinken und Schlafen zu. Doch mein eigensinniger Körper lieferte mir jeden Monat wieder den höhnischen Beweis für meine Unfruchtbarkeit. Unser müßiges Dorf klebte wie ein Blutegel am Berghang. In jedem abgestorbenen Baumstamm, in den Säcken trockenen Heus, in den weiten, öden Sanddünen, die den Horizont säumten, sah ich ein Spiegelbild meiner selbst. Das Tote Meer war zu salzig, zu stechend sein Geruch, als daß sich hier Leben entwickeln könnte. Zwar versuchte der Jordanfluß, die trägen Fluten des störrischen Meeres zu süßen, empfänglicher zu machen und mit neuem Leben zu erfüllen, doch es war vergeblich. Das Tote Meer war schon seit vielen Jahren tot.

Aber es war mein einziger Freund. Ich fühlte mich im Einklang mit diesem schwefelig riechenden Gewässer. Dort hatten die Menschen alle möglichen Sünden begangen, Männer hatten es mit Männern getrieben, und so hatte Allah das Unterste zuoberst gekehrt, Unmengen von Salz ausgekippt und das ganze Gebiet mit Wasser überflutet. Eine karge, kinderlose Gegend. Wenn ich im schwachen Morgenlicht die runden, glänzenden Orangen betrachtete, sah ich rundliche Babys. Wenn ich ein Kamelweibchen sein Junges stillen sah, rieb ich mir die Brüste. Rings um mich blühte und gedieh neues Leben; reife Früchte, Kinder, die von früh bis spät im Hof spielten. Tante Tamam sah in ihnen eine Mahnung, doch ich brauchte nicht ermahnt zu werden. Endlos spann ich vor mich hin, wie ein Seidenwurm. Die zahllosen Fäden aus meiner Hand hätten genügt, unser ganzes dunstiges Tal zu überziehen. Sie hätten bis zu Harb gereicht, wo immer er auch sein mochte, und sogar bis zu meiner Mutter. Wie gern hätte ich sie umarmt, mich an ihrer Schulter ausgeweint. Argwöhnisch schaute Tante Tamam mich an, schnalzte mit der Zunge und sagte: »Die Dunkelheit ist hereingebrochen, und du sitzt immer noch an diesem Spinnrad.«

Nach Sonnenuntergang hörte ich das vertraute klappernde Geräusch von Pferdehufen. Harbs Anblick war erfrischend wie der Geruch von Kardamom, wie der Duft der Orangenblüten, ja wie der Wohlgeruch des Paradieses.

»Willkommen, Gefährte meiner Seele.« Lächelnd zog er mich ins Haus und drückte mir einen rauhen Kuß auf die Lippen. Er roch nach Staub, nach langen Nächten und Erschöpfung. Ich hingegen roch nach Basilikum und Wollbüscheln. Ich hatte Angst gehabt, ihn nie wiederzusehen.

»Du bist ja noch am Spinnen. Das tut deinen schönen Augen nicht gut.«

»Besser, als alten Frauen zuzuhören.«

»Reden sie immer noch über dich?«

»Es sind doch erst sechs Monate«, rief ich und zerrte Harb zu Boden. Dann setzte ich mich auf ihn, riß ihm das

Kopftuch herunter, löste seinen Patronengurt und knöpfte sein Baumwollgewand auf. Ich küßte ihn und saugte an seiner nackten Brust, als gierte ich nach dem Fleisch eines lebendigen Wesens. Als ich mit der Zunge über seine Wimpern fuhr, zuckte er zusammen. Anscheinend hatte ich ihm mit meinem Beißen und Saugen wehgetan, denn er versuchte mich abzuschütteln. Ich hielt seine Taille mit den Knien umklammert und keuchte: »Ich bin nicht unfruchtbar, hörst du?«

»Du bist eine kräftige Stute. Meine Stute«, sagte Harb, um Atem ringend, und fügte hinzu: »Hör nicht auf die alten Weiber.«

Da legte ich meinen Kopf auf seine Schenkel und begann zu weinen. Tränen, hinter denen sich noch mehr Tränen, Zorn und Demütigung verbargen. Unterdessen strich Harb mir übers Haar und küßte meine heißen Tränen fort, bis ich zu weinen aufhörte. »Tante Tamam will, daß ich mit ihr zu Hajjeh Hulala gehe«, sagte ich.

»Allah weiß, daß ich Hunderte von Söhnen haben möchte. Von dir.«

Ich wischte mir die Tränen aus dem Gesicht und erwiderte: »Dann werde ich hingehen.«

»Vertrau auf Allah«, sagte er und strich über meinen unfruchtbaren Schoß.

Als ich seine rauhen Finger spürte, erkannte ich, wie matt und erschöpft er war. »Habt ihr wieder andere Stämme überfallen?«

»Nein, keine anderen Stämme. Hast du etwas zu essen für mich?«

Ich wickelte das Brot aus und legte ein paar Laibe auf das Strohtablett. Als ich hinausging, empfing mich kühle, angenehme Luft. Ich hörte Hundegebell und einen fernen Schuß. Die Rufe des Wächters Raai verliehen den Geräuschen der Nacht einen vertrauten Beiklang. Ich machte Feuer, kochte Tee und briet zwei Eier auf dem Backblech. Harb würde mich nicht verlassen, wenn ich ihn ordentlich versorgte und mich gut um ihn kümmerte. Da ich kinderlos war, mußte ich ihm eine gute Hausfrau und Geliebte sein. Vorsichtig schob ich das beladene Tablett durch die halb geöffnete Tür. Doch der Arme lag bereits in tiefstem Schlaf. Ich deckte ihn mit seinem Mantel und einem der Schaffellteppiche zu. Wohin ging er nur, wenn er aus unserem Dorf fortritt? Was machte er, was ihn so abmagern ließ und so an seinen Kräften zehrte?

Harb bestieg sein Pferd und galoppierte in die Berge zurück. Und ich sagte Tante Tamam, daß ich mit ihr zu Hajjeh Hulala gehen würde. Es sei auch Zeit, daß ich endlich zur Vernunft käme, meinte sie paffend. Damit war die Entscheidung gefallen. Indem ich mich bereiterklärte, zu Hajjeh Hulala zu gehen, drückte ich mir selbst den Stempel »unfruchtbar« auf. Bald würde jedermann von meinem Besuch erfahren und anfangen, Geschichten zu erzählen und Gründe zu finden, warum ich unfruchtbar war: Bestimmt ist es Angst, weil sie in jungen Jahren den Leichnam ihrer Mutter auf dem Boden vor dem Schrein hat liegen sehen. Sie hat sich schon sehr früh um ihren Vater kümmern müssen. Sie hat zwei Säcke Gerste auf einmal getragen, da hat sie sich übernommen und kann deshalb keine Kinder mehr bekommen. Als sie es versäumt hat, für die Seele des Propheten zu beten, hat sie der böse Blick getroffen. Es heißt, sie hat ihre Hochzeitsnacht im Meer gefeiert, dabei sind Salze und Mineralien in ihren Schoß eingedrungen, die schädlich für sie waren. Wenn eine leichte Brise aufkam, konnte ich die Blätter flüstern hören. Es war ein Flüstern, das das ganze Tal durchdrang bis hinauf zum Berg Latroun und an die Buntglasfenster des

Klosters klopfte; es stieg empor zum Berg Mukaber in Jerusalem und gelangte zur Aqsa-Moschee, von der fünfmal täglich der Gebetsruf erschallte. Ja, dieses Flüstern setzte sich sogar bis zu den Bergen von as-Salt fort, wo sich Harb mit seinen Gefährten aufhielt, und erzählte ihnen meine unerhörte Geschichte. Harbs Kameraden lachten und meinten: »Wenn du ein englisches Gewehr kaufst und feststellst, daß es nicht zum Schießen taugt, was tust du dann? Du wirfst es weg und kaufst dir ein neues.«

Um Saad

Ich hielt mein Kissen fest umschlungen und dachte an die englischen Gewehre, als Um Saad, meine Gefährtin im nebelverschleierten Krankenhaus, meinen Namen rief: »Maha, Schwester.«

Es war eine mondlose Nacht. Selbst die kühle Brise konnte den Geruch nach Karbolseife nicht fortwehen. Ich setzte mich auf, stopfte mir das Kissen in den Rücken und erwiderte: »Ja, Um Saad.«

»Sogar der Mond ist schlafen gegangen. Zu Hause habe ich ihn immer durch die sternförmigen Löcher in dem Holzgitter betrachtet. Ach ja, die Jahre vergingen, und ich stand noch immer da und beobachtete, wie das Leben an mir vorüberzog. Der Vater des Lichts sang in tscherkessischer Sprache, als er die Kerosinlaternen auf der Straße anzündete. Sie erinnerten mich an Galgen, diese hölzernen Arme der Straßenlampen. Und Amman kam mir vor wie ein weitläufiges osmanisches Gefängnis. Der Mann entzündete die Lampen, indem er die Flamme daranhielt und überspringen ließ. Bald waren die engen Straßen von flackernden Laternen erhellt.

Dies war mir die liebste Zeit des Tages. Das Funkeln und Glitzern und die traurige Stimme, mit der der Vater des Lichts sang. Gewiß dachte er wehmütig an die weiten Wiesen und die eiskalten Gebirgsquellen des Kaukasus. Mein Vater nannte mich Haniyyeh die Träumerin. Durch die sternförmigen Löcher in dem Holzgitter drang eine sanfte Brise in das vollgestopfte Zimmer. Überall Kissen …«

»Wir hatten zu Hause viele Matratzen. Die meisten davon verkaufte Daffash an Samir Pascha. Er wollte Sessel dafür kaufen.«

»Wer ist das eigentlich, dieser Daffash, von dem zu immer erzählst?«

»Mein Bruder, der Sohn meines Vaters. Er war wie die Wintersonne. Einmal glaubt man ihn zu kennen, dann wieder ist er einem fremd. Er war skrupellos und liebenswürdig zugleich.«

»Daffash? Was für ein Name! Sieht er gut aus?«

»Allah strafe dich. Dafür sind wir doch zu alt.« Ich lächelte und verdeckte mit der Hand die fehlenden Zähne in meinem Mund.

»Du nicht. Aber ich. Oh ja, ich schon. Die Tage kamen, und die Tage gingen. Ich war sogar verliebt. Damals brauste und toste es in meinem Herzen. Muhammad. Er war groß, stark und blond. Ein Tscherkesse. Wenn ich an seinem Laden vorbeikam, zog ich meine *mulaya* noch fester um die Brust. Ich wollte meine Brust verstecken. Mein Vater sagte immer: ›Du bist kein Kind mehr. Deine Brüste sind groß wie Melonen.‹ Ich genierte mich wirklich wegen meiner Melonen. Ich krümmte den Rücken, um sie zu verbergen, nach innen zu drücken. Deshalb bin ich jetzt so bucklig.

Ach! Die Liebe und die Sehnsucht. Aus Liebe wollte ich größer, hellhäutiger und rundlicher sein. Wie komisch. Wenn es zu spät ist, lernt man, sich mit seinem Aussehen abzufinden. Ich bildete mir ein, Abu Shawmer, der Apotheker mit seinen Kräutern und chemischen Substanzen, könne mir ein Mittel geben, das meine Nase kleiner, meine Lippen voller, meine Rippen nicht so spitz und meine Füße kürzer erscheinen ließ. Jetzt ist es zu spät. Allah hat gegeben, Allah hat genommen, aber der Vater des Lichts hat uns alle überlebt. Die gebogenen Straßenlaternen gibt es nicht mehr. Sie sind unter die Teppiche der Großen Moschee geschlüpft. Amman hat jetzt elektrischen Strom. Die Galgen wurden unter die Teppiche der Moschee geschoben.

»Elektrischen Strom? Den hat mein Dorf nicht.«

»Die Dunkelheit ist barmherzig. Das Licht ist grausam.«

»Was meinst du damit, Schwester?«

»Nichts, nur die Straßenlaternen, die sternförmigen Gucklöcher und den Vater des Lichts. Wenn ich die Augen schließe, wenn die Lider über die Pupillen gleiten, sehe ich Sterne vorüberziehen. Das war meine Welt…«

Maha

Ich hielt mir die Ohren zu und ging schweigend hinter Tante Tamam her, die mit ihren greisen Füßen über den nackten Boden schlurfte. Während ich auf meine Zehenspitzen starrte, sah ich das lächelnde Gesicht meiner Mutter und die leuchtenden Augen meines Vaters. Ding-deng-ding-deng klopften Stößel und Mörser in mir. Hajjeh Hulala hauste in einem der alten Dolmen am Rand von Hamia.

Es waren nur zwei aufrechte Steinplatten, auf denen eine dritte, größere, lag. Rings um die verwitterten Steine wuchsen bittere Zaqqumbäume, die die jungen Teufel fernhielten. Als ich das geräumige Innere betrat, schlug mir kalte Luft entgegen. Ein Teil des Daches war anscheinend eingestürzt, Hulala hatte einen dicken Teppich darübergebreitet.

»Hajjeh Hulala!« rief Tante Tamam.

Da steckte sie den Kopf durch eine kleine Öffnung in der Wand und begrüßte uns: »Willkommen, Gäste des Barmherzigen.« Sie kam zwischen den Bäumen hervor und sagte mit ihrer heiseren Stimme: »Es ist dir also gelungen, die junge Frau zu überzeugen.« Ich nahm den bedrückenden Geruch von Gazellenblut im Raum wahr. »Um Harb, du hast die Patientin hergebracht, jetzt kannst du gehen.«

»Nein, als ihre Tante bleibe ich hier.«

»Tu, was Hajjeh Hulala dir sagt. Friede sei mit dir«,

beharrte Hulala. Ein letztes Rauchwölkchen aus Tamams Pfeife, dann verschwand sie.

Hulala drückte meine Hand und bat mich, Platz zu nehmen. Der Geruch von Weihrauch und schwelender Asche erfüllte den Raum. Zwischen den Zaqqumbäumen hingen Rauchschwaden, die mir die Tränen in die Augen trieben. Der Feuerrost und die Asche verschwammen, tanzten nach links, nach rechts und verharrten schließlich in der Mitte. Hulalas knochige Hand legte sich auf meine Schultern, mit sanfter Gewalt drückte sie mich auf die Matratze. An der Wand hingen graue Stücke Musselinstoff, Getreidebüschel, getrocknete Kräuter, Metallstöcke und der böse Blick. Ein Haufen Unrat. »Leg dich hin, Tochter«, sagte sie und beschrieb mit dem Finger einen Kreis in der Luft.

Der Dampf aus dem schwarzen Töpfchen über der Asche machte die Luft im Raum noch stickiger, als sie ohnehin schon war. Stechender Kräutergeruch drang mir in die Nase, doch das Rascheln der Blätter war beruhigend.

»Zieh dich aus, Maha«, flüsterte Hulala.

»Nein.«

»Tu, was ich dir sage. Wir wollen doch den bösen Geist aus deinem Bauch vertreiben.« Sie nahm ein Stück Musselinstoff von dem Haken an der Wand und rief: »O Allah!« Hajjeh Hulala bedachte mich mit einem seltsamen Blick, dann warf sie zwei getrocknete Kräuterstengel in das kochende Wasser. Zögerlich legte ich mein Obergewand ab. Doch ihr knochiger Finger wies auf meine Hosen und den Unterrock. Ich schüttelte den Kopf. »Du mußt.« Als ich splitternackt auf dieser schmutzigen Matratze lag, eingehüllt von erstickendem Qualm und Dampf, kam es mir vor, als wäre ich tot und müßte in der Hölle schmoren.

Hulalas Finger glitten sanft über meinen Körper. Als sie meine Brüste zu streicheln begann, verkrampfte ich mich. »Entspann dich, sonst wirkt es nicht.« Ich schloß die Augen und versuchte mir vorzustellen, es wären nicht Hulalas knochige Hände, sondern die behaarten Hände Harbs. Er strich mir übers Haar, streichelte meine Brustwarzen und meinen Bauch. Leichte kreisförmige Bewegungen. Als Hulala aufhörte, mich zu massieren, schlug ich die Augen auf und sah, wie sie die Kräuter abtropfen ließ, in das Musselin einwickelte und das Tuch verknotete. Dann tauchte sie das Stoffsäckchen erneut in das kochende Wasser und begann, mit ihren warmen Händen über meinen Bauch zu streichen. Ihre Finger glitten tiefer und tiefer.

»Hajjeh!« protestierte ich.

»Dein Leib wird die Kräutersäfte einsaugen. Entspann dich.« Ich stieg höher und höher empor, wie eine Taube, die plötzlich aus ihrem Käfig gelassen wird. Als Hulala das kleine Säckchen in meinen Körper hineinsteckte, explodierte ich. Der Saft schoß in mich hinein, stechend und brennend wie gemahlener roter Pfeffer. Ich fing an zu weinen.

»Weine nicht. Es muß brennen. Du behältst es drei Tage drin, und wenn dein Mann zurückkommt, soll er dir beiwohnen.«

Der Saft strömte sengend hinauf in mein Gehirn. Drei Tage sollte ich dieses Ding in mir behalten. Während ich nach Hause zurückhumpelte, schien es mir, als würde die Sonne ein Spiel mit mir treiben. Sie senkte sich auf meinen Kopf herab, dann verschwand sie. Ich war schweißbedeckt, meine Beine wollten mich kaum tragen. Als die alte Pafferin mich heimwärts wanken sah, nahm sie mich bei der Hand. Ich legte mich auf den kalten Boden, schmiegte mein Gesicht an die kühle Erde, doch vergeblich. Ich vergrub den Kopf unter den Kissen und versuchte, an unser kühles Gehöft zu denken. Auch das half nichts. Flammen loderten bis zu meinem Kopf empor, der Feuer fing wie ein vertrocknetes Palmblatt. Dieses Feuer war nicht auszuhalten, und so bat ich Tamam, das Fenster mit einem Sack zu verhängen. Stimmen, nur Stimmen. »Was hat sie mit dir gemacht?« Aaah! Verschwommene Fratzen, danach vollkommene Finsternis.

Sollen sie doch Kot fressen, sie alle! Sie wollten Kinder von der Melkkuh. Freßt Hundekot! Sie zerrten mich aufs Bett und deckten mich zu. Mit aller Kraft, die ich aufbringen konnte, schlug ich die Decke zurück und spuckte auf den Boden. Ich mußte dieses Säckchen herausnehmen. Je mehr es wehtut, desto besser. Ich steckte die Finger in die Hose, doch da hielten mich zwei dürre Hände davon ab, das Kräutersäckchen herauszuziehen und ihnen ins Gesicht zu schleudern. »Hab Geduld, meine Tochter.« Es waren doch nur drei Tage. Aaaah! Ich will keine Kinder. Ich bin unfruchtbar, unfruchtbar, hört ihr? »Tamam, such dir eine andere Frau für deinen Sohn!« schrie ich, doch dann besann ich mich. Denk an Allah, denk an Allah. »Ach, meine Schwestern, in meinem Bauch wütet ein Feuer, das nichts von der Barmherzigkeit Allahs weiß.«

Da stürmte Nasra herein, und sofort wurde die Luft reiner. Sie tauchte ein Stück Stoff in die Kanne Wasser, die sie mitgebracht hatte, und betupfte damit mein Gesicht. »Vom Tiefen Brunnen«, flüsterte sie. Ihr Ohrring baumelte sachte hin und her. Diese Kühle. Nasra rieb mir Brust, Hände und Füße ab. »Ist es jetzt besser, meine Schwester?«

Ich hielt Nasra am Ärmel fest und sagte: »Sag ihnen, sie sollen gehen.«

Sie klatschte in die Hände. »Nachbarinnen, Maha will jetzt schlafen«, verkündete sie.

Möge Allah Nasra ein langes Leben schenken. Aber Tante Tamam mußte noch dasein, ihr Qualm verpestete das Zimmer. »Tamam soll mich alleinlassen.«

»Geh hinaus, Tamam. Der Rauch.« Als ich einen schmatzenden Laut von ihren schrumpeligen Lippen hörte, lächelte ich.

Während Nasra mir über die Stirn wischte, fragte sie in ernstem Ton: »Willst du Kinder haben, Maha?«

Ich nickte.

»Ich werde vielleicht niemals Kinder haben«, sagte sie.

Nasras grüne Augen strahlten heller als sonst. Ich griff nach ihrer Hand.

»Dein Bruder, Maha.«

Ich drückte ihre Hand noch fester.

Mit einem Lächeln meinte sie: »Wenn du Kinder möchtest, ist roter Pfeffer die einzige Medizin.«

»Es waren doch erst sechs Monate.«

»Im Tal gibt es keine Gnade.« Sie kratzte sich den Kopf und versprach, mich regelmäßig zu besuchen und mir auf ihrer Rohrflöte vorzuspielen. Ihr Flötenspiel erfüllte den Raum mit heiteren Melodien, ihre Weisen lullten mich behaglich ein und brachten mir Vergessen. In jener Nacht träumte ich von grünen Wiesen, weidenden Schafen, einem funkelnd blauen Himmel und strahlend hellem Licht. Dank Nasras kalter Umschläge und ihrer linden Melodien überstand ich diese drei Tage. Als ich schließlich das Säckchen herauszog, atmete ich erleichtert auf. Tamam sagte, ich sei eine der Erwählten, die ins Paradies eingehen würden, weil ich diesen wunderschönen Traum gehabt hatte. Doch mein Paradies waren Harbs Arme. Lächelnd wandte ich das Gesicht zum Fenster, und mein Blick folgte dem Sonnenstrahl, der auf den unvollendeten Teppich fiel.

Als ich Harb an jenem Vormittag sah, flatterte das Herz in meiner Brust wie ein kleiner Spatz. Und als er mich umarmte, begann ich zu weinen wie ein kleines Kind. Der Gefährte meiner Seele war magerer als je zuvor. Ich setzte mich neben ihn und erzählte ihm von der Arznei, die man in mich hineingesteckt hatte, damit ich ihm einen Sohn schenken konnte. »Willst du, daß ich eine andere Frau heirate?« Offenbar hatte ihm die alte Pafferin von meinem Anfall berichtet. Möge Allah Tamams Pfeife zerbrechen.

»Nein«, antwortete ich.

»Ich will auch keine andere Frau. Maha, die Stute von hoher Abkunft, wird sich von niemandem erniedrigen lassen.«

Ich hielt ihn fest. Bald würde er wieder auf seinen Hengst steigen, in die Berge galoppieren und in einer Staubwolke verschwinden. Ich klammerte mich an ihn. Er war abgemagert, müde und schon wieder im Begriff zu gehen.

Es war noch sehr früh am Morgen, das Sonnenlicht verlieh den Geschöpfen Allahs noch keine Farbe. Stille lag über den Lehmhäusern und Höfen, in denen sich die schlafenden Tiere drängten. Das vom Rauschen des Flusses gedämpfte Taubengurren und Spatzenzwitschern erhob sich in die Lüfte, wurde lauter, schriller. Niemals wollte ich ohne das Geräusch fließenden Wassers leben müssen. Unter den goldenen Füßen des Sommers verwandelten sich die wenigen Streifen urbar gemachten Landes in ein Meer aus osmanischem Gold. Von den Dreschböden drangen die Lieder der Getreideschnitter an mein Ohr. Nasra war bereits in den Bergen, der Wind trug die wehmütigen Weisen ihrer Flöte heran. Raais Weckrufe waren verklungen, ihnen folgte das Krähen der Hähne. Ich zog das Samtgewand meiner Mutter an, schlüpfte in meine Plastikpantoffeln und teilte der alten Pafferin mit, daß ich meinen Vater besuchen ging. Ich mußte ihn um Rat fragen, bevor sie mich ausbrannten.

Als ich durch unsere Obstplantage ging, wurde mir bewußt, daß ich mit leeren Händen kam. Mit leeren Händen und leerem Schoß. Ich war noch immer nicht schwanger. Dagegen half nur noch ein Ausbrennen, eine Ätzung der Haut, Narben, die mich für den Rest meines Lebens entstellen würden. Als ich unseren Hof betrat, rannte Nashmi auf mich zu und leckte mir die Füße. Ich umarmte ihn und merkte, wie sehr mir dieses alte Gehöft gefehlt hatte. Während ich Nashmi den Nacken kraulte, sah ich, daß er Tränen in den Augen hatte, genau wie sein Herr, Scheich Nimer. Anscheinend hatte mein Vater meine Stimme gehört, denn als er vors Haus trat, fummelte er noch an den Knöpfen seines gestreiften Hemds herum. Ich küßte seine rissige Hand und umarmte ihn. Er roch nach trockenem Joghurt und Dung. »Maha, meine Tochter«, sagte er mit krächzender Stimme. Als ich klein gewesen war, hatte ich Angst vor ihm gehabt, jetzt sehnte ich mich danach, ihn an mich zu drücken. Nashmi und mein Vater waren alt geworden und konnten sich kaum selbst versorgen. Er konnte nicht einmal dieses Hemd waschen, an dem die Zeit ihre Spuren hinterlassen hatte. Abermals küßte ich seine Hand und fragte ihn dann, warum er so dünn geworden war. Als er zu lachen versuchte, entblößte er seinen zahnlosen Mund. »Willkommen, Tochter Malihas. Komm herein.«

Abgesehen von einer Matratze am Boden und einem Schaffellteppich, war das Zimmer fast leer. Der Stapel Matratzen war verschwunden, die Wände waren beinahe nackt. Nur der runde Spiegel meiner Großmutter stand noch in der Ecke. Als mein Vater meine Verwunderung bemerkte, sagte er: »Daffash hat die Matratzen Samir Pascha geliehen. Er feiert ein Fest.« Nimm Abschied von den Matratzen aus reiner Wolle, die meine Mutter genäht hat. Auch unsere Kuh Halabeh, unser Pferd Mujahid und die beiden Kamele mit ihren zwei Jungen waren nicht mehr da.

»Wo ist unsere Herde?«

»Daffash hat sie verkauft. Er will sich einen Landrover kaufen.«

Von den Henna- und Radieschenpflanzen war nichts mehr zu sehen.

»Er sagt, er will den Hof modernisieren, er möchte sich ein Landhaus bauen und Inder herholen, die für ihn auf dem Feld arbeiten«, berichtete mein Vater.

»Jarbwa hat mir erzählt, daß er den Hof vernachlässigt«, sagte ich.

Mein Vater stocherte mit seinem Stock in der Erde, ohne mich anzusehen. »Er versucht, Geldgeber für das Gut zu finden.«

Ich trat aus dem Haus in den Hof. Hier waren die einzigen lebenden Wesen ein paar Hühner, die sich nicht etwa im Käfig befanden, sondern im leeren Lagerraum ein und aus gingen.

Das Gehöft wirkte verlassen. Die Orangen- und Zitronenbäume schrien förmlich nach Wasser. Als ich mich an den alten Kanal setzte, vergoß ich Tränen, die sich mit dem Wasser des Jordan vermischen und das Tote Meer noch salziger machen würden. Wenn meine Mutter Maliha von den Toten auferstehen und sehen würde, wie verkommen ihr einst so wohlbestelltes Haus war, würde sie noch einmal den Tod wählen. Und wie das Gehöft war auch mein Vater kraftlos, schmutzig und dem Verfall preisgegeben.

Mit seinen rissigen Fingern strich er mir übers Haar und bat mich, mit dem Weinen aufzuhören. »Ich bin glücklich, so wie ich bin.« Er schlug mit dem Stock auf die Erde und fügte hinzu: »Die Leute im Dorf wollen, daß ich wieder heirate. Aber ich will nicht, daß eine andere Frau an meiner Seite schläft.«

»Ich fürchte, du wirst eines Tages einsam sterben.«

»Auf diesen Tag warte ich, denn dann werde ich Maliha wiedersehen«, entgegnete er und humpelte, auf seinen Stock gestützt, zum Haus zurück.

Um Saad

»Maha, meine Schwester.«

Ich betastete das Futteral von Harbs Dolch. Das Silber hatte seinen Glanz verloren und war stumpf und grau geworden, aber der Türkis hatte Feuchtigkeit und Zeit widerstanden. »Ja, Um Saad. Alle Geschöpfe Allahs haben sich zur Ruhe begeben. Jetzt kannst du dem Kummer deines Herzens freien Lauf lassen.«

»Ich weiß nicht, was ich sagen, wie ich beginnen soll. Ich bekam grundlos Schläge. Nie werde ich den Schnurrbart meines Vaters und seine weite schwarze Hose vergessen. Auf seinem buschigen Schnurrbart konnten sich rechts und links zwei Adler niederlassen. Beruhigende Lieder und die Schreie in der Nacht.

›Dunkelhaarige Schönheit.
Oh, dunkelhaarige Schönheit.
Du bist das Glas,
Und deine Lippen sind der Wein.‹

So sang der Sänger unseres Viertels mit seiner klaren Stimme. Die Schreie von Säuglingen, die gebadet wurden oder nach der Mutterbrust verlangten, erfüllten das pinienbestandene Flußtal. Als die atemlose Melodie eines Kaukasus-Akkordeons an mein Ohr drang, seufzte ich. Im Einwandererviertel wurde eine Hochzeit gefeiert. Ich spähte durch die sternförmigen Gucklöcher und wünschte, meine Seele könne ihre Flügel spannen, durch die Löcher hindurchschlüpfen und die Schultern Muhammads berühren. ›Warum hast du das Gitter aufgeklappt, Mädchen?‹ schrie mich mein Vater an und fing an, mit seinem Ledergürtel auf mich einzuschlagen. Die Schnalle war kalt und spitz. Als mein Wimmern und Heulen aufhörte, schlief ich auf den Kissen unter dem Fenster ein. In jener Nacht träumte ich von der Tarnkappe. Ich wollte unsichtbar sein wie die Luft. Ich wollte in eine andere Identität schlüpfen. Kann man denn seine Identität ablegen wie schmutzige Unterwäsche? Geht das?«

»Identität? Was ist Identität? Ich glaube, ich habe keine.«

»Maha, arme Maha.«

»Fahr doch fort, Um Saad.«

»Ich trug weißen Puder auf mein Gesicht auf und legte meine *mulaya* an. An jenem Morgen erlaubte mir meine Mutter zum erstenmal, ihr Make-up zu benutzen. Ich wollte nicht, daß Muhammad mein Kinn mit den blauen Flecken sah. Ich betrat seinen Laden und ließ eine Handvoll Reis durch meine zitternden Finger gleiten. Er sah mich an. Und da brach es aus mir heraus, ich weinte haltlos. Er packte mich am rechten Arm, so daß einige Reiskörnchen auf den kalten Betonfußboden fielen. ›Folge mir‹, sagte er. Ich folgte ihm. In dem kleinen Raum hinter dem Laden hob er meinen schwarzen Schleier und küßte mich auf mein gepudertes Kinn. ›Nein, das darfst du nicht. Faß mich nicht an.‹

›Ich möchte dich heiraten‹, sagte er.

In heller Aufregung lief ich aus dem Laden auf die heiße Straße hinaus. Wenn mich mein Vater gesehen hätte, hätte er mich totgeschlagen.

Meine Mutter würde mich umbringen, wenn ich ohne

die getrockneten Rosenblätter nach Hause kam. Also zog ich den schwarzen Mantel fester um mich und begab mich zu Abu Shawmers Laden. Getrocknete Rosenblätter für den Rachen, getrocknete Jasminblätter für die Stimme, Bride`s Cream für einen reinen Teint, Cow`s Bead Jam für vollere Brüste. Oh, wie gerne ich das alles gehabt hätte. Ich wünschte mir runde Hüften wie Hind Roustom.«

»Wer ist das?«

»Eine wunderschöne ägyptische Schauspielerin. Ihre Stimme ist rauchig, und sie wackelt mit den Hüften. Ich dagegen hatte keine Hüften, nichts. Als ich die scheppernden Schellen des Lakritzensaftverkäufers und die Rufe des Zuckerwattenverkäufers hörte, spürte ich, daß ich glücklich war. Damals befand sich auf dem Dach des Goldbasars ein Café. Dort sang Um Kulthoum für die Wasserpfeiferraucher und Kartenspieler:

›Wem soll ich mich zuwenden?
Du bist meine Wunde.
Du bist mein Glück.‹

Sei glücklich, mein Herz. Deine Zeit wird kommen. Amman war zauberhaft, grün, großartig. Bei deinem Leben, ich, Haniyyeh, die spätere Um Saad, glaubte damals wirklich, daß meine Zeit noch kommen würde. Das Glück erschien mir zum Greifen nah.«

Um Saad ist glücklich. Ich muß essen, was Sura mir vorsetzt, und es ist fade, ohne Geschmack. Um Saad spricht über das Glück. Ich friere, ich bin müde. Ich habe den Geschmack des Glücks vergessen. Mein Leben ist wie verstreutes Mehl in einem Dornenfeld. Ach, Um Saad hört gar nicht mehr auf, vom Glück zu sprechen. Im Futteral steckt kein Dolch, kein Reiter ist in Sicht.

Maha

Mein Vater trug bereits eine schwere Bürde, so daß ich ihn nicht auch noch mit meiner Unfruchtbarkeit belasten wollte. Ich schleppte mich über den Boden jenes vergessenen Dorfes, das wie ein Blutegel am Berghang klebte. Da sah ich, mit einer Hand die Augen abschirmend, eine Staubwolke, die den östlichen Berg hinunterzog. Die Reiter des Stammes kehrten zurück. Langsam näherten sie sich, und ich hörte das vertraute Stampfen galoppierender Pferde. Da unsere Reiter die Enden ihrer Kopftücher zusammengebunden hatten, wußte ich, daß sie von einem Überfall kamen. Ihre Schlachtrufe erfüllten die trägen Gassen des Dorfes. Allah schütze uns, unsere Männer führten Krieg. Etwa zwanzig Reiter zogen gleichzeitig an den Zügeln und stiegen ab. Männer wie Pferde waren schmutzig, verschwitzt und außer Atem. Einer von ihnen trabte auf mich zu und hielt sich die Schulter. »Haaarb!« rief ich und rannte ihm entgegen, dem Gefährten meiner Seele. Vorsichtig ließ er sich vom Pferd herabgleiten. Sein Gesicht war schweiß- und rußbedeckt. »Was haben sie mit dir gemacht, mein Geliebter?«

Hulala kochte einen Kräutersud und versorgte Harbs klaffende Schulterwunde. Unterdessen rieb ich sein Gesicht mit Rosenwasser ab und stellte erschrocken fest, wie stark seine Wangenknochen hervortraten. Wie die Stangen eines Zeltes aus Ziegenhaar. Ich drängte Harb, gekochte Milch mit Honig und rohen Eiern zu trinken, doch das meiste davon erbrach er auf mein Gewand. Aus meinen Augen sprühten Funken. »Du mußt mir sagen, wer dir das angetan hat. Bei der Seele meiner Großmutter, ich werde sein Blut trinken!«

Harb schüttelte den Kopf und ließ ihn aufs Kissen zurücksinken. »Maha«, sagte er flehentlich, dann schlief er ein. Ich brachte die Nacht damit zu, den Mond zu betrachten, dessen Licht durch unser kleines Fenster fiel. Er schien den Kopf hin- und herzuwerfen, mal hierhin, mal dorthin. Von Zeit zu Zeit drang aus Harbs Mund ein Stöhnen und Murmeln, das das Tal durchzog und jede empfängliche Seele in Hamia mit Sorge erfüllte. Ich hätte der Milch Kamille hinzufügen sollen, um seine Schmerzen zu lindern.

Nach einem kurzen Schlaf erwachte Harb und sah mich an, wie ich hingestreckt neben ihm lag, als ob ich betete. »Bist du es, Maha?«

»Ja.« Ich hielt seine Hand. Im Mondlicht wirkte sein Gesicht dunkler und seine Augen heller. Unsere Männer mußten tagelang gekämpft haben.

Er erwiderte meinen Blick und sagte: »Es war eine große Schlacht.«

Während ich ihm mit einem Tuch den Schweiß von der Stirn wischte, fragte ich, ohne eine Antwort zu erwarten: »Gegen wen?«

»Gegen die Türken und gegen die Engländer. Sie wollen beide mehr Geld.«

»Steuern?«

»Ja, und zwar rückwirkend. Auf die eine Fremdherrschaft folgt die nächste. Erst die Türken und nun die Engländer.«

»Wir sind freie Beduinen. Wir ertragen niemals fremde Herren«, sagte ich.

»Im Morgengrauen haben wir einen ihrer Stützpunkte überfallen. Aber sie haben uns mit etwas angegriffen, das wie eiserne Adler aussah. Wir hatten große Verluste«, erzählte er mit Tränen in den Augen. Als ich mich über ihn beugte und ihn küßte, verbarg er sein Gesicht an meinem Busen. »Wir mußten uns zurückziehen. Wir hatten keine Wahl«, beteuerte er.

Ich drückte seinen Kopf an meine Brust und fühlte mich hilflos. Das Dorf würde mir nicht gestatten, Harb aufs Schlachtfeld zu folgen. Aber Harb brauchte meine Unterstützung. Wie konnte ich gegen die Engländer kämpfen? Ich mußte alles tun, um schwanger zu werden.

In meinem Herzen ging die Sonne auf, als er am Morgen meinen Namen rief: »Maha.«

»Harb, ich werde dir beistehen.«

»Lege dich zu mir, Rehäugige.« Fest umfaßte sein linker Arm meine Taille. Meine Lippen berührten seine müden Augen, dann leckte ich die Erschöpfung von seinen Wimpern. Als er mich auf den Hals küßte, spürte ich, daß er mich brauchte, daß er sich nach Ruhe und Frieden sehnte. Ich half ihm beim Ausziehen, entkleidete mich selbst, und dann liebten wir uns, zart und sanft wie eine Feder, die in der trägen Brise einer heißen Sommernacht dahinschaukelt und sich auf ein samtenes Kissen herabsenkt. Ich umschlang ihn mit meinem Körper, um ihn warmzuhalten, um ihn zu beschützen und zu bewahren vor dem brausenden Wind, der den Sand der Dünen vor sich hertreibt.

»Meine Liebe zu dir ist erschreckend, Maha. Wie Antar Ibn Shadad galoppiere ich den eisernen Adlern entgegen, denn dort erhasche ich einen flüchtigen Blick auf dein Gesicht, auf die Gesichter unserer Kinder und die hohe Stirn der Araber.«

Meine lang aufgestauten Tränen brachen sich Bahn und strömten über meine Wangen. »Bei der Seele meiner Großmutter Sabha, ich werde dir einen Sohn schenken.«

»Weine nicht. Ich kämpfe dafür, daß ich dich nicht weinen sehen muß. Araberstuten weinen niemals.«

Als ich ihm von meinem Vater erzählte, sagte er, ich könne jeden Nachmittag zu ihm gehen.

Ganz unvermittelt sagte er: »Wenn ich sterben sollte, kümmerst du dich dann um meine Mutter?«

Mein Herz, das eben noch im Himmel schwebte, stürzte in den Jordan hinab. »Warum sprichst du vom Sterben?«

»Ich weiß nicht«, erwiderte er und begann, seine Kampfausrüstung anzulegen.

»Mit dieser Schulter kannst du doch nicht kämpfen.«

»Gib mir deinen Segen, Rehäugige.«

Und an jenem Morgen schrie ich aus vollem Halse: »Geh. Möge Allah ein wachsames Auge auf dich haben. Geh. Möge Allah die Speere deiner Feinde zerbrechen.« Ich löste meine Zöpfe und fuhr fort: »Geh. Kein Schlaf wird über mich kommen, bis du zurückkehrst.« Die Hände in den gleichgültigen Himmel gereckt, rannte ich hinter Harbs galoppierendem Hengst her und rief Allah, Seine Engel, Seine Bücher und Seine Propheten an, meinen Mann zu beschützen, ihn sicher und wohlbehalten zurückzubringen und ihm ein langes Leben zu schenken, damit er seine Kinder am Boden krabbeln sehen konnte. Ich hoffte, daß das Ohr des Himmels nicht taub war, daß der brausende Wind uns zuhörte, anstatt seinem eigenen Geheul. Bei Sonnenuntergang wandte sich die Sonne von uns ab, und ich flocht mein Haar zu zwei Zöpfen.

Der Geschichtenerzähler

Im Namen des Erbarmers, des Barmherzigen. »Wahrlich, ihr kommt zu den Männern im Gelüst anstatt zu den Weibern! Ja, ihr seid ein ausschweifendes Volk.«

Meine hochverehrten Herrschaften, betet für die Seele des Erwählten, unseren Propheten Muhammad, und für seine rechtschaffenen Gefährten.

Heute, in der fünfzehnten Nacht des Ramadan, dem Monat des Fastens und des Betens, erzähle ich euch den schändlichsten Teil unserer Geschichte. Allah auf seinem Thron war erschüttert; er berührte die Erde mit seinem Stab, so daß sich das Unterste zuoberst kehrte.

Wenn ihr ins Meer eintaucht, werdet ihr Figuren aus Salz finden; Salzsäulen, mit Entsetzen im Blick. Weit aufgerissene Münder, die um Hilfe und Vergebung flehen. Ja, das Volk Lots in diesem vergiftetsten aller Länder, das bösartigste aller Völker. Die starke Hand des Allmächtigen brach das Antlitz der Erde auf. Der Riß beginnt in Damaskus und endet im schwärzesten Afrika.

Schlag das Tamburin auf deinen Schenkel und laß uns tanzen. Gepriesen sei Allah, der König des Jüngsten Gerichts.

Allah, Allah ist großmütig, Allah,
Allah ist barmherzig, Allah,
Allah ist mächtig.
Allah.

Maha, ja, Maha fing an zu heulen und zu brüllen, als sie die klaffende Wunde an der Schulter ihres Mannes sah. Die Leute sagen, Metallgeschosse hätten die blaue Hülle um die Erde durchdrungen und den Mann und seine Gefährten zerrissen. Meine Herrschaften, es waren geflügelte Dschinn, die Mahas Ehemann verwundeten, um ihn zu warnen. Sie hörte nicht auf, ihr Spiel mit den Heerscharen unseres Meisters Salomon zu treiben. Der Wächter Raai erzählte mir, sie entflocht ihr Haar, zerriß ihr Kleid, und dann begannen sich vor seinen Augen ihre Füße nach hinten zu verdrehen. Ein Ghul. Die Tochter eines Ghuls. Allah beschütze und bewahre uns. Als sie Raai sah, öffnete sie den Mund und entblößte lange spitze Zähne. Der Wind, den sie aus ihrem Mund ausstieß, wirbelte drei Tage lang durch das Dorf. Die heiße Luft kroch durch Schlitze und Ritzen, so daß die Säuglinge weinten und Glöckchen bimmelten. Mahas Haut verwandelte sich in ein schuppiges Fischkleid; ihre Augen wurden rund, Lider und Wimpern fielen ab.

Raai lächelte nervös: »Als ich sie sah, mein Bruder, machte ich in die Hose.« Die Angst ließ Raais Körpersäfte vertrocknen, und er ist unfruchtbar bis auf den heutigen Tag.

Jedes winzige Fensterchen aus Lehm, jeder Tropfen Wasser, jede schlafende Seele hörte die Hyäne aus Leibeskräften heulen, als ihr Mann das Dorf verließ und in die Berge ritt. Sie rief Gog und Magog an, Harut und Marut, die Teufel der Zauberei. Sie kündigte den bösen Geistern an, daß sie ihr Initiationsritual vollziehen würde, um für sich und ihren Mann neue Schutzkraft zu erlangen. Sie schrie, und der Wind trug die langgezogenen Schreie in die Senke des Toten Meeres und zu den Bergen Jerusalems.

»Ich bin die Tochter Malihas.
Ich bin die Tochter Sabhas.
Kommst du meinem Mann zu nahe,
verbrenne ich dich zu Staub.«

Das furchtlose Weib stieß Drohungen aus und flüsterte Zaubersprüche. Allah erschuf die Dschinn aus Feuer, und wenn sie zu Staub verbrennen, werden sie Menschen wie wir. Sie verlieren ihre Kraft, werden alt und sterben.

Die beiden Raben der Trennung, Tamam und Nasra, gingen zum Dolmen zu Mahas Initiationsfeier. Maha glaubte, wenn sie von anderen Zauberern neue Kräfte und Hilfe erhielte – Allah bewahre uns –, könne keine Kreatur, weder Dschinn noch Menschen, ihr oder ihrem Mann etwas anhaben. Sie zogen durch die kotbedeckten engen Gassen und grüßten niemanden. Auf der Stirn einen Knoten wie ein Kreuz und im linken Auge ein blutiger Fleck. Türen wurden hastig verriegelt und Fenster eilig zugeschlagen. Die Leute von Hamia, die keine Würde besitzen, wollten alles Übel aussperren. Meine Aziza erschauderte und fing an zu schreien. Der Anblick der drei Raben der Trennung, der Geruch nach verbrannten Kräutern und die kranke gelbe Sonne kündeten davon, daß alle Dschinn der Erde sich in jenes Tal aufgemacht hatten, das im Banne des Teufels stand.

Großmütigste Herrschaften, der Name Allahs schütze uns. Ich hörte das ferne Geräusch von riesenhaften Gegenständen, die durch die Luft schwirrten, danach eine furchtbare Explosion. Blutstropfen standen über den Gipfeln der Berge. Das Blut überzog den blauen Himmel und sickerte hinunter ins Tal. Als ich blinzelte, verschwand die blutrote Farbe des Himmels. Ich schlug mir ins Gesicht, um festzustellen, ob ich schlief oder tatsächlich meine

Füße über den glühend heißen Sand des öden Tals schleppte. Dann setzte ich mich auf einen Felsen, der wie ein Zahn aus dem Gebirgskamm herausragte, und sah, wie die drei Raben schrumpften und bald nur noch drei kaum mehr sichtbare Kakerlaken waren. Ich kratzte mich am Kopf und stieg den Berg hinunter, um zwischen den Steinen des Dolmen hindurchzuspähen. Als ich nicht mehr weit von der Höhle der Zauberer entfernt war, sah ich Tamam und die verrückte Schafhirtin eilig davonlaufen. Mein Herz schlug schneller, denn ich wußte, daß ich gleich etwas Außergewöhnliches zu sehen bekäme, daß ein unvergeßliches Ereignis bevorstand, das sich tief in mein Herz, in Maymuns Herz und in das müde Herz Azizas einbrennen würde.

Ich band meine Eselin Aziza und meinen Affen Maymun an einem abgestorbenen Baumstamm fest und schlich mich zwischen den ausgedörrten Sträuchern näher heran. Ich schob einen Zaqqumast beiseite und spähte durch den Spalt zwischen den Steinen, die vor Tausenden von Jahren von Heiden erbaut worden waren. Ungläubige, die die Häuser Ungläubiger bewohnen. Meine Damen und Herren, wer bin ich? Euer Sklave Sami al-Adjnabi. Wer bin ich?

Ich bin der Geschichtenerzähler,
Eine Fülle von Geschichten ist in meinem Gepäck.
Ich spinne Garn, spinne Geschichten,
Tag um Tag spinne ich.

Ich spähte also durch die Öffnung zwischen den großen flachen Steinen – und was sah ich? Ich sah eine nackte weiße Gestalt am Boden liegen und – Allah möge uns vergeben – eine schwarze Gestalt, die sich über sie beugte.

Schwarzer Rauch, Küsse und Rufe des Entzückens. Ein Seufzen und Lecken und schwarzer Rauch. Ich fing an zu schwitzen wie ein überanstrengtes Maultier und sprach den Namen Allah. Hätte man die beiden Gestalten mit einem Schwert getrennt, hätte man nicht gewußt, wessen Blut man vergossen hatte. Das Land Sodom und Gomorrha erschauderte vor Lust und Ekel. Das Tote Meer rauschte zustimmend, und das unwissende Dorf ahnte nicht, was sich in seinem Umkreis abspielte.

Hulala, die Tochter eines bekannten marokkanischen Zauberers, die nach Arabien kam, um sich Reichtümer zu erwerben, steckte ihren Kopf zwischen die mageren Schenkel der unfruchtbaren Braut. Die Laute, die die Braut von sich gab, waren wie das Schnurren einer Katze, die in der warmen Sonne liegt und am Bauch gekrault wird. Schnurrrrr. Herausfordernd und willfährig. Schnurrrrr. Ich zog meinen Gürtel fester um meinen schlaffen Bauch, warf mich zweimal nieder und bat Allah um Vergebung. Ich saß unter dem Zaqqumbaum und ließ die Perlen meiner Gebetskette durch die Finger gleiten, als ich sie sah. Ja, ich sah Maha. Sie schleppte sich aus der Höhle; starrte auf die heiße Sonne; sie war in Wonne und Schweiß gebadet. Sie fiel nieder, streckte Arme und Beine aus, stand dann wieder auf und ging ins Dorf zurück. Ihr Gesicht sah ich nicht, wohl aber den roten Fleck im Weißen ihres Auges und den schwarzen Klumpen in ihrem Herzen.

Da fragte ich mich, was ich eigentlich suchte in diesem vom Wahnsinn heimgesuchten Tal. Allah könnte das Land noch einmal mit Unglück schlagen und uns alle lebendig begraben. Ich führte Aziza am Halfter, trug Maymun auf meiner Schulter und zog in Richtung Berge. Dort würde mich das böse Fluidum nicht erreichen, aber ich könnte in eine Salzsäule verwandelt werden. Glutrot überstrahlte der

Sonnenuntergang die Bergklippen und warf glühende Feuerleitern an die steilen Felsen. Die Landschaft mit ihren stechend klaren Konturen reinigte meinen Geist und befreite meine Seele von Bedrückung und Unheil. Ich mußte das Tal der bösen Omen verlassen. Das Licht der Sonne verblaßte, der heiße Wind kühlte ab. Fröstelnd setzte ich mich auf den Gipfel des Berges, gegenüber dem Kloster Siyagha. Die Mönche von Madaba schickten den Mönchen von Latroun im Westjordanland in der Nacht Botschaften, indem sie ihre Lampen schwenkten. Durch die schmalen Buntfenster stahl sich ein flüchtiger Lichtschein. »Kyrie Eleison, Kyrie Eleison« singen sie jetzt wohl gerade. Das Kloster Latroun funkelte in der Ferne. Eins nach dem anderen erloschen die Lichter des Dorfes in der Talsenke.

Ich legte ein Schaffell um meine Schultern und kratzte mir den Kopf. Der Schmied Salih schlug in dem Moment bestimmt seine Frau. Nasra spielte noch immer auf ihrer dummen Flöte und trieb ihre Schafe zusammen. Scheich Talib träumte wohl gerade von Sittna Badryya, die auf seidenen Teppichen schlief. Scheich Nimer beweinte seine Maliha und gab Nashmi, seinem treuen Hund, zu fressen. Nachdem Raai seiner Frau beigewohnt hatte, machte er sich auf zu seinem Rundgang. Imam Rajab bereitete sich wie jeden Freitag auf seinen Besuch am Grab des Propheten Shuayb vor. Und Maha? Maha suchte immer noch nach einem Weg, den Reiter im Meer ihrer Zauberei zu ertränken. Aber Daffash? Wo war Daffash?

Die Lichter des Landhauses von Samir Pascha funkelten wie das Mondlicht auf einer ruhigen Wasseroberfläche. Ich zog Aziza am Halfter und stapfte mit ihr hinunter zum nördlichen Teil des Dorfes, um Raai nicht über den Weg zu laufen. In den Gassen war schweres Atmen zu hören, es roch nach Seife und Wasser. Schmutzige Hunde, allesamt. Sie wuschen sich einmal im Monat und kämmten sich regelmäßig den Pelz. Die breite Straße war von Weiden gesäumt. Die Baracke des Wächters war leer, nur ein Jeft-Gewehr lehnte an der Wand. Ich huschte in den Hof und band meine Aziza an einem Zitronenbaum fest. Maymun nahm ich auf den Arm und lief, so schnell ich konnte, hinüber zur Villa. Pfeilschnell rannte ich den schmalen Weg entlang, der zum üppig bewachsenen Garten führte. Der Duft von Wein und gebratener Ente drang aus den halbgeöffneten Türen. Der Klang von Trommeln und Blechblasinstrumenten ließ mich im Innersten erschaudern. Eine unbestimmte Sehnsucht erfüllte mich. Mit dem Ärmelzipfel wischte ich ein kreisrundes Loch in die dicke Staubschicht an der Fensterscheibe.

Und was sahen meine Augen? Flackernde Kerzen, halbnackte Frauen, Männer in schwarzen Anzügen. Nur einer trug ein langes Gewand und einen Mantel. Und wer war das? Daffash? Ja, richtig. Wie ein Schatten folgte er dem englischen Mädchen, das an der Hochzeit seiner Schwester Maha teilgenommen hatte. Sie hieß Rose Bell. Sie schob seine Hand weg und tanzte mit Samir Pascha. Sie drehten sich und hüpften wie Affen, dann flog das englische Mädchen durch die Luft und glitt zwischen den weit geöffneten Beinen Samir Paschas durch. Halbnackte Frauen, die zwischen Männerschenkeln hindurchgleiten? Allah beschütze und vergebe uns. Die Engländer zuckten nicht einmal mit der Wimper. Bei Allah, doch wir leben und sehen.

Das dunkelhaarige Mädchen brach in schallendes Gelächter aus, als ihr ein Mann mit weißen Handschuhen einen Witz ins Ohr flüsterte. Das geräumige Zimmer war voll mit blonden Menschen, die dicke braune Zigaretten rauchten. Die Fenster beschlugen von ihrem Atem, so daß ich nicht deutlich sehen konnte. Schemenhafte Gestalten tranken und lachten, unablässig dröhnten die Trommeln. Plötzlich rief Daffash etwas und stellte sich in die Mitte des Saals. Er hielt einen Zipfel seines Mantels fest und fing an, die Dhiyya zu tanzen. Alle zeigten mit dem Finger auf ihn und schrien laut auf vor Lachen. Er holte tief Luft und sang:

Willkommen, willkommen, hey, Mann,
Mein Freund, mein Verbündeter, hey, Mann.

In einer fremden Sprache sagte eine Frau etwas, das klang wie »Aba-al-Jimaal« oder »Ora-Jinal«. Gepriesen sei Allah, der uns den Gebrauch der Zungen und Sprachen gelehrt hat. Gepriesen sei Er, der Eine und Einzige. »Vater-der-Kamele?« Was für eine seltsame Frau, mit ihren Federn und ihrem engen schwarzen Kleid! Was weiß sie schon von Kamelen? Ha ha ha.

Maha

Ich bat meine Tante Tamam, mich zu Hulala zu bringen, die mich ausbrennen sollte. Paffend erwiderte sie, sie würde Hamda und Nasra bitten, uns zu begleiten. Langsam schritten wir über die beinahe kahle Erde. Dieser Tag bedeutete das Ende meines Seelenfriedens. Danach schaute ich nie wieder das Gesicht des tiefen Schlafes, war mir nie mehr das kleinste bißchen Glück vergönnt. Das Quaken eines Frosches fand in mir Widerhall. Quakquak-quak. Ich hatte jenem verwundeten Mann versprochen, alles zu tun, um ihm ein Kind zu schenken. Der Wind verwischte meine Fußstapfen, und nicht einmal Shamam, der beste Spurenleser Arabiens, würde mich je finden können.

Als wir Hulalas staubigen Raum betraten, sahen wir, wie sie dakniete, sich auf den Boden warf und zu Allah, dem Schöpfer des Universums, betete. Nachdem sie die beiden Engel gegrüßt hatte, die links und rechts auf ihren Schultern saßen, entbot sie uns Frauen ihren Gruß und bat uns, Platz zu nehmen. »Willkommen, Tamam.«

»Du, die du uns willkommen heißt«, sagte Tamam, »diese Frau ist noch immer nicht schwanger. Sie braucht Beistand, vor allem von Allah, und dann auch von dir.«

Hulala nickte, breitete ein Schaffell auf den Boden und legte eine Reihe Eisenstangen darauf. Manche waren lang und spitz, andere klein und schwer, wieder andere dünn und gewunden. Ich zuckte zusammen, als ob mich eine Biene ins Ohrläppchen gestochen hätte. Die Enden waren geschärft und spitz. Die große Mörserkeule in mir begann zu stampfen. Sollten diese Stangen etwa in meinen Körper gesteckt werden? Das würde ich nicht ertragen können.

»Tante, ist es schmerzhaft, das Ausbrennen?«

»Vertrau auf die Weisheit Allahs.«

Nun wählte Hulala einen dünnen Eisenstab aus und warf ihn hoch. Er landete in der glühenden Asche, wo er knackende Geräusche von sich gab, aber der schmelzenden Kraft des Feuers widerstand. Nasra blies in ihre Flöte und entlockte ihr ein Kreischen, dann einen langen Seufzer. Die Rauchschwaden aus Tante Tamams Pfeife hingen in der Luft und nahmen die verschiedensten Formen an: eine galoppierende Stute, eine fliegende Taube, Schafherden, die aus jenem vergessenen Dorf fortzogen. Mir war, als würde eine irdene Getreidemühle all die Körner der Tapferkeit, meinen ganzen Mut zermahlen, so daß mir der Schweiß ausbrach und ich zu zittern begann. Hamda wandte das Gesicht vom Feuer ab. Plötzlich fing sie an, hin und her zu schaukeln, ähnlich den Bewegungen der Flammen. Als der Stab sich in ein Stück glühendes Eisen verwandelte, rief Hulala:

»O Feuer, Feuer, Feuer,
Mutter, Mutter, Mutter,
Senge und schmore,
heile und verweile.«

»Ooooh, Feuer, Feuer, Feuer«, fielen die Frauen in heiserem Singsang ein.

»Zieh dich aus und leg dich hin«, befahl Hulala. Mich ausziehen? Mußte ich das auch diesmal wieder tun? Mein Glück war wie verstreutes Mehl. Hamda drückte mit ihren Knien meine Schultern nieder, und Tamam setzte sich auf meine Beine. »Ooooh, Feuer. FEUER.« Ein durchdringender Geruch von Feuer und Schweiß erfüllte den Dolmen. Sie wollten mir die Haut versengen, mich für immer brandmarken!

»Nein! Nein!« schrie ich. Meine Freundin Nasra stürmte aus der stickigen Höhle hinaus. Von hinten kam ein glühender Eisenstab in mein Blickfeld, landete auf meinem Bauch und bohrte sich in meine Haut. Da trat ich nach Tamam, und ihre Pfeife flog mit einer Rauchfahne davon. Wohltuende Wassertropfen. Über mir weinte Hamda. Ein Schuß in der Ferne, und in der Wüste brüllte ein Kamel. Ich trat von der Welt des Lichts in die Welt der Dunkelheit ein, wo man nicht gesehen werden kann und kein Leid spürt.

Als ich aufwachte, hörte ich Nasras klagendes Lied. Ich wollte meine Mutter Maliha bei mir haben. Mein Fleisch riß sich selbst in Fetzen. Als ob eine Meute wilder Hunde über einen angeschossenen Fuchs herfiele. Harb mußte mich retten. Wasser klatschte gegen meine empfindsamen Körperteile. Mal innen, mal außen. Harbs Gesichtsausdruck konnte ich durch den Dunst nicht erkennen. An meine müden Ohren drangen Wellenrauschen und Harbs Stöhnen. Die stickige Höhle, von den verfluchten Zaqqumbäumen belagert, schwamm in dem vergessenen Dorf, das wie ein Blutegel am Berghang klebte. Ich beugte mich vor, um das Mal zu betrachten. Von dunklem Blut verfärbtes Musselintuch lauerte auf meinem Bauch, wie eine großäugige Eule, die auf den Ästen der Zedern sitzt.

»Meine Schwestern, ich stehe unter eurem Schutz. Gebt mir doch etwas gegen den Schmerz.« Hulala reichte mir einen Trunk, der bitter schmeckte, wie ausgepreßte und gekochte Aloe. Schnell trank ich. Da schrumpfte meine Haut und zog sich zusammen, ebenso wie mein gebrandmarkter Bauch.

Nasra kam zurück und legte mir wieder kühle, nasse Tücher auf.

In der Ecke saß Hulala und summte: »O Feuer, o Mutter.«

Hamda stützte meinen Arm und half mir, auf die schwachen Beine zu kommen.

Tamam nahm die Pfeife aus ihrem verzerrten Mund und sagte: »Möge Allah deine Hände segnen.« Hulala antwortete nicht, sondern fuhr fort, sich hin- und herzuwiegen und zu singen.

Wir verließen die Insel der Zaqqumbäume und überquerten das brodelnde Meer aus Sand. Meine Füße gruben sich tief in die Erde, um zu kühleren Schichten vorzudringen. Unter Nasras Flötenklängen erwachte die Erde zu neuem Leben. Die wehmütigen Melodien trugen den Frühling heran, Margeriten, rote Anemonen, grüne Wiesen und zufriedene Schafe.

Ich versuchte, das Grün zu sehen, den taufeuchten, strahlenden Morgen. Doch ich konnte nichts weiter erkennen als die kleinen Lehmhäuser mit den ausgewaschenen Fensterlöchern. An jenem Nachmittag kannte die Sonne keine Gnade, unter ihrer Berührung verbrannte alles: die alten Mauern, die vereinzelten Palmen und mein Gehirn.

Ich war in Schweiß gebadet. Heiß war es. Sehr heiß. Ich versuchte mir die Erinnerung an einen kühlen Ort ins Gedächtnis zu rufen, an unseren Zitrushain, den dunstigen Kanal, die Henna- und Radieschenbeete. Auf der Türschwelle unseres Hauses am anderen Ende von Hamia, wo die Erde fügsamer und ertragreicher war, saß mein Vater. Dort trug die Sonne einen Schleier, durchsichtig wie die Kostüme der Zigeunertänzerinnen. Unter dem dicken Dach unseres Lagerraums sah der alte Mann stumm dem Tod entgegen. Ich hätte ihn wegen des Ausbrennens fragen sollen. Aber meinen armen Vater plagten schon genug Teufel.

Um Saad

»Maha, meine Schwester?«

»Ja, Um Saad.«

»Was soll ich dir sagen? Was soll ich dir erzählen von den Tagen des Weinens und des Lachens in Amman? Einmal im Monat hatten wir Gäste. Meine Mutter – Allah sei ihrer Seele gnädig – hatte den ersten Montag jeden Monats zu ihrem Gästetag bestimmt. An diesem Tag besuchten uns alle Nachbarinnen und Verwandten. Das war für mich immer die schlimmste Zeit. Bei Sonnenaufgang fingen wir an zu putzen und hörten erst bei Sonnenuntergang wieder auf. Das Haus mußte blitzblank sein, der Fußboden makellos. Aber bei deinem Leben, ich machte mir einen großen Spaß daraus. Statt hinter dem Holzgitter zu sitzen, quetschte ich mich hinter den großen schwarzen Herd, so daß ich danach immer nach Kerosin roch.

Meine Mutter sah mir auf die Finger und meinte, ich bräuchte zu lange beim Zerdrücken der Mandeln.

»Mandeln zerdrücken? Ihr Stadtleute!«

»Die feuchten Mandeln gegen den rauhen Rand der Tonschale zu drücken, tat so weh. Ich rieb und drückte, bis meine Knöchel rot und geschwollen waren. Wenn ich die Matratzen und Teppiche mit dem Strohbesen abgestaubt hatte, tropfte mir der Schweiß die Nase herunter. Meine Mutter – Allah sei ihrer Seele gnädig – strich sich das nasse Haar aus ihrem runden Gesicht und sagte, ich solle etwas Anständiges anziehen. Sie hatte keine Zeit für mich. Etwas Anständiges? Den malvenfarbenen Mohairpullover und den karierten Rock. Was käme sonst in Frage? Ich besaß ja keine anderen Kleider. Ich kämmte mein kurzes widerspenstiges Haar und quetschte mich, dünn wie ich war, zwischen die Wand und den mächtigen Herd. Von dort aus hatte ich den Eingang gut im Blick.

Ein langes Leben sei dir beschert, sie sind jetzt alle tot. Um Abdu mit ihrem koketten Lachen, Um Sameh mit ihrem dicken Hals und den hervorquellenden Augen – sie hatte Beschwerden mit der Schilddrüse – und Um Rida. Sobald Um Rida den Raum betreten hatte, nahm sie ihren Schleier ab, zog ihren schwarzen Mantel und die dicke schwarze Strumpfhose aus und warf sie verächtlich auf den Boden. Halbnackt stand sie dann da in ihrem brokatgemusterten durchsichtigen Kleid, ließ ihren Bauch kreisen und wackelte mit den Hüften. Ich wollte so sein wie sie. Ich wollte meine Melonen zeigen.«

»Deine Melonen?« fragte ich. Melonen? Um Saads fahles, gelbliches Gesicht.

»Meine Brüste. Um Ridas weiße Haut war so glatt, daß ich so oft wie möglich ihren Arm streifte.

Als sie alle auf den Matratzen und Sesseln Platz genommen hatten, holte meine Mutter die Laute, die Zimbeln und die Trommel, dann rief sie: ›Haniyyeh, wo bist du, Gebrochener Hals?‹ Als ich geboren wurde, so erzählte sie, habe sie gehofft, daß ich mir den Hals breche. Denn ich, die Erstgeborene, war ein Mädchen und nicht der Junge, den sie sich ersehnt hatte. ›Bring das Tablett.‹ Die Damen spielten Laute und sangen dazu, und ich reichte Gläser mit eiskaltem Mandelsaft herum. Immer wenn ich ein Stückchen braune Mandelschale in einem Glas schwimmen sah, dachte ich, es sei meine Haut, die sie tranken.

Ich war eben dumm. Ja, ich war eine dumme Gans. Ich glaubte wirklich, meine Zeit würde noch kommen.

Nachdem ich den Gästen kalte Getränke und Dattelkuchen angeboten hatte, setzte ich mich hinter den Herd und lauschte dem Gesang der Frauen:

›Hey, Saideh, hör auf deinen Herrn.
Ich nehme ein Bad.
Gehorche deinem Herrn.
Ich koche.
Geh zu deinem Herrn.
Ich …‹

An dieser Stelle brachen die Frauen das Lied ab und kicherten. Da schloß ich die Augen und malte mir aus, was Um Abdu unausgesprochen gelassen hatte.

›Ich sehe durch ein offenes Fenster hinaus.
Hör auf deinen Vater.
Ich bin in Muhammads Laden.
Gehorche deinem Vater.‹«

Um Saad hörte auf zu singen und wandte den Kopf zu dem vergitterten Fenster. Ich war müde. Müde von ihren Geschichten über »das Lachen und Weinen in Amman«. Ich war der Geschichten vom Stadtleben überdrüssig. Ich sehnte mich nach einem kleinen Dorf mit fensterlosen Lehmhäusern und einem Fluß, der zum Toten Meer hinabströmte. Ich sehnte mich nach der Duftwolke der Orangenblüten. In jener Nacht sah mein Herz zwischen meinen Rippen hindurch und rief: »Mubarak, mein Sohn, Mubarak. Mubarak.«

Maha

Das Feuer, die Mutter Hajjeh Hulalas, konnte Mahas Körper nicht reinigen. An jenem Tag sandte die Sonne gelbliche Strahlen, die die Wunde reifen ließen. Jeder Morgen brachte dunkles Blut und Eiter hervor. Die rote Schwellung sonderte gelbe Flüssigkeit ab, und der Schmerz wurde mein täglicher Begleiter. Gewöhnlich sammelte ich Reisig, Kräuter und seltsam geformte Kiesel, doch in meiner Wunde sammelten sich Schmutz, Hautfetzchen, Fussel, Blut und Eiter. Kraftlos lag ich da, als Nasra mich besuchte. Mit schriller Stimme fuhr sie mich an: »Web deinen Teppich! Was liegst du da, du faules Ding!«

»Meine Schwester, es tut weh, wenn ich mich vorbeuge.«

»Verflucht sei ihr Glaube!« rief sie und stürmte hinaus.

Alles, was ich in dieser Zeit hörte, vernahm ich nur mit einem Ohr, weil das andere auf das Hufgetrappel von Harbs Hengst lauschte. Der Gefährte meiner Seele war von dem Überfall noch nicht zurückgekehrt. Ging es ihm gut? Wer versorgte seine Wunde? Was, wenn sie anschwoll und eiterte wie meine? Konnte er sich hinlegen? Irgendein Wort, ein Zeichen wäre mir lieber gewesen als dieses Schweigen.

Eines Morgens kam Nasra mit einem Schäfer namens Murjan zu mir. Da es Tamam mißfiel, daß sie einen jungen Mann ohne Begleitung ins Haus brachte, ging sie wieder hinaus und schlich ums Haus wie eine Katze in einer Winternacht.

»Maha, vertrau mir. Murjan kennt die Geheimnisse der Kräuter, der Schafe, der Jahreszeiten und des Weidelands. Meine Ziege drohte ein Bein zu verlieren. Doch Murjan hat die Wunde gereinigt und geheilt«, sagte Nasra.

Ich sah in Murjans dunkles, waches Gesicht und in seine aufrichtigen Augen und antwortete: »Ja.« Der Mörser in meinem Leib begann seinen malmenden Rhythmus. Was konnte schlimmer sein als der Zustand, in dem ich mich befand? Harb war spurlos verschwunden, mein Körper wurde zusehends schwächer, jeden Morgen schwamm ich in Blut und Eiter.

Als Murjan lächelnd meinte: »Allah ist derjenige, der Heilung bringt, meine Mutter«, fing ich zu weinen an. Er nannte mich doch wirklich Mutter. Der fünfzehnjährige Schafhirte rief mir ins Bewußtsein, wie süß die Freuden der Mutterschaft waren. Mir schien, als würden meine Augen niemals meine eigenen Kinder schauen.

»Pscht. Nasra, bringe Wasser zum Kochen und gib viel Salz hinzu«, befahl er. Er schob mein Gewand hoch und keuchte: »Meine Mutter, wie hältst du nur diese riesige Schwellung aus? Du bist wie unser Prophet David.« David? Würmer fraßen das Fleisch seiner entzündeten Wunden. Wenn ein Wurm abfiel, setzte er ihn erneut an seinen Körper. Ich brauchte Davids Geduld, denn Harb war die ganze Zeit fort. Murjan tauchte seinen spitzen Dolch in eine bräunliche Flüssigkeit und sagte: »Im Namen Allahs.« Da schnitt der Dolch in meine Wunde, und ich heulte auf. Nasra stürzte herein und verschüttete überall Wasser. »Wenn ich dir ein Zeichen gebe, gießt du das Wasser über die Wunde.« Nasra nickte. Murjans Hände drückten auf meinen Bauch, und die Schmerzen waren wie die Wellen des Meeres, die anschwollen und abebbten, anschwollen und abebbten, so daß der Kiesstrand Atem schöpfen konnte.

Das salzige Wasser brannte sich in die Wunde. Ich preßte die Hände gegen die Brust, damit mein Herz nicht zersprang. Zwar vernahm ich Murjans angenehme Stimme, verstand aber seine Worte nicht. »Ich werde einen Verband anlegen, der den Eiter und das Gift aufsaugt. Du wirst wieder gesund werden.« Zum ersten Mal seit Tagen fühlte sich mein Unterleib nicht feucht und eitrig an.

Nasra stopfte mir ein Kissen in den Rücken und meinte: »Jetzt webst du aber.« Murjan beharrte darauf, daß ich sitzen müsse, damit die Wunde gut zusammengedrückt wurde. Er reichte mir einen Tasse dampfenden Kräutertee. »Das ist eine Mischung aus seltenen Kräutern, die ich in den Bergen von Maan gesammelt habe«, erklärte er. Lächelnd schlang er sich seinen Mantel um und verabschiedete sich mit den Worten: »Friede sei mit euch.«

Nasra stellte das Strohtablett neben mir auf den Boden. Anscheinend hatte sie eine ihrer Ziegen gemolken. Ich versuchte, ein wenig von den gebratenen Eiern zu essen, aber mein Mund weigerte sich, etwas anderes als ein paar Datteln und Milch anzunehmen. An die Wand gelehnt, betrachtete ich den Rundsaum des Teppichs. Das glühend orangefarbene Licht, das durch das kleine Fenster hereindrang, verriet mir, daß die Sonne sich von uns abwandte. Die Schreie der Kinder, die von den Gassen hereingeholt wurden, und das Schnauben und Wiehern der Pferde waren beruhigend, doch meine Ohren und mein Herz verlangten nach jenem anderen Geräusch, nach galoppierenden Hufen.

Ich starrte auf den Teppich, dann strich ich über die unebene Oberfläche, auf der die Hände meiner Mutter gelegen haben mußten. Den Tränen wohnt ein eigener Geist inne, und sie fließen, wann immer es den Dschinn überkommt, aus seiner bauchigen Flasche zu steigen. Ich vergoß Tränen für meinen geliebten Mann, der mir keine Nachricht gesandt hatte, seit er aus der Siedlung fortgeritten war. Ich weinte um meine Mutter und meinen unvollendeten Teppich, um meinen sterbenden Vater und meinen unfruchtbaren Schoß, der furchtbare Tage des Feuers und Eiters durchlitten hatte. Ich weinte um Hamia mit seiner Handvoll Lehmhäuser und seiner gleichgültigen Sonne. Westlich des Dorfes strömte der Fluß vorüber, ohne uns je mit einem Gruß zu bedenken. Und südlich des Dorfes wogte und schaukelte das Meer, gefangen in seinem tiefen Bett.

Um Saad

»Maha, geht es dir gut? Dein Gesicht ist blaß wie eine Zitrone.«

»Ja, Um Saad, sprich nur weiter. Deine Stimme lindert den Schmerz meines Herzens.«

»Einmal saß ich auf den Kissen und sah durch die sternförmigen Gucklöcher dem Vater des Lichts zu. In jener Nacht war sein Gesang so traurig, so voller Sehnsucht, er sang von schneebedeckten Feldern und von Reitern. Wegen ihres Glaubens hatten er und seine Familie ihr Land verlassen müssen. So kamen sie in das Land der Barfüßigen, wie sie die Araber nennen. Ich saß da und dachte an die Tarnkappe, an al-Shater Hasan. Verschwinde, flieg, steig auf, immer höher.

Da schlug eine große behaarte Hand in mein Gesicht. Die Augen meines Vaters blitzten. Schläge, Prügel. Stumm, ohne auch nur einen Laut von mir zu geben, ließ ich vielleicht hundert Hiebe auf mich niedersausen. Mit seinem Gürtel peitschte mein Vater unbarmherzig auf mich ein. Wie ein in der Luft kreisender Adler blickte er auf mich herab und brüllte: ›Wer ist Muhammad?‹ Mein Herz fing an zu beben, und dieses Beben ergriff verräterisch Besitz von meinen Gliedmaßen. Später dankte ich Allah, Seinen Propheten und Engeln, daß Er mich hatte in Ohnmacht fallen lassen. Einer der verruchten Söhne Ammans muß meinem Vater von meinen Besuchen in dem Laden erzählt haben.

Ich war immer noch ganz benommen, als ich Muhammads Stimme in unserem Haus vernahm. Allah beschütze uns. Ich sprang aus dem Bett und spähte durchs Schlüsselloch. Da war er, der großgewachsene Mann, saß auf unserem abgewetzten Sofa, und mein Herz pochte schneller.

›Mein Onkel, ich bin gekommen, weil ich um die Hand deiner Tochter Haniyyeh anhalten möchte.‹

›Du kennst also sogar ihren Namen‹, sagte mein Vater drohend.

›Ich möchte keine Unannehmlichkeiten, ich möchte nur um die Hand deiner Tochter anhalten.‹

Oh Maha, mein Herz hämmerte wie das Mahlwerk von Abu Jamals Mühle.

›Aber du bist Tscherkesse.‹

›Ich bin ein guter Muslim.‹

›Unsere Tochter ist bereits ihrem Cousin versprochen.‹

Ich preßte meine Hand auf meinen Magen, der sich zusammenkrampfte. Mein Vater log. Ich hatte gar keine Verwandten in Amman.

›Ist sie verlobt?‹

›Ja.‹

Muhammad stand auf, dann setzte er sich wieder. Sein Gesicht wirkte gerötet und rund, was wohl an dem Schlüsselloch lag. Ich preßte meine zitternden Hände fest zusammen.

›Ich bin ein starker Mann, und ich werde für deine Tochter sorgen. Ich verspreche, ihre Würde zu wahren.‹ Das war wichtig für die Tscherkessen. Die Würde.

›Die Antwort lautet: Nein.‹

Muhammad trocknete sich mit einem weißen Taschentuch die Stirn, dann verließ er das Haus. Ehe ich zu Boden sank, hörte ich noch seine schweren Schritte, als er die schmale Treppe hinunterstieg. Ich brach zusammen und rief mit schriller Stimme nach al-Shater Hasan. In Bewußtlosigkeit versinken. In eine andere Identität schlüpfen. Diesen Körper verlassen. Meine Mutter goß eiskaltes Wasser über meinen bebenden Körper. Ein Strom von Tränen brach aus mir heraus. Ich war unfähig, Arme und Beine zu bewegen. Unablässig schrie ich: ›He, Shater Hasan. Bring ihn zu mir.‹«

Ich rieb mir die Augen. Allmählich verstand ich, was Um Saad meinte, wenn sie von »Identität« sprach.

»Bei deinem Leben, meine Beduinenschwester, eine Woche später sagten sie, ich solle mein bestes Kleid anziehen.

›Den Mohairpullover und den karierten Rock?‹ fragte ich.

›Du wirst ein Kleid von mir tragen‹, sagte meine Mutter mit ihrer immer dünner werdenden Stimme.

›Aber dafür bin ich doch viel zu mager.‹

Meine Mutter warf mir ein weißes Kleid auf das alte Bett und fing an, sich die Lippen mit einem leuchtend roten Stift zu bemalen. Während sie das Ebenbild ihres leuchtenden Mundes im Spiegel betrachtete, sagte sie: ›Wir sind zu einer Hochzeit eingeladen.‹

Ich hüpfte auf und nieder. ›Ich darf also das Haus verlassen?‹

›Ja. Dein Vater in seiner Großmut hat dir verziehen.‹

Das Kleid meiner Mutter roch nach Ramaj, dem billigen koreanischen Parfüm, das sie gewöhnlich benutzte. Ich zog es über den Kopf und schlang mir einen fuchsiafarbenen Seidenschal um die Hüfte, da das Kleid viel zu weit war. Wie eine Nadel, die in ein Taschentuch eingewickelt ist. Sie erlaubte mir sogar, Make-up aufzulegen. Ich umrandete meine Augen mit Augenschwärze, malte einen roten Kreis auf jede Wange und bemalte mir die

Lippen tiefrot. Shushu, der Clown mit der unvergänglichen weißen Träne sprang aus dem Spiegel. Mein Haar war während der Zeit meines Hausarrestes länger geworden. Sonst hatte mir immer Um Abdu mit ihrer scharfen Schere die Haare geschnitten.

Als wir aus dem Haus traten, schlug mir ein kalter Wind ins Gesicht. Ich war glücklich, die kalten Steinstufen unter mir zu spüren, die zur Straße hinausführten. Lächelnd sah ich zum Holzgitter hinauf. Damals wußte ich nicht, daß ich in diesem Augenblick den sternförmigen Gucklöchern für immer Lebwohl sagte. Als wir auf dem Gehsteig an Muhammads Laden vorbeigingen, der auf der anderen Straßenseite lag, hörte ich seinen gelben Kanarienvogel singen. In der Enge meiner Brust erschauderte mein Herz. Ich hielt den Blick auf den schmutzigen Gehsteig gerichtet.

Trommelschläge und Gesang drangen aus den geschmückten Fenstern.

Wir sind gekommen, gekommen, gekommen.
Wir sind gekommen und haben die Braut mitgebracht.

Ich legte meine Hand auf die Brust und fragte: ›Wessen Hochzeit ist es?‹

Mein Vater sah mir in die Augen und erwiderte: ›Deine.‹

›Vater, wie bitte?‹

›Deine.‹

Meine Hochzeit? Meine Hochzeit! Meine Hochzeit. Ich lachte und fing an, auf der Schwelle des großen Hauses zu tanzen. Tra-la-la, tra-la-la, sei glücklich, mein Herz.«

Um Saad hielt inne und spielte mit dem rosafarbenen Schal, das ihr graues Haar bedeckte. Das blaue Mondlicht fiel auf die Metallgitter vor dem Fenster. Sie hob die Augen und sah mich weinen, wie mein vier Monate alter Sohn Mubarak geweint hatte, als er seine ersten Zähnchen bekam. Sie richtete sich auf und fragte mit verhaltener Stimme: »Warum weinst du?« Ich antwortete nicht. Ich konnte nicht antworten. Plötzlich verzog sich ihr Gesicht, und sie fing ebenfalls an zu weinen. Gemeinsam heulten wir laut über ihre Hochzeit und meine Hochzeit, über ihr Glück und mein Glück, ihr Leben und mein Leben.

Dr. Edwards mit seinen stahlblauen Augen und seinem weißen Kittel stürmte ins Zimmer und sagte müde: ›Es ist sehr spät. Ihr weckt die anderen Patientinnen auf.‹ Er wollte lächeln, besann sich dann aber eines besseren. ›Nehmt bitte diese Tabletten.‹ Wir schluckten jede eine winzige Pille, betteten den Kopf auf das Kissen und warteten, daß Frieden einkehrte.

Ich kann nicht verhindern, daß dieser böse Dschinn aus seiner bauchigen Flasche heraussteigt. Die Tränen, die ich in dieser Nacht vergoß, benetzten das Laken, den Kissenbezug, das Krankenzimmer, ja sogar die Berge von Fuhais. Mit jedem neuen Atemzug, mit jedem Seufzer rief ich: »Harb, Harb, Harb.«

Maha

Am nächsten Morgen hieß ich die strahlende Sonne willkommen und betrachtete die Wunde. Abgesehen von ein paar Blutflecken, die durch den um meine Hüfte gebundenen Verband gesickert waren, war sie sauber. Ich fühlte mich trocken und gesund. Keine gelbe Flüssigkeit, keine roten Schwellungen. Ich griff nach dem Spinnrad und befühlte die schlaffe Wolle. Meine Hände sehnten sich nach den Wollsträhnen, dem geölten Holz, dem rauhen Teppich. Also setzte ich mich auf und drehte das hübsche Rad, auf daß es dünne Fäden hervorbrachte. Meine Fäden spannten sich über das Tal, um es vor kampflustigen Eindringlingen, vor der gleichgültigen Sonne und feindlichen Angriffen zu bewahren. Die Wärme von Harbs Händen durchdrang mein Gewand und den Wundverband und spendete meinem erschöpften Körper Trost.

Am selben Vormittag kam Murjan, um nach dem Verband zu sehen. Er tränkte ein Tuch mit Olivenöl und Zitronensaft, um die Schnittwunde zu reinigen und zu versiegeln. Der brennende Saft ließ mich zusammenzucken. Doch mein Bauch war trockener und sauberer als zuvor. Bald würde das Salz des Toten Meeres darüber hinwegspülen.

»Du siehst heute viel besser aus«, meinte Murjan.

»Es geht mir auch besser«, erwiderte ich lächelnd. »Möge Allah deine Hände beschützen.«

Tamams alte Pfeife stieß mißbilligende Rauchwolken aus, die das Zimmer vernebelten. Hamdas jüngste Tochter Jawaher, die mich besuchen gekommen war, fing an zu husten. Bei Anblick von Jawahers strahlend braunen Augen spürte ich einen Stich im Herzen. Vor mehreren Wochen war der Gefährte meiner Seele in einer Staubwolke verschwunden. Ich wollte etwas von ihm haben – ein Kind mit ebensolchen strahlenden Augen, ein Baby, um zu beweisen, daß das, was zwischen uns geschehen war, weder die Fata Morgana einer Oase am Horizont war, noch ein Phantasiegebilde in meinem Kopf, den Hulalas Feuer ausgebrannt hatte.

Mein Vater stattete mir mit einem Sack Orangen auf dem Rücken einen Besuch ab. Seine Füße schlurften über den sauberen Boden, dann gab er Tamam die Orangen und setzte sich auf das Ende der Matratze. »Lieber wäre ich erblindet, als meine kleine Blume so mager und ausgezehrt sehen zu müssen. Bekommst du bei diesen Arabern denn nichts zu essen?« In all den Jahren der Hitze und des Leids hatte ich meinen Vater noch nie so zornig erlebt.

»Es geht mir gut«, erwiderte ich und umarmte ihn. Er roch nach Hühnermist, Kardamom und Thymian. Unter seinem weiten Mantel spürte ich die hervortretenden Knochen.

»Dein Mann läßt sich diesmal länger Zeit, und du wirst ausgebrannt. Als ich jung war, wollte ich von hier fortziehen. Doch deine Mutter – Allah verzeihe ihr – hielt mich davon ab«, sagte er mit seiner krächzenden Stimme. Erbarmungslos wie der Wind, der über die Ebenen hinwegfegt und die Gestalt der Sanddünen verändert, hatten die Jahre das Gesicht meines Vaters gezeichnet. In die sonnengegerbte Haut hatten sich weißliche Falten gegraben, die so dauerhaft zu sein schienen wie die Tätowierung am

Kinn meiner Mutter. Sie hatte sie mit allen möglichen Säuren wegzuätzen versucht. Ich fragte mich, warum die Zeit nicht auf Zehenspitzen durch die Wüste schlich, sondern mit dröhnendem Schritt einherstampfte, die Gliedmaßen und das Augenlicht schwächte, das Haar dünner werden ließ und die Knochen krümmte. Gerade und fest war nur der Stock, auf den sich mein Vater stützte, während er auf der Matratze hockte. »Scheich Nimer, du ißt nicht genug«, tadelte ich ihn.

»Doch. Wir können nicht unsere Jahre und die Jahre unserer Kinder aufzehren. Möge Allah, der Barmherzige, mir ein gutes Ende bescheren.« Ehe er hinausging, deutete er mit dem Stock auf mich und sagte: »Wenn dein Mann nicht bald zurückkommt, mußt du in das Haus deines Vaters zurückkehren.«

Das einzige, was ich in der Abwesenheit meines Mannes tun konnte, war weben. Ich spannte die losen Wollfäden am Ende des Teppichs zwischen die beiden hölzernen Querstücke. Zwischen den langen Fäden an der Längsleiste führte ich die Wolle hin und her. Dann schlug ich mit dem losen Schiffchen das Muster fest. Stille, klick, peng. Stille, klick, peng.

Mein Glück ist wie verstreutes Mehl
in einem öden Dornenfeld.
An einem windigen Tag bittet man
barfüßige Männer, es aufzusammeln.

Meine Mutter hatte die Wollsträhnen nicht eingefärbt, also tat ich es auch nicht. Tamam wollte, daß ich die Wolle mit Safran kochte, doch ich weigerte mich. Die braunen und beigefarbenen Fäden sollten sich zu ihrem eigenen Muster zusammenfinden. In dem groben Gewebe entstanden seltsame Formen, wie fliegende Sanddünen. Für mich stellten all die bizarren Bilder Harbs Pferd dar, wie es nach Hause galoppierte. In einem braunen länglichen Muster sah ich die Schnauze, ein Kreis war der Bauch, ein einzelner brauner Faden der Schwanz des Pferdes. Tage umhüllten Tage, Entfernungen woben Entfernungen ein, doch Harb überwand nicht die Entfernung zwischen uns.

Nasras Besuche wurden häufiger. Sie setzte sich auf das Ende der Matratze und erkundigte sich nach meinem Befinden. »Murjan will wissen, ob die Wunde zu jucken anfängt.«

»Ja. Sie ist trockener als die Küste des Toten Meers.«

Sie stimmte einen Heulgesang an: »Sie ist verheilt, deine Wunde.« Dann spielte sie auf ihrer Flöte und sang:

»Auf die Reiter warten wir.
Er wird die lange Nacht zerschlagen.
Und die Sonne bringt er heim, Amen.«

Ich fiel in ihr Lied ein, und unsere Stimmen durchdrangen das Tal und baten unsere Männer, nach Hause zurückzukehren. Meine Stimme klang wie das Krächzen eines schwarzen Raben, der Trennung und Zerstörung bringt. »Amen«, rief ich und schlug das Schiffchen an, das das Bild von Harbs würdevollem Gesicht entstehen ließ. »Amen«, Stille, klick, peng.

Als Tante Tamam eines Morgens hereinkam, kratzte sie sich am Kopf, sah mich an und sagte: »Deine Wunde ist verheilt. Steh auf und mach dich wieder an die Arbeit.«

»Tante, ich möchte den Teppich vollenden.«

»Dieser Fetzen deiner Mutter. So ein Unsinn.«

»Das ist nicht der Fetzen meiner Mutter. In diesen prächtigen Teppich sind ihr Leben, ihre Finger, ihre Haut eingewoben.«

Sie stopfte ihre Pfeife mit frischem Tabak und gab ein schmatzendes Geräusch von sich. Ich legte den Teppich zusammen, wickelte die Fäden auf das Spinnrad auf und steckte das Schiffchen in einen Sack. Als ich zum ersten Mal nach Wochen versuchte aufzustehen, schwankte der Boden unter meinen Füßen. Ich lehnte mich an die Wand, und alles war wieder normal. Nachdem ich das Kopftuch aufgesetzt und mit einem schwarzen Band befestigt hatte, steckte ich den Kopf zur Tür hinaus.

Im Tal war der Sommer angekommen, und ich konnte die Schnitter singen hören:

»Fahrt die goldene Ernte ein, ya ya ya.
Schneidet die Garben, bringt sie heim, ya ya ya.«

Das Herz ging mir auf, als ich den Duft der Orangenblüten roch. Bald würde die Ernte verkauft sein, und geduldige Mädchen würden verheiratet werden. Freudenschüsse und Pferderennen würden sie in den heißen Sommernächten vom Schlafen abhalten. Ich ging ums Haus, um meine Pflanzen zu begrüßen. Doch die Radieschen, die Hennasträucher und das Basilikum in dem kleinen Beet waren gelb, kraftlos, abgestorben. Ein seltsamer Wind hatte das Tal heimgesucht, etwas Böses war über uns hereingebrochen. Aber wie kam ich darauf, nur wegen ein paar dürrer Stengel? Wie albern! Doch die bräunlichen Blätter, aus denen das Leben gewichen war, erzählten mir vom Tod und von Leichen, die im Schrein aufgebahrt waren. Ich war mir sicher, daß ich den Gestank von Verwesung roch, von Geschöpfen, die ihr Leben aushauchten.

Um Saad

»Maha, meine Schwester.«

»Ja, Um Saad.«

»Geht es dir jetzt besser? Hat sich der Nebel gelichtet, der dich eingehüllt hat?«

»Ja, das Zimmer ist jetzt wolkenlos«, sagte ich und sah durch das vergitterte Fenster. Ich schüttelte den Kopf, um mich von der Benommenheit zu befreien, die das Medikament des englischen Arztes verursacht hatte. Über dem tief eingeschnittenen Tal, in dem sich das Krankenhaus befand, lag Dunst, ein Nebelschleier, der die Felder unsichtbar machte. Man hörte die Lieder der Bauern, roch die bestellte Erde und spürte den Reif, aber man sah nichts.

»Wer wünscht sich schon einen klaren Kopf? Wer möchte sich gerne daran erinnern, wie oft mir mein Vater ins Gesicht schlug und mich ins Haus schubste? Bei deinem Leben, als ich die strahlenden Gesichter der Frauen erblickte, die die Braut erwarteten, um sie zu begutachten, da fingen meine Knie an zu zittern, und ich schaute wieder meinen Vater an, der an der Tür stand und den Blick nach draußen auf die Straße verstellte.

Mit bebender Stimme flüsterte ich: ›Mein Vater, Allah beschütze deine Frauen, Allah schenke dir ein langes Leben. Ich will deine Sklavin sein für den Rest meines Lebens.‹ Er schüttelte den Kopf, auf dem er wie stets einen Turban trug. Eifrig schoben mich die Frauen auf das

Podium, dort saß ich dann mit im Schoß gefalteten Händen. Ich kam mir vor wie eine dampfend heiße, mit Reis und Rinderhackfleisch gefüllte und mit Petersilie garnierte Ziege, die den zischelnden Gästen serviert werden sollte.«

Durch das Fenster sah ich in der Ferne eine schwarze Gestalt. Eine schwarze Ameise? Eine Frau, die auf ihrem Acker Unkraut jätete? Ich betrachtete meine Fingernägel. Sie waren sauber. Ohne Schmutzränder.

»Als ich die eingefallenen Wangen des Bräutigams sah und seine alten Hände, warf ich meinem Vater einen flehenden Blick zu. Er stand immer noch in der Tür und hielt sich mit der Hand am Türstock fest. Maha, es ist seltsam, aber ich weiß nicht mehr, was an jenem Abend mit mir geschah. Nur an zwei goldene Armreife, einen Ring und die eingefallenen Wangen erinnere ich mich noch. Das ist alles. Nein, möge Allah mir beistehen, niemals zu lügen. Ein alter Imam fragte mich, ob ich meinen Namen schreiben könne. Ich nickte. In ein leeres weißes Feld schrieb ich meinen Namen. Haniyyeh Fuad Hajjo. Ich hörte die Stimme meiner *kutab*-Lehrerin, die aus dem Koran vorlas und rief: ›Sprecht mir nach‹.«

Ich blickte hinaus auf die mit Rauhreif überzogenen Weinreben und sagte: »Ich kann weder lesen noch schreiben.«

»Das ist auch besser für dich. Weißt du, was mich wirklich wütend macht?«

Ich dachte daran, daß die Bauern von Fuhais dieses Jahr nichts ernten würden.

»Was denn?« erwiderte ich auf Um Saads Frage, aber nicht, weil ich es wissen wollte, sondern weil sie es von mir erwartete.

»Amman, die Menschen Ammans. Ich habe diese Stadt

von ganzem Herzen geliebt. Jetzt kann ich das Lachen Ammans nicht mehr ertragen. Ich stand hinter dem vergitterten Fenster im Haus des Bräutigams und hörte das Rumpeln von Wagenrädern und die Schellen der Lakritzensaftverkäufer. Ich sage dir, es ist eine gedankenlose Stadt.«

Ich blickte hinaus auf den Rauhreif und sagte: »Unser Dorf ist ein vergessenes Dorf.«

»Eins werde ich nie vergessen. In der Nacht jagte mich der Mann, mein Ehemann, der, wie ich später erfuhr, Abu Saad hieß, und riß mir die Kleider vom Leib. Dann fragte er mich mit schwacher, dünner Stimme, die gar nicht zu seinem massigen Körper paßte: ›Hast du schon deine Periode gehabt?‹ Ich schüttelte den Kopf. ›Ist auch egal.‹

Sein Blick taxierte mich, dann betätschelte er meinen unbehaarten Bauch mit seinen kalten Fingern, drückte mir die Beine auseinander und drang in meinen Körper ein, der mir nutzlos und fremd erschien. Oh Braut, Kerzen um uns, sangen draußen die Frauen. Eine klebrige gelbe Flüssigkeit rann meine Schenkel hinunter. Oh Braut, du bist eine Nelke. Ich krümmte mich zusammen und wiederholte unablässig den Namen al-Shater Hasans. Sollte ich wirklich verrückt sein, so muß ich es in jener Nacht geworden sein, denn ich sah im Zimmer eine fliegende Tarnkappe.«

»Pschscht, wir sind nicht verrückt.«

Doktor Edwards und Salam mit ihrem engelsgleichen Lächeln traten ins Zimmer. Ihre leisen Schritte waren nicht zu hören. Er murmelte etwas auf englisch, »impossible«, dann sagte er in gebrochenem Arabisch: »Ihr zwei redet ja pausenlos«.

»Ja«, antworteten wir wie aus einem Mund.

»Ich werde die Dosis erhöhen.«

Ich sah Um Saad ins Gesicht, ein Muskel ihrer Wange zuckte. Sie lachte. Ich legte die Hand auf meinen Mund, um das bloße Zahnfleisch zu verbergen, und fing an zu kichern. Plötzlich brach Um Saad in schallendes Gelächter aus.

Der Arzt lockerte seinen engen Hemdkragen und starrte uns verwundert an.

Maha

Als ich den Kopf wandte, erblickte ich Nasra, die mit ihren Schafen in höchster Eile den Berg herunterrannte. Die Staubwolke senkte sich tiefer herab und verharrte schließlich vor mir. Ich sah Nawmeh, die Ziege des Unglücks, und den baumelnden Ohrring.

»Meine Schwester«, keuchte sie. Verflucht sei Nasras Glaube, sie war ständig außer Atem. Sie griff zitternd nach meiner Hand und wiederholte: »Meine Schwester.«

»Du bringst nur Schmerz. Was ist los, Rabe der Trennung?«

»Die Reiter unseres Stammes«, stieß sie hervor. Ihre grünen Augen blickten mich verwirrt an.

»Bei Allah, ich bin die Tochter Sabhas. Sprich!«

Sie zog an ihrem Ohrläppchen, und schließlich sagte sie: »Abgeschlachtet wie Schafe.« Sein Körper zu Boden geschmettert; Blut, Adern, Muskeln. Zerfetzt. Ich preßte die Hände auf die Augen, um das Bild sterbender Männer zu verscheuchen. Ich schob meine Kopfband hoch.

»Hakim. Die Engländer haben sie mit Adlern aus Metall angegriffen. Funkensprühende Kugeln fegten über ihre Köpfe hinweg. Nur Kleiderfetzen und blutiges Fleisch, unsere Männer.«

Ich entblößte meinen Kopf, löste meine Zöpfe und schrie: »Harb!« Ich raufte mir die Haare, warf mich auf den Boden und rief aus Leibeskräften: »Harb!« Ich zerriß mein Gewand, grub meine Hände in den Boden und streute Erde auf mein Haupt. Meine ausgestreckten Arme, mein staubbedecktes Haupt wollten begraben sein. »Harb, Gefährte meiner Seele!« heulte ich, und das Echo meiner gequälten Stimme brach sich an den Bergkämmen und Gipfeln, ehe es ins taube Meer hinabglitt.

Der Geschichtenerzähler

Im Namen Allahs, des Erbarmers, des Barmherzigen. »Wenn die Erde erbebt in ihrem letzten Beben, und die Erde herausgibt ihre Lasten, und der Mensch spricht: ›Was fehlt ihr?‹. An jenem Tag wird sie ihre Geschichte erzählen.«

Ihr hochverehrten Herrschaften, betet für die Seele des Vollmondes, unseren Propheten Muhammad und seine rechtschaffenen Gefährten. Heute, in der einundzwanzigsten Nacht des Ramadan, des Monats des Fastens und des Gebets, werde ich euch ein entsetzliches Kapitel der Geschichte Mahas von Qasim erzählen. Allah der Erbarmer, der Barmherzige, schuf Maha aus einem stinkenden Blutklumpen. Die Erde erbebte, als sie ihre Last herausgab und sich von dem bösen Geist befreite. Bittet Allah um Gnade und Verzeihung und fleht um Seine Vergebung. Die Erde erbebte, als Maha erfuhr, daß ihr Ehemann Harb von Qasim wie ein Schaf geschlachtet worden war. Sie klagte und fluchte, weinte und lachte, bis ein Falke auf seinem Flug über ihrem Haus innehielt und fragte: »Schwester, meine Schwester, was fehlt dir?«

Und sie erwiderte: »Vogel am Himmel, eine schwere Last auf meinem Herzen.«

Der Falke fragte erneut: ›Schwester, Schwester, was fehlt dir?‹

Und sie antwortete: ›Vogel am Himmel, ein Feuer zerreißt mich.‹

Als die Sonne niederkniete und zu Allah, dem Beherrscher des Universums, betete, zog ich mit Aziza und Maymun in ein flaches Gelände, in dessen Mitte sich ein stiller Brunnen befand. Hier sprang Maymun von Azizas Rücken und erfüllte die Ebene mit seinem Kreischen. Der Brunnen des Kummers war verstopft von menschlichem Fleisch, von Blut und Ruß. Kamele und Pferde lagen auf dem Rücken und streckten ihre schwarzen Beine in den Himmel. Der Verwesungsgestank war so unerträglich, als habe der Teufel seinen übelriechenden Atem über dem Land ausgehaucht. Ich band mir ein Tuch um das Gesicht, atmete tief ein und drehte die Toten um, so daß ich ihre Gesichter sehen konnte. Maymun saß am Rand des Brunnens, ließ die Beine baumeln und wimmerte, die Hände über dem Kopf verschränkt. Aziza stampfte mit den Hufen auf und iahte heiser. Pschscht, ihr Tiere, pschscht.

Von meinen zitternden Fingern tropfte das Blut. Was von den Gesichtern der Toten, in die ich blickte, übriggeblieben war, ein Auge, eine Nase oder auch ein blutverkrusteter Zahn – kündete von nacktem Entsetzen. Ich erkannte das Gesicht von Jadaan, dessen Kadaver gleich neben dem Brunnen lag. Sein zerschmetterter Kiefer sah aus, als hätten Riesenhände ihn auseinandergerissen. Von seinem Körper waren nur ein paar verbrannte Fetzen übrig, die um seinen Kopf herum verstreut lagen. Der Boden schwankte unter meinen nackten Füßen, als hätten die Heerscharen der Dschinn – im Namen Allahs – ihrem Zorn noch nicht genug Luft gemacht. Meine Fußsohlen versanken in der vom Blut der Reiter getränkten Erde. Es herrschte vollkommene Stille, nur das Krächzen der gierigen Raubvögel war zu hören, die sich auf die Kadaver stürzen wollten. Schmeißfliegen schwirrten in dunklen

Wolken um unsere Köpfe. In der Tasche eines toten weißen Soldaten fand ich ein silbernes Döschen, auf dessen Deckel ein brüllender Löwe eingraviert war. Als ich es öffnete, stieg mir der Duft von Schnupftabak in die Nase. Ich hielt Maymun im Arm und hockte mich neben dem Brunnen nieder, um mir eine Prise Tabak zu genehmigen. Ich schnupfte und nieste, schnupfte und nieste, bis der Tabak sich in meinem Kopf ausbreitete und ihn leichter und klarer werden ließ, so daß ich die Schlacht vor Augen hatte zwischen den Engländern, die von den Heerscharen Salomons, den Dschinn, unterstützt worden waren, und den von ihrer Eitelkeit angestachelten Arabern.

Die Wahrheit ist, daß die Reiter von Qasim nach einem leichten Morgenmahl den Plan schmiedeten, eines der weißen Lager der Engländer zu überfallen. Da kam ein junger Mann zu ihrem Versteck und bat um etwas zu trinken. Nachdem er die Milch getrunken hatte, lief er zu seinen Herren, den Engländern, um ihnen den Standort der Männer von Qasim zu beschreiben.

Die Kämpfer von Qasim reinigten gerade ihre Gewehre und füllten ihre Wasserschläuche, als sie den Lärm hörten. Dröhnendes Geschützfeuer. Staub wirbelte auf, und schon im nächsten Augenblick hatten sich die Männer auf ihre Pferde geschwungen und erwiderten das Feuer der angreifenden Weißen in ihren schmucken Uniformen. Die mageren, in braune Mäntel gehüllten Qasim-Männer schossen auf die vorrückende englische Armee. Einer lud das Gewehr, ein anderer feuerte ab. Die fremden Soldaten saßen auf schwankenden Kamelrücken, gefolgt von drei Autos, die aussahen wie riesige kriechende Insekten.

Die Qasimis feuerten auf die Autos, feuerten auf die englischen Soldaten in ihren grünen Uniformen und auf die Kamele, konnten aber deren Vormarsch nicht aufhalten. Auf einmal senkte sich ein riesiger Raubvogel aus Metall tiefer und tiefer herab, die Nase suchend nach unten gereckt. Gestützt von den Flügeln der Dschinn – im Namen Allahs – kreiste der Vogel über dem Brunnen und stieg wieder höher, bis er klein war wie eine Heuschrecke. Dann kam er zurück, und knapp über den Köpfen der Reiter ließ er ein Metallei fallen. Die Adler der Dschinn legten Eier. Doch was für Eier, meine Herrschaften? Was für Eier? Sind sie ausgebrütet, so schlüpft aus diesen Eiern Feuer und Zerstörung. Eine gewaltige Explosion erschütterte die ganze Gegend, fegte die Reiter von ihren Pferden und verstreute deren Gewehre in alle Winde. Die Bombe zerriß die Körper der Männer und legte ihre Eingeweide bloß. Nach einer weiteren Runde stieß der Vogel erneut herab, dann noch einmal, bis der Umkreis des Brunnens einem ausgebrannten Vulkankrater glich, in dem es kein Leben mehr gab. Schwarzer Rauch erfüllte die Luft. Der Gestank nach verbranntem Fleisch und nach Blut erfüllte die Luft. Diesen Angriff am Brunnen überlebte nichts und niemand, selbst Vogelküken und Insekten verschwanden vom Angesicht der Erde. Man hörte nur das Zischen des erlöschenden Feuers, das Dröhnen der Trommeln und das Pfeifen der Dudelsäcke, mit dem die Dschinn ihren Sieg feierten. Ein Trommelschlag und ein Zischen, Pfeifen und Zischen und dröhnendes Gelächter. Keiner, der etwas hätte berichten können, überlebte die Schlacht, bis auf den unverwüstlichen Hakim und den englischen Reisenden.

Nachdem mir der Schnupftabak wieder einen klaren Kopf verschafft hatte, stieg ich den steilen Bergkamm hinunter zu Raai, dem Dorfwächter, und fragte ihn nach Neuigkeiten über Maha. Betet für die Seele des Propheten. Nachdem die verrückte Schäferin ihr von dem Überfall erzählt hatte, rannte sie in die Berge wie ein verwundetes Reh. Als Maha zum Brunnen kam, sickerte das Leben aus den sterblichen Überresten der Kämpfer. Die Damaszenerscheide von Harbs Dolch lag auf dem blutgetränkten Boden neben seinem zerschmetterten Kopf. Als die Hyäne die herausgerissenen Augen ihres Mannes sah, sank sie auf dem dornigen Gestrüpp zu Boden und stieß ihr schrilles Lachgeheul aus. Sie scharrte in der Erde, streute Sand auf ihr Haupt, raufte sich die Haare und schrie: »Eure Gesichter sollen schwarz werden.« Als Raai Mahas Schreie hörte, befürchtete er, Allah würde am nächsten Morgen die Sonne nicht mehr aufgehen lassen, die den Gläubigen Licht und Wärme spendet. Maha weinte und fluchte, heulte und fluchte, bis ihr die Stimme versagte. Raai schwor mir, er habe gesehen, wie frisches Blut über Mahas Wangen rann. Sie weinte und weinte, bis alles verbrannte Fleisch, jeder abgetrennte Zeh und jeder abgeschlagene Finger, jede Haarlocke mit frischem warmem Blut überströmt war. Der Horizont war in glutrotes Licht getaucht, und das Meer verfärbte sich korallenrot.

Die Leute sagen, Maha von Qasim habe ein Loch gegraben und den Kopf, den Oberkörper, die fingerlose rechte Hand und den einen Fuß ihres Mannes in das Loch hineingelegt. Dann habe sie seine Lippen geküßt und seinen Leichnam vollständig mit Erde bedeckt. Das blasse Licht der sterbenden Sonne ließ die Kadaver größer, dunkler und beängstigender erscheinen. Maha scharrte weiter und bedeckte auch die Kadaver der anderen Reiter mit Erde. Dabei sagte sie einen ihrer Zaubersprüche auf und sang:

»Mein Glück ist wie verstreutes Mehl.
Sammle und zähle den Staub.«

Sie beschmierte sich das Gesicht mit Ruß, kauerte sich auf den Boden und fing an, Allah zu verfluchen, seine Engel, seine Bücher und seinen Propheten Salomon. »Verflucht seien die weißen Soldaten, die meinen Mann getötet haben. Ihre Ernte soll vernichtet und ihr Vieh von Seuchen heimgesucht werden.« Sie kniete nieder, warf sich mit dem Gesicht auf die Erde und heulte. Schrille Schreie erfüllten das Tal des Elends und hallten wider im korallenroten Meer. Als der Atem der Dämmerung über das Tal hinwegstrich, sah Scheich Talib die schwarze Witwe ziellos umherrennen wie ein frisch geschlachtetes Huhn. Sie hatte sich ihr Kleid aufgerissen, so daß ihre Brüste entblößt und dem nackten Auge sichtbar waren. Ihre Brüste waren wie zwei zarte Nektarvögel, die dem engen Brustkorb entfliehen wollten. Scheich Talib sah diese jungen, zarten Vögel, die sich vom Nektar der Blüten nähren, und verlor seinen Seelenfrieden.

Es heißt, Maha sei drei Tage und drei Nächte ohne Bewußtsein gewesen. Sie aß nicht, trank nicht, sprach und bewegte sich nicht. Ihre Augen bedeckte sie mit den Händen, um die nicht zu sehen, die sie besuchten. Verehrte Herrschaften, meine Damen und Herren, wer waren ihre Gäste? Ihre Gäste waren Trauer und Kummer. Sie kommen und legen einen Teppich der Verzweiflung aus. Die Nacht geht dahin und erzählt den Sternen die Geschichte des Leids. Der Morgen kommt und reißt die Wunden der Erinnerung auf.

Maha

Ich kratzte mich am Kopf und versuchte zu verstehen, warum ich in jenem Dorf saß und dem Rauschen des Wassers und den Rufen der Zugvögel lauschte. Sie sammelten sich am Himmel zu einer schwarzen Wolke, stießen herab und pickten Augen aus den Höhlen. Nein. Nein. Meine Tante, mein Vater, rettet mich! Der Gefährte meiner Seele hatte diese Erde verlassen. Keine Trennungen. Ich konnte Trennungen nicht ertragen. Wenn die Menschen doch nur ein wenig Eintracht in ihre Lebensfäden spinnen könnten. Ach, wenn sie das nur könnten! Ich fing an, mir ins Gesicht zu schlagen und mir die Haare zu raufen.

Da stürzte Nasra ins Zimmer und rief: »Hör auf! Die Leute sagen schon, du bist verrückt.«

Ich sprang auf und rannte schreiend hinaus. »Verrückt, jawohl, ich bin verrückt, hört ihr mich?« Hörte Harb mich?

Nasra zerrte mich ins Haus und sagte: »Hör zu! Du mußt mich anhören. Tamam glaubt, daß du schwanger bist. Und da heulst du!«

Glutrote Sonnenstrahlen stahlen sich ins Zimmer. Ich schüttelte den Kopf, schloß die Augen, dann riß ich sie wieder auf. Bei Allah, dem Allgewaltigen! Ja, seit fünfunddreißig Tagen hatte ich keine Blutung mehr gehabt. Ich setzte mich auf den Boden, vergrub das Gesicht in den Händen und weinte leise.

»Verflucht sei dein Glaube. Wie viele Tränen hast du noch, Maha?« Ich stand auf, fing an zu heulen und sprang auf und nieder. Harb war nicht tot. Nicht tot. Nicht tot. Ach, ihr Himmel, ihr Sterne, mein Mann war nicht tot.

Nasra packte meine Hand. »Bist du verrückt, Maha? Du verlierst noch das Baby.«

»Das Baby? Ach ja, ja«, erwiderte ich und strich mit der Hand über meinen Bauch. Und als ich an Harbs strahlend braune Augen dachte, lachte ich wieder. »Ich möchte einen Sohn haben, von dir, meiner schönen Stute.« Ich setzte mich, lehnte mich an die Wand und schluchzte leise. Harb sollte hier sein. Harb mußte hier sein. Schließlich legte ich den Kopf auf das Kissen, wischte mir mit dem Ärmel über das Gesicht und schloß die Augen. Die Finsternis verschlang die bunten Kreise, die unter meinen Lidern tanzten.

Als ich am nächsten Morgen erwachte, taten mir die Muskeln, die Knochen und sogar die Adern weh. Der alte Spiegel zeigte mir ein schmutziges Gesicht, zerzaustes Haar und große Augen. Meine Großmutter Sabha erhob drohend den Zeigefinger. Großmutter, was konnte ich tun? Das Gewand, das ich trug, war zerrissen seit den Tagen der Trauer. Schmutzige Fetzen und Fäden, nicht mehr zu flicken. An meinen Fußsohlen klebte Erde, und die Haut schuppte sich. Ich warf die Decke auf den Boden und ging hinaus. Die milde Herbstsonne verriet mir, daß die Zeit der Verlobungen vorüber war. Glücklich schätzten sich die Mädchen, die geheiratet hatten, und wer noch unverheiratet war, wartete bis zum nächsten Sommer. Ich wünschte, Nasra könnte heiraten. Arme Nasra.

Ich kochte Wasser in einer kleinen Schüssel und trug es dann ins Haus. Als ich mich ausgezogen hatte, betrachtete ich meinen Körper. Meine Brüste waren größer, meine Brustwarzen dunkler als sonst. Zwei dünne Brandnarben wanden sich schlangengleich auf meinem Bauch. Allahs Strafe komme auf Hulala und ihr Feuer herab! Mit einem Luffa-Schwamm rieb ich mir den Rücken ab. Meine Periode war seit etwa vierzig Tagen ausgeblieben. Ich mußte schwanger sein. Während ich mir sanft über den Bauch strich, flüsterte ich: »Willkommen mein Sohn, du bist das Kraut, das alle meine Wunden heilt.« Beim Haarewaschen stellte ich fest, daß ich meine Haare mit einer Hand umfassen konnte, während ich sonst beide Hände dazu gebraucht hatte. Ich nahm mir vor, Henna, Eier und Olivenöl zu benutzen, damit mein Haar wieder kräftiger und voller wurde. Bald würde mein Sohn das Licht der Welt erblicken. Ich würde den Gefährten meiner Seele mit einem strahlenden Lächeln und einem gesunden Körper willkommen heißen. Er durfte nicht den Schmerz der Trennung erleiden. Ich würde ihm von den Heldentaten und der noblen Gesinnung seines Vaters erzählen.

Nachdem ich den Unterrock und das Obergewand meiner Mutter angezogen hatte, flocht ich mein geöltes Haar zu zwei Zöpfen, trug dann die Matratze und die Decke hinaus in die Sonne und fegte den Fußboden. Durch das offene Fenster drang das Tschilpen der Spatzen an mein Ohr.

Ich klopfte an die Tür von Tamams Zimmer und flüsterte: »Guten Morgen, Tante.«

Tamam keuchte, dann schlug sie sich an die Brust. »Gepriesen sei Allah, daß ich dich wieder auf den Beinen sehe und dich sprechen höre.« Mit ihren dünnen Lippen gab sie mir einen Kuß auf die Stirn. Kein mißbilligendes Zungenschnalzen an jenem Morgen.

Lächelnd sah ich Tamam an. »Ich bin schwanger.«

Tamam setzte sich, fing an zu weinen, wiegte sich hin und her und murmelte dabei: »Mein Sohn Harb lebt noch. Der, der Leben schenkt, ist nicht tot. Gelobt sei Allah! Allah ist groß und barmherzig.«

Noch nie hatte ich Tamam weinen sehen. Ich erinnere mich, wie sie mit aufgerissenem Mund und offenem Haar dasaß. Mein Kinn begann zu beben, aber ich hielt die Tränen zurück. Mein Sohn sollte auf einen Teppich des Glücks und des Lichts gebettet sein. Ich durfte nicht weinen, denn bald würde Harbs Sohn geboren werden, und ich würde seinen Geruch in mich aufnehmen.

Ich warf einen Blick auf die Henna- und Radieschenbeete: nichts. Nur ein ödes Stück Land ohne Spuren und Fußabdrücke, als hätte ich nicht zwei Jahre lang in Harbs Haus gewohnt. Ich verließ den trostlosen Hof und atmete die salzige Luft ein. Die Gassen des Dorfes kamen mir noch enger vor als sonst. Vom Minarett des Schreins ertönte eindringlich der Ruf: »Allah-u-Akbar.« Und noch immer klebte das Dorf wie ein Blutegel am Berghang. Dieses dumme Dorf! Salihs schwitzendes Gesicht leuchtete in der Ferne. Von seinem erhöhten Platz aus winkte er mir zu, in der Hand eine glühende Eisenstange. Ich winkte zurück. »Dir und deinen Kindern ein langes Leben!« rief er. Ich senkte den Blick und setzte meinen Weg fort.

Ich ging in Richtung Jordan und ließ das Dorf hinter mir. Über dem Dorf ragten die Berge auf, die es vor Feinden beschützten. Vor Menschen, die die gleichen Kleider trugen und dieselbe Sprache sprachen wie wir, aber eben Fremde waren. Heimat bedeutete den Duft von Basilikum und Thymian, der der Seele neue Kraft gibt. Taubengurren und Schwalbengezwitscher riefen mir schönere Zeiten ins Gedächtnis zurück. Die Zeiten, als

Harb mir seinen Mantel um die Schultern legte. Mir war kalt. Ein Teil meines Geliebten wuchs in mir heran wie eine knospende Blume. Keine Frühlingsblume. Als ich das Plätschern des Wassers hörte und den Rauch eines verlöschenden Feuers roch, fühlte ich mich leichter, dünner, reiner. Ich kauerte mich auf den Boden, tauchte die Hände in den Fluß, schöpfte eine Handvoll Wasser und spritzte es mir ins Gesicht. Das kühle Naß drang durch meine Haut in die Enge meiner Brust. Ich blickte zum Himmel und seufzte.

Als ich wieder auf meiner Matratze saß, bemerkte ich, wie dunkel und klamm es im Zimmer war. Das winzige Fenster ließ die Strahlen der Nachmittagssonne nicht herein. Ich legte das leuchtend purpurrote Tuch, das Harb mir geschenkt hatte, um die Schultern. In Tamams Haus waren die Winkel spitzer denn je. Die Rauchschwaden aus ihrer Pfeife erinnerten mich an die Staubwolke, die Harbs Hengst aufgewirbelt hatte. Tamam hatte ihren Sohn und ich den Gefährten meiner Seele verloren. Als ich den unfertigen Teppich in der Ecke liegen sah, erkannte ich, wieviel Zeit ich im Dunkel des Vergessens, zwischen einem öden Himmel und einer grausamen Erde schwebend, zugebracht hatte.

Ich räkelte mich auf der Matratze und betrachtete den schmalen Lichtstreifen, der durch das kleine Fenster unter dem Dach hereinfiel. Den größten Teil meiner Tage hatte ich in der Hoffnung verbracht, das vertraute Hufgetrappel zu vernehmen, aber statt dessen hatte ich nur das Krächzen der Raben und das Tschilpen der Spatzen gehört. Als ich mit der Hand sanft über meinen Bauch strich, spürte ich das Zucken eines Beinchens. Meine Mutter Maliha bekam einen Enkel! Oh! Mein Baby! Konnte das sein? Plötzlich wurde der Fensterrahmen größer, die Lichtstrahlen lächelten. Eine Schar Tauben senkte sich wie eine Regenwolke auf einen Orangenbaum in unserer Plantage herab.

Da traf ich meine Entscheidung. Ich würde ins Haus meines Vaters zurückkehren. Ja! Zwar hatte Harb mich gebeten, mich um seine Mutter zu kümmern. Aber ich brauchte die Orangenpflanzung. Ich mußte anfangen zu arbeiten.

Um Saad

»Maha, meine Schwester.«

»Ja, Um Saad«, sagte ich und wandte den Kopf auf dem Kissen. Das winzige vergitterte Fenster ließ schwaches Licht hereindringen, in dem das Bett, die Tische und Um Saad mit ihrem rosafarbenen Schal unwirklich erschienen.

»Salam hat die Türen abgesperrt und die Lichter gelöscht. Ich kann jetzt reden, nicht wahr?«

»Ja, Um Saad, du kannst reden.«

»Zuerst ein lang gedehntes ›Aaah‹ aus dem Grund meines Herzens. Wenn Abu Saad von der Arbeit nach Hause kam, goß ich Wasser in eine Schüssel und wusch ihm die Füße mit Seife. Er war Metzger auf dem Innereienmarkt über dem Fluß – sie hatten nämlich eine Betondecke über den Fluß gebaut – im Zentrum von Amman. Seine langen schwarzen Gummistiefel waren stets mit Blut und dem Kot von Schafen und Ziegen verkrustet. Bei deinem Leben, ich mußte stundenlang schrubben und putzen; ich fügte dem Wasser sogar Kerosin hinzu, um die Messer sauberzumachen und den hartnäckigen Geruch loszuwerden. Ein penetranter Gestank, der mich an Tod und Abwasser erinnerte. Mit seiner dünnen Stimme rief er mich und hieß mich den Tisch decken. Zu unserer Mahlzeit gehörte stets Fleisch – Nieren, Hühnerherzen, Ziegenfüße und Schafdärme. Einmal drehte sich mir der Magen um, und ich erbrach auf den niedrigen runden Holztisch. Es ist mir unerklärlich, wie ich schwanger werden konnte.

Mein Körper machte sich selbständig, wurde dicker und dicker und schwoll an wie der Riesenballon, mit dem die Engländer über den Zitadellenhügel flogen. Dort hatte ich den größten Teil meines Lebens verbracht, auf dem Zitadellenhügel. Ich haßte meinen Körper, meinen hervortretenden Nabel und das Baby, das mir mein Inneres aussaugte. Stundenlang säuberte ich die Schafsmägen mit Mehl und Zitrone, und nie hatte ich Zeit, aus dem Fenster hinauszuschauen auf das römische Amphitheater unten im Tal. Abu Saads Haus bestand aus drei Zimmern und einer Veranda mit Blick auf das Stadtzentrum. Damals wurde das Theater von Fremden aus der ganzen Welt besucht. Schwester, sie durchqueren Steppen und Ebenen, um alte, moosbewachsene Steine zu betrachten. Seltsame Leute. Die Vergangenheit? Wer möchte sich schon die Vergangenheit in Erinnerung rufen? Wenn Abu Saad abends nach Hause kam, brachte er einen Plastikeimer Mägen und Innereien mit, die noch voll Kot und halbverdautem Futter waren. Und dann begann die Putzerei von neuem. Putzen und singen:

›Der Briefträger beklagte sich
Über meine vielen Briefe.
Als meine Augen weinten,
wurden die Laternen entzündet.
Mond, oh Mond, wünsche
Meinem Geliebten einen guten Abend.‹«

»Du hast eine schöne Stimme.«

»Meine Stimme ist jetzt eingerostet. Als ich jung war, wurden die Vögel am Himmel von meinem Gesang angelockt. Ich glaube, mein Mann mäßigte sich in seiner Grobheit, weil er meine Stimme mochte. Er hatte das

Gefühl, Allah habe ihm für seine dünne, zittrige Stimme einen Ausgleich gegeben. Aber was nützte das? Wenn ich sang, dachte ich an Muhammad und sah dabei Abu Saad an, der im Rausch den Kopf hin und herwiegte. Er war wie das Fleisch, das er verkaufte – eine träge, weiche Masse. Ich schloß die Augen, machte die Nase zu und überantwortete meinen Körper Allah, unserem Gott. Wenn man geduldig ist, kommt man ins Paradies, hat die Lehrerin in der Koranschule gesagt. Ich wollte ins Paradies eingehen, um hinter einem seidenen Vorhang sitzen und die schemenhaften Gestalten beobachten zu können, die draußen vorbeigingen. Abu Saad war ein fetter und häßlicher Metzger vom Innereienmarkt. Ein widerlicher Beruf. Niemand wollte ihm seine Tochter zur Frau geben. Mein Vater hatte eines Freitagmorgens, als er im Kaffeeladen neben Abu Saads Metzgerei Humus für das Frühstück kaufen ging, seinen Heiratsantrag angenommen. Weil ich die Tochter eines Einwanderers bin, glauben die Leute, ich käme aus dem Nirgendwo. Kein Stammbaum, keine Vergangenheit. Deshalb wollte niemand die Tochter eines Einwanderers heiraten. Abu Saad und ich. Außenseiter und Ausgestoßene. Abschaum und zweite Wahl.«

Maha

Als ich meine Holztruhe öffnete, gaben die Scharniere ein klägliches Quietschen von sich. Ich verstaute den Teppich, den Webstuhl, das Schiffchen und das Spinnrad unten in der Truhe, dann legte ich sorgfältig mein zerrissenes Gewand und das Kopfband zusammen. Das Futteral von Harbs Dolch und eine Haarlocke von ihm, die ich unter meinem Kissen aufbewahrte, schlug ich in das brokatene Tuch ein und legte es auf die Wollsträhnen. Kopfschüttelnd betrachtete ich den Haufen Matratzen, der sich bis zur Decke stapelte. Im Haus meines Vaters brauchte man so etwas nicht mehr. Am Tabakgeruch merkte ich, daß Tamam ins Zimmer gekommen war. Ich drehte mich um und sah in ihr fragendes Gesicht. »Verzeih mir, Tante, ich muß zurück ins Haus meines Vaters.« Ehe ich den Blick senkte, sah ich, wie ihre Äuglein glänzten. »Ich verspreche dir, dich jede Woche zu besuchen. Und du mußt mich besuchen, wann immer dir das Herz schwer ist und du jemanden brauchst, mit dem du über Harb sprechen willst.«

»Allahs Wege sind unergründlich. Geh zu deinem kranken Vater. Er braucht dich. Ich werde dich besuchen kommen.« Sie stieß eine Rauchwolke aus, von ihren dünnen Lippen kam das gewohnte schmatzende Geräusch. »Vielleicht sollte ich zu rauchen aufhören?« murmelte sie und sog erneut an ihrer Pfeife. Meine Tante hatte sich noch nie zuvor Gedanken wegen des Rauchens gemacht.

Bestimmt war sie nur müde. Ich umarmte sie und küßte sie auf die tätowierte Stirn.

Nasra und ich trugen die Holztruhe zu Scheich Nimers Plantage. Aus kleinen Fenstern bohrten sich Blicke in meinen Rücken. Blätterrauschen und Getuschel. Die junge Witwe kehrte mit leeren Händen ins Haus ihres Vaters zurück. Kein Reichtum, kein Sohn. Nur ein alterndes Gesicht und ein gebeugter Rücken. Harb war nicht der erste und nicht der letzte Reiter, der von den Engländern getötet wurde. Für einen Moment schloß ich die Augen. Wo war Maliha, meine Mutter?

Ich wußte nicht, warum ich an meine Hochzeitsprozession denken mußte, an die Schüsse in die Luft, an die kurbettierenden Pferde. Damals stand ein frohes Versprechen am Ende des Weges. Als ich in die tiefstehende Sonne blinzelte, sah ich, daß sich das Dorf verändert hatte. Mehr und mehr Ziegenhaarzelte wichen Betonhäusern, der Goldschmied betrieb ein florierendes Geschäft, der Schrein war größer geworden. Die Gassen waren sauberer, und die Kinder liefen nicht mehr nackt herum, sondern trugen weite Hosen. Ich zog das Tuch enger um meinen Nacken, um mich vor dem kalten Ostwind zu schützen.

Nasra betrachtete unsere Fußstapfen in der trockenen Erde und fing an zu zählen. Ihre Aussprache klang seltsam, als sie sagte: »Mit dir gehe ich, mit dir komme ich.«

»Was ist denn mit deinen Zähnen geschehen?«

Sie riß den Mund weit auf, dann erzählte sie: »Ist heute morgen passiert. Bin Nawmeh nachgelaufen und hingefallen.«

»Ich wünschte, du würdest dich endlich von dieser Ziege trennen, die nichts als Unheil bringt.« Doch Nasra zuckte nur die Achseln und meinte: »Ach was.«

Es schien, als wollte unser Lehmhaus mit dem kuppelförmigen Dach solide und würdevoll wirken, doch dieses Bemühen wurde von den Sandschichten darauf vereitelt. Die kleinen Tontöpfe, in denen ich Thymian, Minze und Basilikum gezogen hatte, waren vom Hof verschwunden. Sahi stolzierte draußen umher, demütige Hennen im Gefolge.

Ich stellte die Holztruhe ab, um Nashmi zu begrüßen, der mir mühsam entgegenhumpelte. »Was ist denn mit dir geschehen, alter Knabe? Warum weinst und schniefst du denn?« Anscheinend hatte er mich an meinem Geruch erkannt, denn er begann zu bellen und rieb sich die Schnauze an meinen Füßen. Während ich Nashmi umarmte, hörte ich die schlurfenden Schritte meines Vaters. Ich hob den Blick, und da stand er, mit seinem schmutzigen gestreiften Hemd und geschwärzten Augen. Mit zitternden Händen schloß er mich in die Arme, und ich weinte lange an seiner Schulter.

Auch er weinte und murmelte: »Ach, Maliha. Ach, Maliha.« Seine rissige Hand strich über mein Haar, als er sagte: »Psst, meine Tochter Maha ist eine Araberstute, und Araberstuten weinen nicht.«

Ich fuhr mir mit dem Ärmel über das tränennasse Gesicht und sagte: »Ich bin gekommen, um wieder bei dir zu wohnen.«

»Das ist dein Haus und dein Garten, mein Kind.«

Als ich das Haus betrat, entdeckte ich zwei Matratzen, einen Tonkrug mit Wasser, zwei Schaffelldecken und eine große braune Holzkiste mit einer weißen Vorderseite und zwei schwarzen Knöpfen daran. »Was ist das?«

»Dein Bruder Daffash hat das mitgebracht. Er nennt es *Radion.*«

»*Radion?*« Nasra hüpfte um den Kasten herum.

»Man füttert es mit zwei Brocken, dann drückt man auf diesen Knopf und dreht ihn, und es beginnt zu singen und zu sprechen.«

Unversehens drückte Nasra auf den Knopf, und eine laute, kräftige Stimme verkündete: »Sie hören Radio Jordanien aus Jerusalem.«

Ich brach in Gelächter aus, als Nasra erschrocken zurücksprang und rief: »Diese Kiste ist besessen von den Dschinn, den Heerscharen unseres Meisters Salomon!«

Plötzlich kam Daffash herein und musterte uns argwöhnisch. »Bei Allah, der ganze Stamm fummelt schon an meinem Radio herum!«

»Mein Bruder, wie geht es dir?«

»Wie ich sehe, hast du deine Truhe mitgebracht. Dann wird es wohl ein längerer Aufenthalt?«

Mein Vater schwenkte seinen Holzstock und erwiderte: »Ein sehr langer.«

Daffash zwirbelte seinen Schnurrbart zwischen Daumen und Zeigefinger und sagte: »Diese Närrin hat Angst vor dem Gerät. Dabei hören wir hier nur, was in Jerusalem gesprochen wird, ganz einfach. Das Radio hat mir ein bedeutender Mann geschenkt, mit dem ich befreundet bin.« Er drehte am Knopf, bis eine Stimme in einer Sprache ertönte, die ich nicht verstand. Es klang wie erstickt, als bekäme der Sprecher keine Luft. Immerhin verstand ich einige arabische Dialekte, aber dieses Gebrabbel war mir vollkommen fremd.

Daffash schaltete den Kasten aus und erklärte: »Das ist Englisch. So, und nun geh heim, die Hochzeit ist vorüber.«

»Dies ist mein Zuhause, und hier bleibe ich.«

»Das Gesicht des Elends ist zurückgekehrt«, brummte Daffash und schlug die Tür hinter sich zu.

Unser Besitz beschränkte sich auf einen Hahn, ein paar Hennen, einen altersschwachen Hund und einige Orangenbäume. Mein Vater saß auf dem Boden und lehnte sich an die Wand. Er wirkte alt, müde und abwesend. Ich legte meinen Kopf in seinen Schoß und sagte: »Mein Vater, meine Seele, ich bin schwanger.«

Er wandte den Kopf, und sein Atem ging schwer. »Gepriesen sei Allah, der diejenigen schuf, die zu ihm beten, und der die Wunden heilt. Wir werden ihn Mubarak nennen, den Gesegneten und den Sohn der Gesegneten.«

Ich umschlang seinen mageren Leib. »Ich werde auf diesem Gehöft arbeiten, das Haus putzen und eine schöne, fröhliche Umgebung für meinen Sohn schaffen«, sagte ich. »Und mit dir fange ich an, mein lieber alter Vater. Morgen früh bade ich dich, und deine Kleider werde ich auch waschen.«

»Nein, ich bin krank.«

Lachend erwiderte ich: »Nein, das bist du nicht.«

Am nächsten Morgen bat ich meinen Vater, sich im Lagerraum auszuziehen. Seine Unterhose behielt er an. Dann setzte er sich ins Bad, und ich rieb seinen beinahe kahlen Schädel mit Seife ein und goß warmes Wasser darüber, bis seine grauen Haare abstanden wie frisch gewaschene Wollbüschel. Ich wusch seine zitternden Gliedmaßen und seine Brust mit schäumender Seife. Jede einzelne seiner Rippen trat hervor. »Jetzt wasch dich gründlich«, ermahnte ich ihn, ging hinaus und warf seine schmutzigen Kleider in eine Wanne. Warum sollte ich nicht das Waschpulver verwenden, das Daffash aus Samir Paschas Haus mitgebracht hatte? Ich streute einige Körnchen auf die Kleider und fing an zu rubbeln. Wie von Zauberhand lösten sich die Schmutzränder an den

Säumen auf. Stolz betrachtete ich die strahlend saubere Wäsche und sorgte dafür, daß schließlich jedes Kleidungsstück und jedes Tuch in Scheich Nimers Haus an der Wäscheleine hing.

Als ich meinen Vater in seinen Mantel wickelte, sagte er mit seiner krächzenden Stimme: »Allah vergebe dir, Maha, ich friere.«

»Setz dich in die Sonne, dann wird dir gleich warm werden.«

Ich gab ihm eine Tasse heiße Milch zu trinken und machte mich auf, um die Plantage in Augenschein zu nehmen. Ich überquerte den Kanal. Zwar floß noch Wasser darin, doch es war trübe. Das Beet, in dem ich Henna und Radieschen angebaut hatte, war von hellgrünen Sträuchern überwuchert. Hier galt es eine Menge Unkraut zu jäten. Die Orangen–, Zitronen- und Pampelmusenbäume waren noch da, aber manche Blätter hatten jetzt gelbe Flecken, und ihre Oberfläche war uneben wie Ziegenhaarzelte. Sie waren krank. Das mußte ich meinem Vater sagen. Die Blattpocken, wie man es nannte. In einem Jahr würde das ganze Feld befallen sein. Ich ging zum Haus zurück und erzählte meinem Vater davon, der in der Sonne saß und Nashmis Rücken streichelte.

»Vielleicht weiß Daffash Rat, er bringt alle möglichen Zauberpulver ins Haus.«

Als ich Daffash fragte, schüttelte er den Kopf und erwiderte ärgerlich: »Ich möchte ein bißchen schlafen.«

Um Saad

Ich möchte ein bißchen schlafen. Ein wenig ausruhen. Meine Gedanken drehen sich im Kreis.

Wenn mich doch Um Saad heute abend in Ruhe ließe. Aber nein. Ihr »Maha, Schwester« drang erneut an mein müdes Ohr. Ich raffte mich auf und sagte: »Ja, Um Saad.«

»Die Krankenschwestern sind schlafen gegangen. Nicht wahr? Ich kann jetzt reden.«

Ich betrachtete die Sichel des Mondes am dunklen Himmel und sagte: »Ja.«

»Ich beginne mit einem kurzen ›Uh‹, denn die Tage kamen, und die Tage gingen, und ich schrubbte nach wie vor die Innenseite von Mägen, füllte sie mit Reis und Kichererbsen und nähte sie dann zu. Mit Allahs Hilfe bevölkerte ich das Haus mit Kindern. Acht Söhne: Saad, Mahmoud, Farid, Jamal, Wahid, Walid, Shaker und Rawhi.

Nicht eine einzige Tochter. Ich wollte, daß das jüngste Kind, Rawhi, meine Tochter sein sollte. Ich zog ihm Kleider an und band sein langes dunkles Haar mit bunten Bändern zusammen. Als die Nachbarinnen ihn so sahen, lachten sie und meinten, ich solle Allah danken, daß er ein Junge ist. Mädchen, so sagten sie, machen einer Mutter Sorgen bis ins Grab.

Mit Kochen, Windelwaschen und Hausputz, um den penetranten Gestank von Abu Saads Stiefeln und Arbeitsanzügen wegzukriegen, vergingen fünfundzwanzig Jahre meines Lebens. Wie ein Lidaufschlag. Kinder austragen und Kümmel kochen.«

»Was ist Kümmel?«

»Ein Gewürzsame. Wir mahlen ihn, verrühren ihn mit Reis und kochen ihn, bis er sämig ist. Mit Pistazien und Mandeln bietet man ihn an, wenn Gäste kommen, um zur Geburt eines neues Kindes zu gratulieren. Kümmel hilft, nach der Geburt das gestockte Blut aus dem Körper zu schwemmen. Kinder austragen und Kümmelsaft trinken.

Ich sah nicht mehr aus dem Fenster. Abu Saad erlaubte mir, mit einem Schleier verhüllt auf der Veranda zu sitzen, die von Weinreben und Jasmin überwuchert war. Häßlich und nackt im Winter, aber weiß und grün im Sommer. Wenn man dort abends auf Strohstühlen sitzt, umhüllt der Duft der Jasminblüten die Seele. Himmlisch. Zwischen den Weinblättern blickte ich hinaus auf die geschäftigen Straßen von Amman. Ich liebte diese Stadt. Eine grausame Stadt. Sie leidet an akutem Gedächtnisverlust.«

»An was?«

»Dr. Edwards meinte, ich leide an akutem Gedächtnisverlust. Gedächtnisverlust? Leeres Geschwätz. Ich erinnere mich an alles, sogar an das, woran ich mich gar nicht erinnern möchte. Vergeßlichkeit ist ein Segen.

Höre mir zu: Saad und Mahmoud traten in das Geschäft ihres Vaters ein und heirateten. Farid wollte Schauspieler werden und landete am Ende im Café League, wo er rauchte und Karten spielte. Jamal ging nach Europa, ich habe nie wieder etwas von ihm gehört. Wahid wurde der Laufbursche eines Bäckers in Raghadan. Walid ging morgens zur Schule, nachts lernte er unter den Straßenlaternen. Shaker ging zum Militär, und Rawhi war von einem Männerdampfbad so angetan, daß er dort zu arbeiten begann. Du siehst, meine Schwester, ich erinnere mich an alles, obwohl ich wünschte, es wäre anders. Ich möchte den Faden am liebsten durchschneiden.

Mit der Schere schnitt ich die Weinblätter von der Veranda ab, kochte sie und füllte sie mit Hackfleisch und Reis.«

»Typisch Städter!«

»Es schmeckt ausgezeichnet, und wenn man gefüllte Innereien dazu ißt, kann man gar nicht mehr aufhören. Für alle meine Söhne zu kochen, ihre Mägen mit köstlichem Essen zu füllen – das machte mich wirklich glücklich.

Farid war ein schlechter Esser. Das lag am Rauchen. Morgens trank er als erstes eine Tasse türkischen Kaffee. Kannst du dir vorstellen, was der Kaffeesatz im Magen anrichtet? Ich redete mir den Mund fransig: ›Mein Sohn, mein lieber Junge, ich bitte dich, trink vor dem Kaffee ein Glas Milch.‹ Zwecklos. Er bewohnte eines der beiden Zimmer, die wir am Haus angebaut hatten. Einmal hätte er beinahe seine Bettdecke in Brand gesteckt. Er war ein hoffnungsloser Fall.«

»Mein Sohn Mubarak lebt bei seinem bösen Onkel Daffash. Allah allein weiß, was er für einen Menschen aus ihm macht.«

»Denk daran, Schwester, daß wir beschlossen haben, nicht zu weinen.«

»Ich wünschte, der englische Arzt würde mir alle meine Erinnerungen mit einem Stück weißer Watte wegwischen.«

»Bete für die Seele unseres Propheten, Frau.«

»Um Saad, ich kann die Trennung nicht länger ertragen. Allah sollte sich meiner erbarmen und mich zu meinem Vater und zu Harb nehmen.«

»Maha, soll ich dir verraten, wie man Gelben Jasmin pflanzt?«

»Ich bin eine Bäuerin, und ich weiß, wie man den verdammten Jasmin pflanzt.«

»Man gräbt ein Loch in die Erde, einen Fuß tief …«

»Halt den Mund, Um Saad.«

»Man bedeckt die Wurzeln des Schößlings mit …«

Maha

Trotz der erkrankten Bäume fand ich rasch wieder zu meinem gewohnten Tagesablauf zurück. Ich stand morgens auf, band mir ein Tuch um den Kopf, das ich mit einem schwarzen Stirnband befestigte, und steckte die Enden meines Obergewands in die Hose. »Guten Morgen, mein Kind«, sagte ich und massierte sanft meinen anschwellenden Bauch. Im reparierten Hühnerkäfig, dessen Löcher ich mit Palmblättern ausgebessert hatte, krähte Sahi lauthals, als wollte er freigelassen werden und wie früher im Hof umherstolzieren. Daraufhin ertönte Raais Ruf, und Nashmi tat uns mit einem schwachen Bellen kund, daß er noch am Leben war. Nachdem ich den Boden gefegt und die Teppiche und Matratzen zusammengelegt hatte, bereitete ich meinem Vater und Daffash das Frühstück. Milch, Eier, Honig und Butter. Meines bestand aus einem Glas Milch, in das ich zwei rohe Eier rührte.

Es dauerte eine Weile, bis ich das Haus, den Lagerraum und den Hof saubergemacht hatte. Im vorderen Teil des Hofs standen noch immer die beiden Palmen. Doch ihr Beet war voller Steine, Unkraut und Unrat. Also schaffte ich auch hier Ordnung und besprengte die trockene Erde mit Wasser. Ich schulterte meine Hacke, sprach den Namen »Allah« und begab mich aufs Feld. Wenn ich den Boden umgrub und dabei die kranken Bäume betrachtete, zu ihnen sprach und ihnen sogar vorsang, konnte ich alles andere vergessen: das Dorf, das zwischen dem Meer, dem Fluß und den Bergen eingekeilt war, das alte, almmählich verfallende Haus und die unbarmherzigen Mäuler, die das rohe Fleisch der Menschen fledderten und nie genug davon bekamen: »Die junge Witwe – Allah schütze uns – führt Nimers Haushalt und beherrscht alle, die darin wohnen.«

Als ich eines Vormittags den Boden wischte, schaltete ich das Radio ein und hörte eine vertraute Sprache. »Meinem Bruder, dem Bauern, wünsche ich einen guten Morgen«, flötete das Radio. »Heute wollen wir über eine Krankheit sprechen, die Zitrusbäume befällt. Wenn du feststellst, daß die Blätter deiner Bäume uneben sind« – ich ließ den Besen fallen – »und Schwellungen haben wie Flecken auf der Haut« – ich setzte mich vor das Radio – »dann kannst du deine Bäume heilen, indem du sie mit einer weißen Flüssigkeit besprühst, die du bei den Kooperativen erhältst. Unsere Agrartechniker sind dir gerne behilflich.«

Ich stürmte zu Daffash und rüttelte ihn wach. »Daffash, ich habe gerade etwas im Radio gehört. Könntest du etwas von deinem Herren Samir besorgen? Es geht um die Orangen, Daffash.«

»Wegen deiner blöden Orangen weckst du mich?«

»Nein, hör zu.« Nachdem ich mein Anliegen dreimal wiederholt hatte, begriff Daffash, was ich meinte.

»Er wird mir das Geld dafür vom Lohn abziehen«, meinte er.

»Bei der Seele unserer Mutter Maliha, bitte bring mir etwas von diesem Heilmittel.«

»Na gut, einverstanden«, erwiderte er lächelnd.

Drei Wochen später stand ein Landrover vor unserem Tor. Um die Henna- und Radieschenbeete hatte ich einen kleinen Zaun gezogen, damit der Pascha nicht über meine Pflanzen fuhr. Einer von Samir Paschas Bediensteten sprang aus dem Wagen und gab mir zwei Fässer mit einer stinkenden weißen Flüssigkeit. Ich hielt mir den Ärmel vor die Nase und fächelte mir Luft zu.

Der Mann war hochgewachsen und schwarz und sprach, als würde er einem Küchenjungen Befehle erteilen. »Für deine kranken Bäume. Du ziehst diese Gummihandschuhe an.«

Mit großen Augen starrte ich diese Handschuhe an, denn ich hatte so etwas noch nie zuvor gesehen. Sie sahen aus wie die abgehackten Hände eines Toten. Der Mann lächelte, als er einen davon über meine widerstrebende Hand stülpte.

»Du füllst den Krug vorsichtig mit dieser Flüssigkeit. Ich habe sie dir schon fertig zubereitet. Gib acht, daß du nichts auf den Boden schüttest. Du besprühst die Bäume von oben bis unten. Hast du verstanden?«

Ich bejahte mit einem Lidschlag.

»Einen schönen Tag«, verabschiedete er sich und sprang in den Landrover. Eine Staubwolke hinter sich aufwirbelnd, brauste er davon.

Ich zog die Handschuhe an und trug die Fässer zum Gehöft. Es war schwierig, die hohen Bäume zu besprühen, allerdings fand ich zwei leere Holzkisten, die Daffash vom Gut seines Herrn mitgebracht hatte. Die stellte ich aufeinander und besprühte die Baumwipfel, während ich sang: »Dein Bad ist kalt, Scheich, kalt und kühl, Scheich.« Bald würde ich die zarten Glieder meines Sohns waschen. »Kalt, aber kühlend, mein Sohn.« Lautlos wiegten sich meine Bäume. Sie wußten, daß es zu ihrem Besten war.

Der Gestank des Pflanzenschutzmittels stieg hoch in die Lüfte empor. Mein Haar, mein Gewand, Arme und Beine, alles war bespritzt mit dieser weißen Flüssigkeit. Ich nahm Tuch und Kopfband ab und warf die Handschuhe in das Faß. Manchmal empfand ich tiefes Mißtrauen gegen Hilfe, die von Stadtleuten kam. Was, wenn das Heilmittel des Pascha nur eine Tünche war, mit der die Araber ihre Häuser zu streichen pflegten? Die Mörserkeule in mir begann zu stampfen. Ich könnte es nicht ertragen, die Orangen zu verlieren. Sei nicht töricht, sagte ich mir, du mußt abwarten, dann wirst du es sehen.

Ich kehrte zum Haus zurück, machte Wasser heiß und wusch meine schmerzenden Glieder. Mein Bauch war dick und reif. In letzter Zeit bewegte sich das Baby häufiger. Das bestickte Samtkleid meiner Mutter war das einzige saubere Kleidungsstück, das ich finden konnte. Als ich die Wäsche aufhängte, waren meine Hände eiskalt. Von den Bergen wehte ein kalter Wind und trug Schneegeruch heran. Ich entzündete den Brennstoff in der Kohlenpfanne und wartete, bis der Wind das Feuer in schwelende Glut verwandelt hatte; dann trug ich die Kohlenpfanne hinein und stellte sie neben meinen Vater, der dem Radio lauschte. »Bei Allah, ich kann manche dieser verschnörkelten Worte verstehen«, sagte er aufgeregt.

Es klopfte an der Tür, und Tamam trat ein. »Willkommen, meine Tante«, begrüßte ich sie und küßte ihre Hand.

Sie blies Rauchwölkchen in den bereits verqualmten Raum. »Wie geht es dir, mein Kind?«, fragte sie.

»Gut, Tante. Ich habe nur ein bißchen Rückenschmerzen.«

»Die Niederkunft steht bevor. Und wie geht es Scheich Nimer?«

»Mir geht es gut. Aber Nashmi wird allmählich alt«, antwortete mein Vater.

Ihre lange Pfeife paffend, sagte sie: »Hört doch nicht auf diesen Apparat. Unsere Geschichten sind besser.«

»Bitte erzähl uns eine Geschichte.«

»Na schön. Aber schaltet zuerst diesen Kasten ab.

Es war einmal – oder auch nicht – vor langer, langer Zeit eine Mutter, die hatte einen Sohn. Die Mutter buk Brot, während ihr Sohn neben ihr spielte. Während sie den Teig auf das Backblech legte, kackte ihr Sohn auf den Boden. Die Mutter fand nichts, um ihm den Hintern abzuwischen, und so bat sie Allah um Hilfe. Da sandte Er ihr ein Stück Seide. Doch die Habgier packte sie, sie wollte die Seide nicht dafür verwenden und wischte ihrem Sohn mit einem heißen Brotlaib den Hintern. In diesem Moment wuchs dichtes Haar aus seiner Haut. Das Brot verbrannte ihm den Hintern, der glutrot wurde. Vor ihren Augen verwandelte sich ihr Sohn von einem Kind Adams in einen Affen. Möge Allah uns vor Habgier und Entstellung bewahren.«

»Der einzige Affe, den ich je gesehen habe, gehörte einem Fremden, der in unserem Dorf übernachtete«, sagte ich.

»Ach, du meinst diesen verlogenen Schwätzer!« Nach einer Weile fuhr Tamam fort: »Möge Allah dir einen Sohn mit goldenem Haar, mit einem Mund wie Rubin und Augen wie Smaragden schenken. Amen.«

»Willst du Kaffee, Tante?«

»Gesegnet seien deine Hände, Maha.«

Ich betrachtete Tante Tamams winzige Augen und lächelte. Harbs Seele stapfte mit schwerem Schritt ums Haus. Warum konnte ich sie nicht hereinlassen? Harb helfen, aus dem Land der Vermißten zurückzukehren? Er war hier bei uns. Sein Kind regte sich in meinem Leib.

»Bald wird das Kind zur Welt kommen, Maha.«

Ich lächelte und zeigte meiner Tante den Teppich. »Schau, Tante, ich habe noch weitergewebt.«

»Warum färbst du die Wolle nicht, wie die anderen Frauen des Stammes?«

»Mir gefällt beige und braun.«

»Maha, du denkst, du bist anders als die Frauen des Stammes«, bemerkte Tamam.

»Braun? Meine Hände werden von Tag zu Tag dunkler«, murmelte mein Vater. »Im Haus ist es still, und es ereignet sich nie etwas.«

»Morgen wird dein Enkel um dich herum tanzen.«

»Gepriesen sei Allah.«

Am nächsten Morgen steckte ich die Enden meines Gewands in meine Hose und band das Kopfband fest. Ich mußte sehen, was aus den kranken Orangenbäumen geworden war. Also nahm ich die Hacke, sprang über den Kanal und ging zum Hain. Die kranken Blätter lagen alle auf dem Boden, und manche Bäume waren vollkommen kahl. Hoffentlich war dieses Heilmittel das richtige für diese Krankheit. Als ich mich bückte und Unkraut auszupfte, das ich ans Ufer des Kanals warf, fuhr mir ein dumpfer, ziehender Schmerz in den Rücken. Ich tauchte meine Hände ins Wasser und wusch mir das Gesicht. Es war nur ein Rückenschmerz, der kommt und geht wie eine träge Welle. Ich klaubte Steine auf und häufte sie neben einem Baum auf. Damit wollte ich die Beete einsäumen, damit das Wasser nicht so schnell ablief. Da schoß mir ein noch stärkerer Schmerz in den Rücken. Ich versuchte ihn zu ignorieren, während ich den Boden umgrub. Die Bäume mußten gut atmen können.

Ich legte die Hacke weg und setzte mich an den Kanal. Mit beiden Händen drückte ich fest gegen meine Hüfte. Als ich mich dem frisch umgegrabenen Feld zuwandte, drang mir der Geruch feuchter, fruchtbarer Erde in die Nase. Ich legte mich auf den Rücken, damit die anbrandenden Wellen des Schmerzes erträglicher wurden. Spatzentschilpen und Wasserrauschen vermischten sich in meinem Kopf. Unter dem Zitronenbaum war es kühl und feucht. Ich grub meine Finger in die Erde und lächelte. Zwei kräftige Hände packten mich an den Hüften, zerrten und zogen. Neben meiner Hand kroch ein Regenwurm, sein rosafarben-bräunlicher Leib krümmte und streckte sich. Nashmis träges Bellen ermahnte mich, aufzustehen und zum Haus zu gehen. Doch als ich den Kopf hob, durchdrang mich abermals ein Schmerz wie eine scharfe Klinge. Ich legte die Wange auf die kalte Erde und schloß die Augen. Unter meinen Lidern wurde die Sonne zu einem funkelnden Kreis. Das warme Wasser des Toten Meeres massierte meinen Körper, sanft umspülten mich die Wellen. Wie weiche, wohlige Kissen. Harbs Hände streichelten meine Schultern und meinen Nacken. Als ich die Augen aufschlug, tropften Schweiß und Tränen von meinen Wimpern. Ich seufzte und wartete auf die nächste Welle. Übers Wasser flatterte die Nachtigall. Die Weite des Toten Meeres tat sich unter dem Mondlicht auf wie Perlmutt. Unter meinen Lidern glitzerte das Wasser. O Maliha, meine Mutter, rette mich. Ich versank wieder im Meer.

Der Schmerz wurde stärker, und ich legte die Hand auf den Mund, um nicht zu schreien. Womöglich würde mein Vater es nicht überleben, wenn er einen Schrei hörte. Ich streckte mich aus und spreizte die Beine. Der Schmerz wurde noch heftiger. Ich hörte die Trommeln der Zigeuner, die nicht zu Allah beteten. Ein kurzer Atemzug, dann ein scharfer Schmerz. Ich zog die Knie an und schnappte nach Luft. Dann streckte ich die Beine in die Luft, um mich gegen dieses Ziehen und Zerren zu wehren. In der Ferne Hundegebell und Flötentöne. Da platzte etwas in mir, Wasser und Blut strömten aus meinem Körper heraus. Wogen des Schmerzes, dann wieder schwamm ich mit Harb im Meer. Mein Vater strich mir mit seiner rissigen Hand übers Haar und sagte: »Es wird alles gut.« Ich hatte keine Gewalt mehr über meinen Körper. Meine Muskeln spannten sich, krampfhaft ballte sich meine Faust um eine Handvoll Erde. Ich atmete tief ein und preßte mit aller Macht, um den Schmerz auszustoßen. Ein rundliches Stück roten Fleisches, mit Blut und Schleim überzogen, glitt auf den Boden.

Mein Sohn? Ich berührte seinen glitschigen Körper und brach in Lachen und zugleich in Tränen aus. Mein Sohn fiel auf das Land seines Großvaters. Auf einen Teppich des Glücks und der Behaglichkeit. Er war blind, ein Würmchen, doch mein Herz flog ihm zu. Als ich ihn aufhob und an mich drückte, begann er zu schreien. Nach den Monaten im warmen Wasser war ihm die menschliche Berührung unangenehm. Er war winzig und rot wie eine Nektarine. Zwischen den Fingern und den Zehen hatte er dünne Häutchen. Als ich ihn mit meinem Tuch abrieb, durchdrang mich ein merkwürdig warmes Gefühl. Ich verliebte mich in dieses wurmartige Geschöpf, das in meinem Schoß lag und lauthals schrie. Mein Vater kniete nieder und sagte: »Tapfer, Maliha. Gepriesen sei Allah.« Scheich Nimer küßte den mit Blut getränkten Boden und durchschnitt mit einem scharfen Bambusmesser die Nabelschnur. Mit einem Streifen Stoff, den er von seinem Kopftuch abgetrennt hatte, knotete er den Nabel meines Sohnes. »Komm ins Haus.« Ich hielt mein Baby in den Armen und ging zum Haus zurück, eine Blutspur hinter mir herziehend.

Tamam, Hulala, Hamda und Nasra stürmten ins Zimmer und stimmten einen Heulgesang an. »Mahas und Harbs Sohn. Allah nimmt und Allah gibt.« Sie entfachten ein Feuer in der Kohlenpfanne und trugen ein Behältnis mit warmem Wasser und Kräutern herein. »Gelobt sei Allah, der Beschützer der Seelen, der Gebende und Nehmende.« Tamam rieb ihren Enkel mit Olivenöl und Salz ein, puderte seine Hände und Füße mit warmem Mehl, zog Kajalstriche um seine Augen und wickelte ihn in ein großes Tuch ein. Unterdessen halfen mir die anderen Frauen beim Ausziehen und wuschen mich. Der Duft von Basilikum- und Zitronenblättern, die dem Wasser zugesetzt waren, erfüllte den Raum. Als ich mich schließlich auf die Matratze setzte, war ich benommen, aber glücklich. Sie wickelten meinen Sohn in ein Tuch ein und banden es zusammen. Wie klein und hilflos er aussah. Ich begann, leise zu weinen. Mein Säugling war ein verschnürtes Waisenkind ohne Vater und ohne Rückgrat. Es gab niemanden, der ihm eine Stütze sein konnte. Wer würde ihm das Reiten beibringen? Wer würde ... Tamam schnalzte mit der Zunge und sagte: »Eine stillende Mutter darf nicht weinen. Sonst versiegt ihre Milch.«

»Er ist so schön, dein Sohn«, meinte Nasra.

Hamda räumte das Zimmer auf, streute Weihrauch in die Glut und legte eine kleine Matratze in die Wiege, Tamams Geschenk an ihren Enkel. Als mein Sohn zu schreien anfing, schlug das Herz in meiner Brust schneller. Ich nahm ihn auf den Arm, küßte seine geschwärzten Augen und das große dreieckige Amulett, das man ihm auf die Brust gelegt hatte. Dann entblößte ich eine meiner Brüste und legte ihm die Brustwarze an den winzigen Mund. Augenblicklich verstummte er und begann, die Milch aus meinen vollen Brüsten zu saugen. Zwei bernsteinfarbene Lichter strahlten mich an, als er die Augen aufschlug. Freude durchglühte mich, vergessen war der Schmerz der Wehen unter dem Zitronenbaum. Sein runder Kopf lag an meiner Brust, und ich wußte, daß ich alles tun würde, um ihn zu beschützen. Während ich ihm über das dichte schwarze Haar strich, fragte ich: »Wie soll er heißen?«

»Wir werden ihn Mubarak nennen. Deine Mutter wollte noch einen Sohn haben, ehe Allah sie zu sich rief«, entschied mein Vater.

»Mubarak, hör auf deinen Großvater«, sagte ich, und meine Schwestern lachten.

Der Geschichtenerzähler

Im Namen Allahs des Erbarmers, des Barmherzigen. Friede der Seele Jesu, des Sohnes der Maria, am Tag, an dem er geboren wurde, am Tag, an dem er starb, und am Tag, an dem er auferstehen wird. Maria hatte sich von den Ihren in eine Kammer zurückgezogen, die nach Osten lag, dort, wo die Finsternis das Licht gebiert. Doch der Geist Allahs ruhte auf ihr in ihrer Einsamkeit. In Gestalt eines vollkommenen Mannes suchte sie der Geist auf und teilte ihr mit, Allah wolle ihr einen Sohn schenken, der ohne Fehl und Tadel ist.

Er ist nicht der Sohn Allahs, der nicht zeugt und nicht gezeugt wird. Allah sprach zu dem Geist: ›Sei!‹, und er war. Maria war keusch und rein, doch Maha von Qasim war verdorben und böse. Ihr Mann war tot und hatte seit Monaten nicht das Lager mit ihr geteilt. Wie also hatte sie empfangen können, und wer war der unglückselige Vater? Die Leute sagen, in jener Nacht auf den Bergen, als sie den zerstückelten Leichnam ihres Mannes Harb suchte, habe sie unweit des Brunnens einem Wesen mit Menschenbeinen und Pferdekopf beigewohnt. Ihr Bauch wurde größer und größer, und das mißgestaltete Geschöpf in ihrem Leib wuchs. Jede Nacht wurde es schwerer, und seine Fußtritte waren so schmerzhaft, daß Maha nächtelang stöhnte und fluchte.

Sie verließ das Haus ihres Mannes in dem Augenblick, als man ihr sagte, sein Geist sei zu seinem Schöpfer zurückgekehrt. Tamam war untröstlich, weinte und bat sie zu bleiben, sie nicht allein zu lassen und ihr in ihren alten Tagen beizustehen.

»Nein«, rief die junge Witwe.

Als sie auf den Hof ihres Vaters kam, ergriff ein böser Geist Besitz von diesem Fleck Erde. Mit Hilfe zweier Dschinn aus den Heerscharen Salomons stellte sie alles auf den Kopf und richtete sich auf dem Besitz ihres rechtschaffenen Bruders Daffash ihr Nest ein. Sie schrubbte und wischte, sie pflügte und jätete, sie verbeugte sich vor ihrem Meister, dem Dschinn, und breitete die Hände aus. Die Leute sagen, sie sei schwanger mit einem Geschöpf, das in seinem früheren Leben ein Holzfäller gewesen sei. Ein Dschinn, der mit einem einzigen Hieb die Kronen der Bäume abschlug und nur Strünke hinterließ. Die schwere Leibesfrucht wuchs und zerriß ihr Inneres. Sie stöhnte und schrie, sprang auf und warf sich nieder.

Ihr Vater wußte, was mit ihr geschah, aber er mied sie. Stundenlang saß er auf den Gerstesäcken im Lagerraum. Er saß auf einem Sack und verfluchte den Ostwind, der erbarmungslos über das Tal hinwegfegte. Er wußte nicht, ob er es sich einbildete oder ob tatsächlich zwei riesenhafte Hände die Erde umstülpten und die Oberfläche des Universums uneben machten. Er hielt seinen Stock fest umklammert, schlurfte über den Boden – vorsichtig und darauf bedacht, nicht wie ein Lumpenbündel hinweggefegt zu werden. Als er einmal zum Schrein ging, um zu beten, fragte er einen der Männer nach den Bergen Jerusalems. »Sie sind verschwunden. Weg, paff – sie haben sich in Luft aufgelöst. Wo sind sie, Salah? Wo sind sie, Hakim?« jammerte er, setzte sich auf den kalten Boden des Schreins und fing an zu weinen. Die riesenhafte Hand, so dachte er, die das westliche Tal umstülpte, wird nicht ruhen, ehe nicht das ganze Dorf von der Leere verschlungen ist.

Scheich Nimer von Qasim zerbrach unter dem Sturm, den seine Tochter entfesselte, als sie nach Hause zurückkehrte. Er halluzinierte, faselte wirres Zeug und weigerte sich zu essen, was sie gekocht hatte, weil er einmal das Bein einer Eidechse in der Milch hatte schwimmen sehen. Die Tausendfüßlerin hatte ihren Vater vergiften wollen, um ihrem ziegenbeinigen Sohn ein großes Erbe zu sichern. »Vater, o Vater, könntest du nicht aus dem Zimmer gehen? Ich will es bei Tagesanbruch saubermachen«, zischte sie. Scheich Nimer begab sich ins andere Zimmer. Mit geballter Faust klopfte sie an seine Tür und herrschte ihn an: »Vater, o Vater, kannst du nicht aus dem Zimmer gehen?« Immerzu klopfte sie an die Tür und vertrieb den alten Mann, bis ihm nur noch der Getreidespeicher übrigblieb. Sie versperrte die Tür, brachte ein riesiges Schloß daran an und ließ den alten Mann in seinem Kot und Urin liegen.

Es heißt, beim Bau seines Hauses habe Scheich Nimer von Qasim die Türeinfassungen mit dem weißen Stein der Balqa-Berge geschmückt, wo die Nymphen wohnen. Die Berge leuchteten von der rubinroten Farbe der Granatapfelbäume. Im Frühling, wenn die Bäume glutrot blühen, ist der Farbton wärmer. Wenn man ins Tal von as-Salt reist und mit seinem Esel und seinem Äffchen das Flußufer entlang zieht, kann man einen flüchtigen Blick auf die hellblonden Haare der Nymphen erhaschen, die wie geschmolzenes Gold auf dem glitzernden Wasser treiben.

Der goldene Atem der Sonne erfüllte das Tal, als Maha aus der mit weißen Steinen geschmückten Tür trat. Das schwarze Haar fiel ihr lose auf die Schultern herab – wie der glitschige Teer, mit dem die griechischen Bauern die Türschwellen von Ehebrecherinnen beschmieren. Die Sonne stand hoch am Himmel, als das Tal der Traurigkeit den wilden Schrei vernahm, einen Schrei, der ins Tote Meer hinabtauchte und die am Meeresgrund schlafenden Salzsäulen weckte. Mahas Schreie, trocken wie das öde Land nördlich des Dorfes, verwandelten sich in Tränen des Schmerzes und der Enttäuschung, die ihr die Wangen hinabliefen. Sie verfluchte Allah auf Seinem Thron, verfluchte Seine Engel und Seine Propheten – mögen sie mich vor diesem Weib mit seiner gespaltenen Zunge bewahren –, weil sie ihr solche Schmerzen bereiteten, weil sie ihr diesen widerlichen ziegenbeinigen Geist geschenkt hatten, der ihr Fleisch peitschte. Böses brachte Böses hervor, das uns alle überdauern wird. Schlag das Tamburin auf deinen Schenkel. Tring, tring, trang.

Maha drückte den blut- und schleimbedeckten Säugling an ihre Brust und küßte seine Hinterbeine. Mit der Zunge leckte sie ihrem Sohn das Blut, den Schleim und das Wasser ab, bis er rein war. Als sie ihm einen Klaps auf den Hintern gab, spuckte er seiner Mutter ins Gesicht und fing an zu schreien. Mit der Zeit – gepriesen sei Allah, der Herr aller Geschöpfe – fielen jedoch die Haare von seinen Ziegenbeinen ab, die Hinterbeine schrumpften und verschwanden in den Hüften. Als er aufhörte zu weinen, war der Himmel glutrot, und der Wind trug den stinkenden Atem von Iblis, dem ungehorsamen Engel, herbei. Der Körper des Kindes hatte sich verwandelt und war dem unsrigen gleich geworden, mit zwei Beinen, ohne Hörner und mit einem normalen Kinn. Die Leute sagen, als sie ihn besuchten, habe er zwar nicht wie Jesus in der Krippe gesprochen – Friede sei mit ihm –, aber seine Augen schienen zu sprechen. Sein Blick sei zum fernen Horizont geschweift, zu unsichtbaren, in der Luft schwebenden Gegenständen. Die Leute schwören, in der Iris seiner Augen hätten sich die Paläste von Midyyan in Jemen gespiegelt. Der Sohn, der erst gestern zur Welt gekommen war, träumte davon, der König des Leeren Viertels, der König von Aden zu werden. Ein trauriger Blick, jedoch voller Gier und Entschlossenheit. Unablässig starrte der Sohn der Hexe von Qasim auf die fernen Reichtümer und spuckte den Leuten ins Gesicht, er starrte und spuckte. Sie nannte ihn Mubarak, und die Leute im Dorf nannten ihn den Sohn der schwarzen Witwe.

Maha

Ich lag in der Dunkelheit und betrachtete das strahlende Gesicht meines Sohnes. »Allah schütze dich vor dem bösen Blick und vor meinem Blick.« In jener Nacht sah der Mond wie ein morscher krummer Knochen aus. Sein Schimmer drang durch das kleine Fenster in den stillen Raum. Ich wollte dem Atem meines Sohnes lauschen. Von Zeit zu Zeit hörte ich Raais Rufe und fernes Hundegebell. Die Wiege war blau bemalt und an den Seiten mit weißen Halbmonden verziert. Blau, um den bösen Blick abzuwehren, und die weißen Halbmonde unseres Propheten Muhammad. Vergeblich versuchte ich zu schlafen. Ich rief mir die schönsten Erinnerungen ins Gedächtnis. Ich war jung, furchtlos und lag in Harbs Armen. »Du hast so schöne Augen, Maha«, sagte er, und ich schmiegte mich enger an ihn. Da fing Mubarak an zu schreien. Ich nahm ihn heraus und gab ihm die Brust. Mubarak, mein Augenlicht, hatte keinen Vater. Er würde zum besten Reiter des Stammes und zum Beschützer unserer Siedlung heranwachsen. Beim Stillen durchzuckte meinen Rücken ein dumpfer Schmerz, und ich begann wieder zu bluten. Trink die Milch, trink die Milch und werde groß und stark. Mir schien, als würde die Milch in meinen Magen hinabfließen. »Auf das Glück und die Gesundheit, mein Sohn.«

Am nächsten Morgen schaltete ich das Radio ein und begann, den Boden zu fegen. Seit das stinkende Pflanzenschutzmittel meine Bäume gerettet hatte, lauschte ich immer dem Mann, der über Landwirtschaft sprach. »An meinen Bruder, den Bauern: Die Zeit des Umgrabens und… «

Ich warf die schmutzigen Windeln in eine Wanne und wollte gerade Waschpulver dazugeben. Nein, dachte ich mir dann und benutzte statt dessen die milde Nabulsi-Seife. Seifengeruch und Dampf erfüllten das Zimmer, während ich schrubbte und rubbelte. Nachdem ich die Wäsche aufgehängt hatte, zog ich mein altes Kleid aus der Holztruhe, um es als Tragetuch zu verwenden. Aus der Truhe drang der Geruch von Staub, Schmutz und Ruß. Ich band mir Mubarak auf den Rücken und brach zum Feld auf. »Sieh mal an, jetzt hast du einen Sack.« Ich ging zur Obstpflanzung, wo ich neben dem Kanal meine Hacke liegen sah. Anscheinend hatte mein Vater die Nabelschnur vergraben. Ich knüpfte den Sack auf und legte Mubarak auf den Boden. »Du bist die Seele deiner Mutter. Du sollst der Erde nahe sein.« Ich räumte die Steine und den Schlamm aus dem Weg, so daß das Wasser zu den Beeten laufen konnte. Einer nach dem anderen tranken die durstigen Bäume vom Wasser Allahs.

Mir fiel ein, was an jenem Morgen im Radio gesagt worden war. »Das Jordantal eignet sich zum Anbau von Wundklee, aber auch von Gemüse wie Tomaten und Gurken.« Warum sollte ich davon nicht etwas im Hof anbauen? Plötzlich sah ich Daffash kommen. Ich traute meinen Augen nicht. Daffash begab sich tatsächlich aufs Feld. Sein dünner Schnurrbart war ordentlich gezwirbelt, aber unter seinen Augen lagen dunkle Ringe.

»Willkommen, mein Bruder.«

»Mädchen, du hast mich zum Onkel gemacht.«

»Ja.«

»Ich möchte meinen Neffen im Arm halten. Bei Allah, du hast einen Jungen zur Welt gebracht. Laß mich ihn halten«, sagte er in freudiger Erregung.

Daffash lächelte? Ich wußte gar nicht, wie er aussah, wenn er lachte. Mit Beklommenheit sah ich, wie er meinen Säugling in die Arme nahm.

»Dein Onkel wird dir Reiten und Schießen und Autofahren beibringen. Na, was hältst du davon?« Bei Allah, er lächelte wirklich!

Ich wünschte, Daffash würde mich in Ruhe lassen, mich und meinen Sohn. Sollte er doch in die Stadt fahren und ins trügerische Lichtermeer Ammans eintauchen. »Arbeitest du heute?«

»Schenk deinem Onkel ein Lächeln. Heh. Ich gehe jetzt, Mubarak. Bis bald.«

Während er seinen Bart zwirbelte, sagte er: »Jetzt, da du einen Jungen geboren hast, darfst du in meinem Haus bleiben.« Er legte seine Hände auf meine Arme und küßte mich auf die Stirn. Der Geruch von Waschpulver drang mir in die Nase. Dann stakste die dürre Gestalt über den schlammigen Boden davon. Als sein weißer, bauschiger Mantel in der Ferne verschwunden war, streichelte ich das Gesicht meines Kindes und sagte: »Allah bewahre uns vor dem Fluch des Teufels.«

Eine Woche später begann ich mit den Vorbereitungen für die Beschneidungszeremonie. Ich sorgte dafür, daß genug Getreide und Reis im Haus war, und von Scheich Talib kauften wir ein Schaf und eine Ziege. Allerdings bestand Nasra darauf, meinem Sohn zu Ehren Nawmeh zu schlachten. Ich versuchte es ihr auszureden, weil ich wußte, wie sehr sie an dieser Ziege hing. Nasras Ohrring baumelte hin und her, als sie kopfschüttelnd erwiderte: »Ich habe einen Sohn. Deinen Sohn, Maha.« Und da umarmte ich sie. Nasra war magerer als sonst, und ihr Gesicht war mit Schmutz und Erde verkrustet. Meine Freundin wurde allmählich alt. Die arme Nasra würde niemals heiraten können.

Nasra und ich gingen in die Berge, um Blutwurz und Kamille für Mubarak zu sammeln. Ich hatte ihn in der Obhut meiner Tante gelassen, die ihm Zuckerwasser zu trinken gab. Es war ein schöner Tag, der Himmel strahlend blau, die Sonne gleißend, aber ohne Wärme. Ein beißend kalter Wind wehte. Hatte ich das Fenster geschlossen, ehe ich das Haus verlassen hatte? Würde Tamam meinen Sohn mit einem zusätzlichen Schaffell zudecken? Oben auf dem Berggipfel war der Blick ins Tal so klar, daß die Augen schmerzten. Bescheiden schmiegten sich die Lehmhäuser aneinander, und darüber thronte ein großes weißes Haus. »Bei Allah, wem gehört dieses Haus?«

»Das ist das neue Haus von Samir Pascha. Dein Bruder arbeitet dort.« Ich setzte mich auf einen Felsen und wandte das Gesicht dem Westwind zu, der von Jerusalem kam. Noch immer versuchte der Jordan, das Tote Meer ins Leben zurückzurufen, und das Dorf wirkte größer. Am Westufer des Flusses erstreckten sich einige grüne Streifen Land. Auf diesen Feldern arbeitete anscheinend Tag und Nacht eine kräftige Bäuerin. Dagegen gab es auf unserer Seite nur wenig Grün, abgesehen von der Oase im Umkreis des Palastes des Paschas. Ich fragte mich, was diese Leute wohl aßen und wie sie sich begrüßten. Die Sonne glitt über den Horizont in ihr Versteck hinab. Blitzschnell rannte Nasra davon, um ihre Herde zusammenzutreiben. Sie glaubte, wenn die Sonne sich auf weidende Schafe herabsenkte, würde der Ghul die Tiere niedermetzeln und seine Kinder damit füttern. Die Frauen von Qasim rannten geschäftig umher. Schwarze Punkte, die aussahen wie emsige Ameisen, nicht mehr und nicht weniger. Ihr Leben lang schwitzten sie, gruben die Erde um und bauten Wohnstätten für ihre Männer und Kinder. Und am Ende starben sie und gerieten in Vergessenheit. Namenlose Ameisen, ohne Vergangenheit und ohne Zukunft. Die Sonne verbeugte sich vor ihrem Schöpfer. Mit einem Strauß Blutwurz und einem Strauß Kamille in den Armen begab ich mich nach Hause.

Am nächsten Tag rieb ich meinen Sohn, der inzwischen sieben Tage alt war, mit Olivenöl und Salz ein und wartete darauf, daß Imam Rajab kam und seinen Gebetsruf in Mubaraks Ohr sprach. Das Haus war voller Frauen, und das Zelt im Hof voller Männer: Scheich Talib, mein Vater, Raai, Imam Rajab, Murjan und Daffash, der die Gäste begrüßte und Kaffee ausschenkte. Schon früh am Morgen hatte ich das Brot gebacken und das Getreide gekocht. Nasra schnitt das Fleisch des geschlachteten Schafs und Nawmehs in kleine Stücke und warf sie in kochendes Wasser. Als sie den Reis aufs Feuer setzte, sah ich, wie sie sich die Tränen aus dem Gesicht wischte. Ich hätte nicht zulassen dürfen, daß Nawmeh geschlachtet wurde. Hulala brachte verschiedene Kräuter und Erde, die nach der Beschneidung auf die Wunde gelegt werden sollten. Als ich ihren Beutel öffnete, verschlug es mir den Atem: es war eine Mischung aus Alaun, Mist, Holzwürmern und Bockshornklee. Lachend überreichte mir Hulala ein winziges Säckchen und sagte mit ihrer durchdringenden Stimme: »Das ist für dein Baby.« Tamam dankte ihr und öffnete das Säckchen, dann wickelte sie den Kandiszucker, Bockshornkleesamen, Kamillenblüten und Anissamen in einen Streifen Gaze, den sie an den Enden zusammenband. Dieses kleine Röllchen tauchte ich in Wasser und steckte es Mubarak in den Mund. Mein Sohn, mein

Augenlicht, begann daran zu saugen, als wäre es meine Brust. Hulala wiegte zufrieden den Kopf, als sie sagte: »Er wird gleich schlafen. Geht und vollendet nun euer Werk.«

Ehe die Sonne ihren höchsten Stand erreicht hatte, betrat Imam Rajab hustend den Raum. Unterdessen mahlte Hulala geduldig den getrockneten Mist zwischen zwei flachen Steinen. Wortlos krempelte der Imam die Ärmel hoch, rückte seinen Turban zurecht und begann, meinem Sohn ins Ohr zu schreien: »Allah-u-Akbar. Allah-u-Akbar.«

»Er wird sich an den Ruf des Islams gewöhnen. Er wird zu einem guten Muslim heranwachsen«, erklärte Hulala.

»Allah ist groß«, brüllte der Imam. Ich befürchtete, mein Sohn könnte bei diesem Lärm taub werden. Schließlich legte der Imam Mubarak auf eine Matratze, schob einen rundlichen Dunghaufen unter seinen Penis und holte aus einer abgewetzten Ledertasche einen scharfen Dolch. Mich verließ aller Mut, meine Knie zitterten, und der Mörser in mir begann zu stampfen. »Im Namen Allahs.« In der einen Hand hielt er das Ende von Mubaraks Penis, in der anderen den Dolch. »Wir verbannen Ungläubigkeit und Schmutz«, sagte er und schnitt in die schlaffe Haut. Die Frauen draußen kochten und sangen:

»Beschneide ihn, hey Shalabi,
kostbar die Tränen, die er vergießt.«

Blut rann über seine zarten Schenkel. Hulala legte die Mischung aus gemahlenem Mist und Alaun auf die Wunde. »Nimm ihn, Maha, und gehe mit ihm ums Haus.« Mit meinem heftig blutenden Sohn im Arm ging ich siebenmal ums Haus, um seine Schmerzen zu lindern und den bösen Blick abzuwehren.

»Beschneide ihn, hey Shalabi.
Schärfe deine Klinge,
Lockere deine Hand.«

Mein Sohn weinte, Tränen strömten ihm übers Gesicht. Beim Gehen versuchte ich, ihm das Röllchen mit dem Bockshornklee in den Mund zu stecken, doch er verweigerte es. Ich ging in den Lagerraum, holte meine Brüste heraus und drückte sie ihm an den Mund. Aber er schrie unablässig weiter und wollte nicht trinken. Ich versuchte es immer wieder, und schließlich tastete seine Zunge nach meiner Brustwarze und er begann zu saugen. Als ich seine Tränen mit meinem Ärmel trocknete, weinte ich ebenfalls. Das Augenlicht seiner Mutter litt Schmerzen. Immer wieder hörte er auf zu trinken. Er hatte Schmerzen. Die Wunde, voll von schwärzlichem Pulver, blutete noch immer.

Ach, wo war sein Vater? Wo war Harb?

Wenn du meinem Liebling weh tust,
werde ich dich verfluchen, Shalabi.

Ich kehrte in den Wohnraum zurück. Die Frauen aßen gerade die Reste des Mansaf, die Männer tranken Kaffee im Zelt. Ich wollte meinen Sohn in eine Decke hüllen, doch die alten Frauen wandten ein, die Wunde müsse unbedeckt bleiben, um schnell zu verheilen. Mit ihrer durchdringenden Stimme fügte Hulala hinzu: »Sein Urin wird die Wunde heilen.« Also legte ich Mubarak in die Wiege und bot meinen Gästen Rosinen und gekochtes Getreide an. Von draußen hörte man die Stimmen der Männer, die sich zum Gehen anschickten: »Meine Glückwünsche.« »Gepriesen sei Allah.« »Mögest du miterleben, wie er ein Bräutigam wird.« Mein Vater betrat das Zimmer und legte fünf Golddinare unter Mubaraks Kopfkissen. Ich küßte seine Hand und sagte: »Möge dein Segen immer auf uns ruhen.«

Offenbar hatte er die Tränenspuren auf meinem Gesicht gesehen, denn er schwenkte seinen Stock hin und her und meinte: »Sei nicht traurig. Du hast Großes vollbracht.« Ich nickte und geleitete meinen Vater zur Tür. Unterdessen legten die Männer ihre Mäntel um und verabschiedeten sich; nur Scheich Talib blieb, der in ein ernstes Gespräch mit meinem Bruder vertieft war. Seit wann nahm sich der Stammesführer Zeit für meinen Bruder, dachte ich verwundert. Wir leben und schauen.

Jeder Schrei aus der Kehle meines Sohnes rührte mich im Innersten. Aus der Wunde sickerte immer noch Blut. Ich begriff nicht, welchen Sinn diese Beschneidung haben sollte. Imama Rajab befahl mir, die Vorhaut zu vergraben, damit sie nicht von Katzen oder Hunden gefressen wurde. So begrub ich unter einem Zitronenbaum einen Teil meines Sohnes. In jener Nacht wachte Mubarak immer wieder schreiend auf, und ich nahm ihn auf den Arm und trug ihn ums Haus, um seine Schmerzen zu lindern. Vielleicht tat der kühle Wind der Wunde gut. Nashmi bellte gelegentlich, doch häufiger vernahm ich Raais Ruf. Raai war eifrig darauf bedacht, die Ehre der Frauen des Stammes zu beschützen. Doch wie konnte er die Frauen vor ihren Träumen beschützen? Ich drückte Mubarak fester an mich und schlenderte ums Haus. Die Palmen ragten in den dunklen Himmel. In der mondlosen Nacht sahen sie aus wie verbrannte Stecken. Ein Liebespaar. Ich hatte Visionen: Harbs Seele war am Himmel eingesperrt. Er wollte zu mir und meinem Sohn. Ich konnte seine Schritte hören. Befreit ihn doch! »Harb, du bist der Gefährte meiner Seele, mein Ehemann, mein Geliebter, mein Leben.« Das Morgenlicht breitete sich über den Himmel und tauchte ihn in ein trübes Blau. In diesem Augenblick der Dämmerung schwebte mein Herz empor bis zum Berg Latroun, wo die Mönche die Morgengebete sprachen. Als vom Minarett der Ruf »Allah-u-Akbar« erscholl, schloß Mubarak seine großen Augen und sank erschöpft in tiefen Schlaf. Ich legte ihn in sein Bettchen und breitete eine leichte weiße Decke über ihn.

Um Saad

»Maha, Schwester?«

Heute abend sieht der Mond aus wie ein morscher krummer Knochen. Ich sieche in diesem weißen Krankenhaus dahin und werde bald sterben. Ich zog das weiße Bettuch bis zum Hals und sagte: »Ja, Um Saad.«

»Ich habe Türen ins Schloß fallen hören. Dr. Edwards, Salam und Kukash müssen schlafen gegangen sein. Eh, eh, Tage kamen, Tage gingen, und zwischen den Weinranken auf der Veranda des Hauses auf dem Zitadellenhügel spähte ich noch immer in die Welt hinaus. Dank meiner zahlreichen Geburten hatte ich die Hebamme Um Gharib als Freundin gewonnen. Sie kam gewöhnlich am Morgen und half mir, Weinblätter zu rollen und die Auberginen und Zucchini zu füllen. Sie zeigte mir auch, wie man gefüllte Rüben und Kartoffeln zubereitete. Unablässig brachte Abu Saad Innereien, Därme und Mägen nach Hause, und ich hatte alle Hände voll zu tun, sie zu säubern. Doch tat ich dies nun nicht mehr in der Küche. Fliegende Händler verkauften jetzt Plastikgeschirr. Ich erwarb eine große Waschschüssel und einen Eimer, den man mit einem Deckel verschließen konnte. Zuerst preßte ich den Kot und das Futter aus den Därmen in den Eimer, dann schrubbte ich in der Schüssel die Innereien mit Zitrone und Mehl. Ich verschloß den Eimer fest, um den Gestank von Blut und Exkrementen nicht riechen zu müssen. Nun surrten auch keine Fliegenschwärme mehr über unserem Haus. Abu Saad machte sich jetzt auch nicht mehr selbst die Hände schmutzig. Meine beiden ältesten Söhne und drei Beduinen aus dem Jordantal arbeiteten in seinem Laden. Mein Mann, Schwester, trug jetzt weiße kurze Hosen, ein weißes Kopftuch und schwarze lange Hosen. Mein Rücken war ganz krumm vom Waschen und Bügeln. Damals stellten wir das Bügeleisen auf den Kerosinkocher, bis es heiß war, wischten es mit einem Tuch sauber und glätteten damit dann Kleidersäume und -enden. Abu Saad zufriedenzustellen und ihn ordentlich herauszuputzen, war mit harter Arbeit verbunden. Einmal sagte er, er würde mir die Tochter von Abu Hassan kaufen, die bei ihm im Laden arbeitete. Eine Bedienstete in meinem Haus? Das konnte ich nicht akzeptieren, also fuhr ich fort zu arbeiten und zu singen.

›Der dunkelhaarige Mann hat mich wahnsinnig gemacht,
Er hat mir den Verstand geraubt,
Ich liebe keinen außer ihm.‹

Die Tage Saidehs und ihres Herrn waren vorbei. Die Lieder waren jetzt kürzer und freizügiger. Als ich jung war, sangen wir vom Frühling, von der Ernte, von den Wiesen und vom Leben. Ich sage dir, heutzutage handeln die Lieder alle von der Liebe. Für die jüngere Generation zählen nur noch Liebe und Lust. Wenn etwas unerreichbar ist, denkt man unablässig nur daran. Fünfzehn Jahre nach Muhammads Heiratsantrag traf ich ihn zufällig im Stadtzentrum. Er erkannte mich nicht, aber ich wußte sofort, daß er es war. Sein schönes blondes Haar war aschgrau geworden, und seine blauen Augen hatten ihren Glanz verloren.

›Muhammad‹, rief ich.

Er blieb stehen, sah mich an und sagte: ›Haniyyeh? Du bist in Amman! Ich dachte, dein Vater hätte dich nach Syrien verheiratet.‹ Seine Stimme war leise und müde. Als mein Blick auf das Minarett der Großen Moschee hinter ihm fiel, überkamen mich große Einsamkeit und Trauer.

›Nein, ich bin hier verheiratet, ich habe acht Söhne.‹ Als er lächelte, blitzte eine Ahnung von jenem Muhammad auf, in den ich mich vor zwanzig Jahren verliebt hatte. ›Und du?‹

›Ich arbeite in Aqaba. Dort wird ein Hafen gebaut.‹

›Hast du…?‹

›Nein, ich habe nicht geheiratet‹, sagte er und vergrub seine runzeligen Hände in den Taschen seiner abgewetzten Jacke.

Einen Moment lang hatte ich das Verlangen, ihn zu umarmen, ihn auf seine geschwollenen Augen und sein graues Haar zu küssen. ›Ich wünsche dir alles Gute‹, sagte ich mit belegter Stimme. Maha, meine Stimme ist sonst nie belegt.

Seine Hände gruben sich noch tiefer in die Taschen, als er sagte: ›Lebewohl.‹

Schwester, Muhammads Anblick zerriß mir das Herz. Ach, er war alt und einsam. Wir werden alt. So ist der Lauf der Dinge. Mit meinem schweren Korb voll Gemüse ging ich nach Hause. Ich warf das Gemüse ins Waschbecken, eilte ins Schlafzimmer, zog mich aus und stellte mich vor den Spiegel. Ich hatte einen großen Bauch, meine Brüste berührten beinahe meine Taille, mein einstmals schwarzes Haar war ergraut, mein Gesicht runzlig. Da erkannte ich, daß die Jugendzeit lautlos an mir vorübergangen war. Nicht einen einzigen Tag war ich wirklich glücklich gewesen. Ich hatte nur meine Söhne und ihre strahlenden Gesichter. Für Abu Saad war ich ein

Behältnis, in das er seine Frustrationen entlud, eine Sklavin wie die, die er seinem Angestellten hatte abkaufen wollen; und das würde immer so bleiben. Ich setzte mich auf das Bett und weinte. In diesem Augenblick betrat Abu Saad das Schlafzimmer und erschrak über meine Nacktheit. ›Was ist, Frau? Hast du den Verstand verloren?‹

Ich zog meinen braunen Kaftan an und ging in die Küche. Weißt du, die Küche, das war mein Reich. Ich konnte die Tür schließen, und keiner störte mich. Wie gern hätte ich mit jemandem geredet. Wir redeten nie miteinander, Abu Saad und ich. Er erteilte Befehle, ich gehorchte. Während ich Radieschen schnitt, summte ich das Lied vom Vater des Lichts, der sich nach seiner Heimat sehnte. Ich sage dir, mein Leben war eine Aneinanderreihung von schlechten Witzen. Komisch und trivial. Mein Herz regte sich in der Brust und sehnte sich danach auszubrechen, in einen anderen, schönen Körper zu schlüpfen, eine andere Identität anzunehmen. Ich ging hinaus auf die Veranda und sah den dahinkriechenden Autos zu, die die Straßen von Amman verstopften und Ruß und Qualm ausstießen. Als ob eine gedankenlose Stadt noch Ruß und Qualm bräuchte, um schwarz zu werden. Sie war ja schon schwarz. Ammans Herz ist schwarz.«

Um Saad streifte ihr rosafarbenes Kopftuch ab, als ich mich auf die andere Seite drehte. Ach wenn doch … Da drang ihre sanfte Stimme an mein Ohr:

»Sag nicht, wir waren und es war.
Ich wünschte, all dies wäre nicht geschehen.
Hätte doch mein Auge dich nie erblickt.«

Maha

Ich wollte die Beine anziehen, doch sie gehorchten mir nicht. Ich legte den Kopf aufs Kissen und versuchte zu schlafen. Ein Stück feuchter Samt. Blitzende Dolche. Harbs Hengst galoppierte mit fliegenden Hinterbeinen. Metalladler. Frische Blutflecken auf Harbs Brust. Der Geruch von Blut und Schweiß, schweres Keuchen. Mutig. Mein Sohn, mit Butter und Ruß bedeckt, war an einen Strick gebunden, den Daffash festhielt. Der Strick schnürte sich ihm in den Hals. Immer fester. Daffash kreischte vor Lachen. Ich sprang auf und blickte in das Gesicht meines Sohnes. Sein Atem ging schwer, die Augäpfel rollten unter den Lidern. Als er zu schreien anfing, fiel mir ein, was mir mein Vater einst erzählt hatte. Wenn die Engel einem Kind sagen, daß seine Mutter tot ist, weint es im Schlaf, und wenn die Engel ihm sagen, daß seine Mutter lebt, lächelt es im Schlaf. Mubaraks Mutter war am Leben, sie war stark und würde ihn beschützen, selbst wenn sie es mit dem Todesengel persönlich aufnehmen mußte.

Eines Vormittags kam Samir Pascha in unser Haus und bat mich, am Freitag auf seinen Hof zu kommen, weil sein Koch jemanden brauchte, der ihm zur Hand ging. Ich wusch gerade Mubaraks Windeln. Seine Gäste, meinte der Pascha, wollten ein echt beduinisches Mansaf kosten, doch sein Koch sei ein Sudanese. Ich lächelte. Der Koch, fuhr er fort, verstehe nichts von Ziegenfleisch, Reis und Joghurt.

Und mein Vater und mein Bruder seien damit einverstanden, daß ich am Freitag zu ihm käme.

»Gut, Pascha, ich komme, aber nur unter der Bedingung, daß ich meinen eigenen Trockenjoghurt mitnehmen darf.«

»Einverstanden, verehrte Dame«, erwiderte er lächelnd. Seine strahlend weißen Zähne und die hohen Gummistiefel, die er trug, um nicht mit nacktem Fuß den Boden berühren zu müssen, kündeten von seiner Fremdartigkeit. Mit seiner khakifarbenen Hose und seinem Hemd sah er aus wie ein desertierter Soldat. Ich fuhr fort, die Windeln meines Babys zu rubbeln, dann weichte ich sie erneut in Seifenwasser ein. Als ich das Schmutzwasser ausschüttete und frisches Wasser aus dem Faß nachgoß, sprang der Pascha in seinen Landrover und brauste in einer Staubwolke davon. Mein Vater schlurfte über den Boden, setzte sich auf die Türschwelle und nahm Mubarak auf seinen Schoß. »Gib acht, wenn du zu ihm gehst.«

In jener Nacht träumte ich von geräumigen Zimmern und durchsichtigen Vorhängen, die im Wind flatterten. Überall war der Boden mit chinesischen Teppichen und seidenbezogenen Matratzen bedeckt. Brokatkissen, Töpfe und Tabletts aus glänzendem Messing. Die Männer trugen Hosen ohne Obergewänder, die Frauen waren halbnackt, ihr Haar mit Federn reich geschmückt. Ein dünner Strich die Augenbrauen, und ein dünner Strich um die Lippen. Hulala sagte, die Stadtfrauen spreizten für jeden Mann die Beine. Taten sie es vor aller Augen? Nein, nein. In meinem Innern breitete sich eine eigenartige Leere aus. Ich wiegte Mubarak in den Schlaf, dann schloß ich die Augen. Bunte Lichtkreise tanzten hinter meinen Lidern. So würde der Palast am Freitagabend aussehen. Harb sollte hier sein, er sollte mich berühren, mich streicheln, meine Ohren küssen. Das Krähen unseres Gockels Sahi sagte mir, daß ich ein wenig schlafen mußte. Vergiß die Welt und halte die Augen fest geschlossen. Vielleicht, vielleicht schläfst du ja ein.

Am Freitag nachmittag kamen Samir Pascha und Daffash, um mich abzuholen. »Vater, ich habe dir ein paar Röllchen mit Bockshornklee und Kandiszucker gemacht. Ich bleibe nicht lange fort«, rief ich ihm zu, während ich die Enden meines Gewandes in den Landrover zog. Als der Pascha die Tür zuschlug und den Motor anließ, wurde mir klar, daß ich mich in einer Maschine befand. Metalltüren, Fenster, Räder und ein schnurrender Motor. Ich fühlte mich benommen, weil ich nicht die barmherzige Erde unter meinen Füßen spürte. Ich klammerte mich am Sitz fest und hielt den Atem an. Als Daffash meinen Gesichtsausdruck sah, brach er in Gelächter aus. Der Pascha sagte: »Hab keine Angst. Es ist eigentlich nicht viel anders als ein Pferd.«

Während wir an den Bergen von Shuna vorbeirasten, entdeckte ich einen schwarzen Hengst, der den Berggrat entlanggaloppierte. In jüngster Zeit war mir der Anblick von Reitern nicht mehr vergönnt gewesen. Berge folgten auf Berge, Felder auf Felder. Plötzlich schwirrte ein Schwarm Vögel über den kalten blauen Himmel. Flogen sie aus dem Tal fort? Ich konnte es ihnen nicht verübeln. Allmählich verschwanden die trockenen, niedrigen Sträucher. Die Berge im Norden des Tals waren mit gelbem Safran und rosafarbenen und schwarzen Schwertlilien überzogen. Je weiter wir fuhren, desto grüner wurde die Landschaft. Es schmerzte, die leuchtenden Pflanzen und Wiesen anzuschauen. Ich rieb mir mit dem Ende meines Kopftuchs über die Augen und lehnte mich gegen die Windschutzscheibe.

Schließlich bogen wir in eine schmale Nebenstraße ein, die von hohen Weiden gesäumt war. Ein schwarzer Mann hielt das große Tor auf und winkte uns hinein. Er trug einen langen, dicken Mantel, und an seiner Schulter hing ein Gewehr. Ich lächelte ihm zu, doch dann sah ich die Felder. Ich konnte es nicht fassen, wie dicht und grün die Bäume rings um mich waren. Ich war stolz auf meine vierzig Bäume. Aber im Garten des Pascha wuchsen Hunderte davon. Die ineinander verschränkten Äste spendeten Schatten und feuchte Kühle. Der Geruch von Zitronenblättern und Mist lag in der Luft. Von der Straße bis zum Horizont erstreckten sich hellgrüne Wäldchen. Als wir durch ein weiteres Eisentor und um eine Kurve fuhren, lag vor uns in strahlendem Weiß das Landhaus. Von der Bergkuppe aus hatte es ausgesehen wie ein großer weißer Fleck am Rande des Firmaments.

Der Pascha brachte den Wagen auf dem asphaltierten Hof zum Stehen und schaltete den Motor aus. In der Mitte des Hofs befand sich ein kreisrundes Blumenbeet voller Jasminbäume, weißen Fuchsien und korallenrotem Oleander. Die Jasminblüten verströmten einen lieblichen Duft, der den ganzen Palast einhüllte. Als ich an einer der weißen Blüten roch, wandte sich der Pascha zu mir um und fragte: »Magst du Jasmin?«

»Ja.«

Zum erstenmal blickte er mir ins Gesicht, sah er mich wirklich, sah mich als eine Frau, die Jasminblüten mochte. Bis dahin war ich für ihn sicherlich nur eines jener wandelnden schwarzen Zelte im Tal gewesen. »Ich werde dir einen Strauch schicken.«

Im hinteren Garten gediehen prächtige Olivenbäume, Palmen und Bananenbäume. Die Fenster der Häuser waren große ovale Glasflächen, die im Sonnenlicht glänzten. Jede Tür war so groß wie in Hamia ein ganzes Zimmer. Stadtleute gingen eilig ein und aus. Mit solchen Türen und Fenstern war man nicht gegen die beißende Kälte gewappnet. Ein gläsernes Haus ragte über einem rechteckigen See auf. »Das Schwimmbecken«, erklärte der Pascha.

»Warum? Kannst du nicht zum Toten Meer fahren?«

»Ich schwimme lieber in Süßwasser«, antwortete er und geleitete mich durch eine Hintertür in die Küche. Sie war riesig und angefüllt mit Gerätschaften, die ich noch nie gesehen hatte. Schützend stellte sich der sudanesische Koch vor seine Küchenutensilien. Seine rote Mütze war ihm in die Stirn gerutscht. An seinen großen runden Augen erkannte ich, daß er mich nicht mochte, mich in seiner makellosen Küche nicht haben wollte.

»Fühle dich wie zu Hause«, meinte der Pascha und ging hinaus.

»Hallo, Onkel«, wagte ich zu sagen.

»Spar dir dein Hallo und deine Begrüßungen. Mach dich an die Arbeit, Mädchen.«

»Hör zu! Der Pascha hat mich hierhergebeten, um dir behilflich zu sein.«

»Und frech bist du auch noch?« entgegnete er.

Sofort begab ich mich ins Wohnzimmer, um mich beim Pascha zu beschweren. Schwere gelbe Vorhänge hingen an den Fenstern, die Sessel waren blaßgrün und die Teppiche von der gleichen Art, wie meine Schwestern und ich sie webten. Der Pascha redete in einer fremden Sprache zu einem schwarzen Griff mit einem gerundeten Ohr. Auch als er mich sah, sprach er weiter. »Ja, Maha?« sagte er schließlich, als er den Griff niederlegte.

»Ich helfe deinem Koch gern. Aber ich habe nicht mein Baby bei meinem alten Vater gelassen, um mich hier demütigen zu lassen. Ich bin unter deinem Dach und stehe unter deinem Schutz.«

»Al-Hadi! Das tut mir leid. Ich werde ein Wörtchen mit ihm reden.« Er verstummte, dann fügte er hinzu: »Beduinenfrauen sind wie Araberstuten.« Harb hatte mich immer seine schöne Stute genannt. Ich würde für diese Leute kochen und dann nach Hause zurückkehren. Ich zog mein Kopfband fest und stopfte die Enden meines Gewands in die Hose. Wenn sie ein echtes Beduinenessen haben wollten, mußten sie mir gehorchen.

Ich saß auf den Steinstufen und betrachtete die farbenfrohen, sich im Wind wiegenden Oleanderbäume, als der Pascha nach mir rief. Ich ging in die Küche und bat den Koch um drei große Säcke Reis, um so viele geschlachtete Schafe, wie sie erübrigen konnten, und um eine große Tonschüssel. Da ich nicht in der großen Küche kochen wollte, bat ich al-Hadi, draußen im Garten ein Feuer zu machen. Lächelnd befahl der Pascha dem Koch, meinen Anweisungen zu folgen. Daffash und al-Hadi gingen in den Stall, um die Schafe auszusuchen und zu schlachten. Unterdessen trug ein magerer alter Mann Holzscheite zu einer Lichtung im hinteren Garten und schichtete sie dort für das Feuer auf. Ich goß etwas Wasser auf die Trockenjoghurtmasse und begann, sie in der Tonschüssel langsam zu zerreiben.

»Wie heißt du?« fragte der alte Mann.

»Maha, Nimers Tochter.«

»Ich bin Esrur, der Gärtner.«

»Du hast grüne Finger, Onkel.«

»Seit sie mich gekauft haben, arbeite ich unentwegt in diesem Garten.«

»Du bist kein freier Mann?«

»Nein, meine Tochter.«

Die Flammen loderten, als ich mit dem Zerkleinern und Zerreiben des Trockenjoghurts fertig war. Ich stellte den großen Topf mit Joghurt aufs Feuer. Allmählich wurde es dunkel und kalt. Ich fragte mich, was Mubarak gerade tat. Beim Gedanken an ihn traten meine Brustwarzen hervor. Der Duft der Jasminbäume wurde stärker; es waren die Blumen, die uns Sterbliche grüßten, ehe sie schlafen gingen. Die Fenster waren nur mehr dunkle Glasflächen. Flüchtig erblickte ich eine Gestalt, die an einem der Fenster im zweiten Stockwerk stand. Jemand, der die Diener und Köche im Auge behielt.

Um Saad

»Maha, meine Schwester.«

»Ja, Um Saad.«

»Was soll ich dir erzählen? Amman veränderte sich mit einem Schlag. An die Stelle der Maiskarren mit Mauleseln und Kutschern traten lärmende Autos, die schwarzen Rauch und Qualm in die Luft bliesen. In das Schellengeräusch der Lakritzensaftverkäufer mischte sich das Tuckern und Hupen der Autos. Ich vermißte das Taubengurren und die nächtliche Stille. Die Radieschen- und Kohlfelder entlang des Flußufers vertrockneten, weil Autoabgase die Luft vergifteten.

Auch die Menschen veränderten sich. Sie legten ihre Schleier und Mäntel ab und liefen halbnackt auf den Straßen herum. In Amman hatte sich der Teufel eingenistet. Die Regierung baute Schulen für Jungen und Mädchen. Der Preis für den blaßblauen Uniformstoff schnellte in die Höhe. Lärmende Kinder strömten morgens mit nassem geglättetem Haar und prallvollen Taschen in die Schule.

Ich kochte Kaffee, dann weckte ich Abu Saad. Am Morgen war es immer am schlimmsten, da wußte ich nicht, wo mir der Kopf stand. Gesichter waschen, hungrige Mäuler stopfen, Tee kochen und Milchpulver anrühren – damit vergingen die Morgenstunden. Waren alle aus dem Haus, begannen die Vorbereitungen für das Mittagessen. Abu Saad hatte mir ein Transistorradio gekauft, das ich auf den Küchenschrank stellte, damit es keine Wasserspritzer abbekam. Am liebsten hörte ich das Wunschkonzert.

Deine Augen schlagen Wunden und heilen.
Wenn du mich verlassen willst …
Ich folge dir, wohin du auch gehst.
Folge dir, wohin du auch gehst.

Freitags lud ich immer die gesamte Familie zum Mittagessen ein, einschließlich meiner Mutter und meinem Vater, Allah sei ihren Seelen gnädig. Mein Vater rauchte zusammen mit meinem Mann die Wasserpfeife, und meine Mutter pflückte Korianderblätter für den Wundklee und die Tomatensauce. Nach dem Nachmittagstee ließ ich mich erschöpft in den Sessel fallen. Nicht einmal die Planierraupe der Stadtverwaltung hätte mich aufscheuchen können. Meine Kinder machten sich immer darüber lustig. ›Die *hajjeh* hat sich hingesetzt, und nur Allah bringt sie wieder hoch.‹

Meine Beine wurden dick wie Melonen, meine Finger ungelenk. Schwielig waren meine Hände sowieso. Jetzt sind sie weich und glatt.«

»Meine auch.«

»Wir sind zart geworden.« Um Saad band sich das rosarote Tuch wieder um den Kopf und fing an zu lachen, aber über dem trostlosen Krankenzimmer hing Traurigkeit.

Während ich das Futteral und meine Zöpfe unter meinem Kissen betastete, fragte ich Um Saad, ob sie mit Abu Saad jemals glücklich gewesen sei.

»Ich liebte den Duft von Geißblatt, aber es fiel mir schwer, mich an den Geruch der schwarzen Schwertlilie zu gewöhnen. Beim Gestank von Innereien drehte sich mir der Magen um. Doch ich lernte meinen Magen zu beherrschen, gewöhnte ihn an den Gestank, bis ich ihn sogar mochte. Wenn Abu Saad mit mir schlief, gab ich keinen Laut von mir. Ich hatte einen Mann, Kinder und Enkelkinder. Ich gewöhnte mich daran, daß wir nicht miteinander sprachen. Wir lebten nebeneinander her, wir koexistierten. Gefällt dir dieses Wort? Meinem Sohn Walid gefiel es sehr. Er sagte immer Sachen wie: ›Ich existiere in diesem Haus. Oder besser: Ich koexistiere neben euch.‹

Ich existierte. Wohlgemerkt: Ich träumte nicht mehr von kräftigeren Brüsten, längeren Beinen und runden Hüften. Ich wollte einfach nur eine Creme, die dem Netz von Falten Einhalt gebot, das sich im Laufe der Zeit über mein Gesicht legte. Um Gharib bereitete sich immer einen Sud aus Mandeln und Gurken, den sie abkühlen ließ, ehe sie ihn auftrug. Wenn ich jedoch mein Gesicht damit betupfte, spannte die Haut, so daß ich befürchtete, sie würde reißen, sobald ich lächelte. Wozu sollte das gut sein? Wenn ich mein Gesicht wusch, war es wieder normal.«

»Warum möchtest du dein Aussehen verändern?«

»Beduinenfrauen sind anders. Nicht wahr? Sie benützen keine Cremes und ähnliches.«

»Nein.«

»Sie sind klüger als wir. Wir bestreichen uns die Beine mit Wachs, schneiden uns die Haare, ziehen Linien um die Augen, bemalen uns die Lippen. Das Problem ist, daß den Männern diese Veränderung gar nicht auffällt. Um Gharib – Allah möge sie belohnen – pflegte zu sagen, wir seien Vaginas, sonst nichts. Als solche sehen uns die Männer. Das ist das einzige, was Männer interessiert. Und so,

Schwester, gewöhnte ich mich an das Haus auf dem Zitadellenhügel, an den Verkehrslärm im Stadtzentrum, an die staubbedeckten Steine des römischen Theaters; ich gewöhnte mich daran, Mägen zu füllen und weiße Hemden zu bügeln. Al-Shater Hasan und seine Tarnkappe vergaß ich vollkommen. Ich saß in der Sonne, las den Koran und ließ die Perlen meiner Gebetskette durch die Finger gleiten.«

Maha

Allmählich trafen die Gäste des Pascha ein, in komisch geformten Fahrzeugen, die Rauch ausstießen wie Tamams Pfeife. Der Reis und das Fleisch waren gar, der Joghurt war dick und cremig, das Brot gebacken, und die Mandeln waren geschält und geröstet. Der Wind fachte die Glut an, über der die großen Töpfe brodelten. Ich wischte mir über die Stirn, und als ich al-Hadi sah, brach ich in Gelächter aus. Sein weißes Gewand war mit Ruß und Blut verschmiert. Ich lachte und dankte meiner Mutter für mein schwarzes Kleid. Am klaren, dunklen Himmel leuchteten die Sterne. Es würde ein herrlicher Abend werden. Ich wusch mir Gesicht und Hände, klopfte Ruß und Staub von meinem Gewand ab und tauchte den Holzlöffel in die Joghurtsauce.

Als ich den heißen Joghurt probierte, verbrannte ich mir die Zunge. Menschen mit blondem Haar und in prachtvollen Uniformen strömten in den hell erleuchteten Garten vor dem Haus. Da fielen mir die goldenen Adler ins Auge, die als Brustschmuck getragen wurden. Meine Hände fingen an zu zittern. Ich warf den heißen Löffel ins Feuer und rieb mir die Stirn. Die Berge. Harbs Körper, in Stücke gerissen wie das Lammfleisch, das ich kochte. Sein rechtes Bein zerfetzt. Fliegen fielen gierig über seine strahlenden braunen Augen her. Ich preßte die Hände gegen den Kopf und fragte Esrur: »Wer sind diese Leute?«

Mit seiner mageren schwarzen Hand machte er eine Geste, als würde er eine Rose abschneiden, und antwortete: »Unsere Herren, die Engländer.«

»Onkel, habe ich das Mansaf für sie gekocht?«

»Ja.«

Ich sah, wie Daffash einem der englischen Offiziere die Hand schüttelte. Ich ging auf ihn zu. Als er bemerkte, daß ich mich ihm näherte, in schwarzem Gewand und mit schwarzem Stirnband, zuckte er zusammen. Ich sagte ihm in sein verblüfftes Gesicht: »Ich will mit dir reden.«

»Jetzt nicht«, zischte er und lächelte wieder dem Engländer zu.

»Ich muß jetzt gleich mit dir reden«, beharrte ich.

Also entfernte er sich von den Gästen und folgte mir in den hinteren Garten, wo der Joghurt in den beiden großen Töpfen vor sich hin köchelte. Mit kalter Wut in der Stimme sagte er: »Was willst du, schwarze Witwe?«

Mein Kinn bebte, als ich fragte: »Ist es wahr, was Esrur mir gesagt hat? Sind das Engländer?«

»Ja, die Anführer der besten englischen Stämme.«

»Aber die Engländer haben Harb getötet«, entgegnete ich, um Fassung ringend.

»Unsinn. Diese Leute könnten nicht einmal einer Fliege etwas zuleide tun«, meinte er, zog sich den Mantel um die Schultern und kehrte zu den ausländischen Gästen zurück.

Ich setzte mich und rührte den Reis um. Ich bemühte mich, ruhig zu bleiben. Esrur schaute mich mit traurigen Augen an. Ich seufzte, doch als ich sah, wie Daffash am Tor stand, die Arme in der Luft schwenkte und die Gäste zum Lachen brachte, stand ich auf und schrie: »Der Mond verfinstere sich! Dunkelheit komme über euch!« Ich fing an, wie besinnungslos im Kreis herumzulaufen. Schande über dich, Maha. »Schande über euch!« Daffash, der Sohn einer Hündin! Daß ich für die Engländer kochen sollte, hatte ich nicht gewußt. Ich trat gegen den heißen Topf und stapfte in den vorderen Garten, wo sich saubere, parfümierte Gäste in weißen Kleidern miteinander unterhielten. Hocherhobenen Hauptes fragte ich den Pascha mit lauter Stimme: »Warum hast du mir nicht gesagt, daß ich für Ausländer koche?«

»Das sind keine Ausländer«, gab er zurück und sog an seiner Zigarre.

»Wer ist das?« erkundigte sich ein älterer Armeeoffizier in einem lustigen Arabisch.

»Ich bin Maha, die Tochter Malihas, der Tochter Sabhas.«

Daffash stürmte auf mich zu, wurde aber vom Pascha und von al-Hadi zurückgehalten. Die Gäste fanden meine Worte belustigend und brachen in Gelächter aus.

»Sie ist eine meiner Hausangestellten«, erklärte der Pascha.

Ich blickte in den dunkelblauen Himmel hinauf zu den funkelnden Sternen, die dem Wanderer den Weg weisen. Dann strich ich mir über die Stirn und straffte die Schultern. Mit bebendem Kinn sagte ich: »Ihr habt meinen Mann Harb umgebracht.« Mit metallenen Adlern. Das Gemurmel verstummte, alle Blicke ruhten auf mir. Den Kopf hocherhoben, die Wangen tränenüberströmt, trat ich vor, riß einem älteren Mann den Adler von der Brust, schleuderte ihn zu Boden und trampelte darauf herum. Dann sammelte ich allen Speichel in meinem Mund und spuckte dem erstaunten englischen Offizier ins Gesicht. Vollkommene Stille, nur die wehmütigen Töne von Nasras Rohrflöte und das Prasseln des Feuers. Die heiseren Klänge der Flöte drängten mich, dieses Haus zu verlassen, diese Höhle der Füchse, die den Leib meines Mannes zerfleischt hatten.

Daffash brüllte: »Ich bringe dich um, Maha!«

»Ausländische Mörder seid ihr, allesamt«, rief ich und lief an den geparkten Autos, den brennenden Lampen und der Lehmhütte des Wächters vorbei zum Tor hinaus. Wenn ich immer links am Fluß entlang lief, würde ich schließlich in unser Dorf gelangen. Hakim hatte Nasra gesagt, daß die Engländer Harb getötet hatten. Und Hakim log nie. Ich hatte all die toten Reiter nicht begraben können, deshalb hatte ich nur Sand über ihre zerschlagenen Körper gestreut, um die Raubvögel abzuhalten. Der Pascha mußte von der Milch der Engländer getrunken haben. Als ich in Tränen ausbrach, zuckte er nur mit den Schultern. Und ich machte Essen für diese Leute, die das Blut meines Mannes vergossen hatten. Schande über dich, Maha. Verflucht seien Daffash und seine schändlichen Taten.

Es war stockfinster und kalt. Im trüben Licht des schmalen Mondes erschienen die Bäume wie menschliche Wesen. Ich marschierte weiter und orientierte mich am Rauschen des Wassers. Solange ich dem Jordan folgte, befand ich mich auf dem richtigen Weg. In jenem pechschwarzen Augenblick begriff ich, daß ich nur eine einfache Bäuerin war. Ja, eigentlich wußte ich nicht viel. Ich verstand die Sprache nicht, die der Pascha gesprochen hatte, als er in den schwarzen Griff geredet hatte. Ich wußte nicht mit den Geräten in der Küche umzugehen, mit denen man kochen konnte, ich begriff nicht, warum Esrur immerfort zum Wasser im Schwimmbecken gesprochen hatte. Aber zumindest wußte ich, wer für die Ermordung meines Mannes verantwortlich war. Die Engländer. Die Engländer hatten Harb, den Gefährten meiner Seele, getötet und meinen Sohn Mubarak zum Waisen gemacht. Vergib mir, Harb. Der eiskalte Wind peitschte mir ins Gesicht und ließ meine Tränen gefrieren. Bittere, kalte Tränen, die nicht mehr in der bauchigen Flasche bleiben wollten. Daffash war ein Hund.

In der Finsternis zeichnete sich eine Gestalt in einem wallenden Mantel ab. Im Namen Allahs! War das Daffash? »Daffash?« Die Gestalt kam näher. »Wer ist da?«

»Ich, Scheich Talib. Was tust du hier zu dieser nächtlichen Stunde?«

»Ich gehe nach Hause.«

»Aber warum denn allein?«

»Weil … «

Er nahm meine Hand und sagte: »Arme Witwe.« Ich wollte nicht angefaßt werden und wich zurück. »Meine Frau ist krank und blind. Ich denke unentwegt an dich, starke Maha.« Er versuchte, mich an sich zu drücken. Verflucht sei diese Stunde. Da schubste ich ihn mit aller Kraft, so daß er ins Gebüsch fiel. Sein Gestammel drang an mein Ohr. Lauf, lauf! Meine Beine flogen förmlich dahin. Verdammt seien die Engländer, Daffash und dieser schmutzige alte Narr! Warum ließen sie mich nicht in Ruhe? Ich hatte in meinem ganzen Leben noch nie jemandem Leid zugefügt. Sogar den Käfer hatte ich auf den Besen krabbeln lassen und behutsam in Sicherheit gebracht.

Mubaraks Weinen erfüllte die dunklen Dorfgassen. Ich lief schneller, um bald bei ihm sein, ihn an mich drücken und trösten zu können. Meine Brustwarzen traten hervor, bereit, meinen Säugling zu stillen. Ach, warum hatte ich mich nur überreden lassen, in das große Landhaus zu kommen? Als ich den düsteren Raum betrat, erkannte ich meinen Vater, der Mubarak im Arm hielt und in den

Schlaf zu wiegen versuchte. Mein Sohn schluchzte, seine Augen waren rot und geschwollen. Da drückte ich ihn an mich, nahm meine Brust heraus und schob sie ihm in den geöffneten Mund. Anfangs wollte er nicht trinken, drehte immer wieder den Kopf weg, doch dann begann er heftig zu saugen. Während ich ihm über das Gesicht wischte, fragte ich meinen Vater: »Wann hat er angefangen zu schreien?«

»Schon vor einer ganzen Weile.«

»Danke, Vater.«

»Wo ist dein Bruder Daffash?«

»Ich habe ihn dortgelassen.« Mein Vater griff nach seinem Stock, richtete sich auf und schlurfte über den Betonboden davon. Er verfiel zusehends. Eines Tages würde er nicht mehr sein.

Mein heftiges Herzklopfen legte sich. Ich vernahm Raais Rufe. Wo war der starke Wächter, als Scheich Talib über mich herzufallen versuchte? Das Dorf war blind. Mit einem alten Lied meiner Großmutter sang ich mein Baby in den Schlaf.

»Schließe die Augen und schlummere ein.
Nie soll deinen Feinden Schlaf vergönnt sein.
Am Himmel ist dein Mond aufgegangen.
In endloser Nacht sollen deine Feinde bangen.«

Behutsam legte ich Mubarak in seine Wiege. Der Morgen näherte sich bereits auf leisen Sohlen. Ich bettete meinen Kopf aufs Kissen und versuchte zu schlafen. Auf der rechten Seite zu liegen war angenehmer als auf der linken. All das Kneten und Rühren. Und dann noch dieses schnelle Laufen. Verflucht seien die Engländer und ihre Metalladler.

Das Morgenlicht traf mich wie ein Schlag ins Gesicht. Widerstrebend schlug ich die Augen auf. Meine Gliedmaßen waren starr wie Zeltstangen. Allah schütze uns vor dem Bösen jenes Tages. Mein Sohn lächelte im Schlaf. Seine Mutter lebte. Plötzlich stieß Daffash die Tür auf und stürzte herein. Er schnaubte vor Wut, aus seinen eiskalten Augen sprühte Zorn. Mit dem Stiefel seines Herrn trat er mir ins Gesicht. »Du Hure, du Tochter einer Hündin! Was hast du gestern abend nur getan? Du hast mich vor meinen Freunden gedemütigt!«

Ich schnellte hoch und krallte mit den Fingernägeln nach seinem Gesicht. Doch er schleuderte mich auf den Teppich und schlug mich immer wieder ins Gesicht. Da betrat mein Vater das Zimmer, und als sah, wie Daffash über mich herfiel, erhob er seinen Stock. Daffash entriß ihm den Stock und hieb damit auf mich ein. Ich spuckte ihm Blut und Speichel ins Gesicht. »Verflucht sei dein Glaube. Ich werde dich umbringen!« Mubarak rief mich mit seinen Schreien, ich mußte aufstehen. Aber ich konnte nicht. Zwei meiner Zähne lagen auf dem Boden. Ich brach in Tränen aus und schrie: »Sei verflucht, Sklave der Engländer!«

»Sie kann ja immer noch reden. Wenn du nicht dein Maul hältst, breche ich dir jeden einzelnen Knochen im Leib.«

Das Kopftuch meines Vater lag auf dem Boden. »Dein Vater!«

»Ich breche dir beide Arme!« Jetzt prügelte Daffash mit seinem Patronengurt auf mich ein. Das kalte Metall der Patronen zerfetzte meine Haut. Ich mußte meine Brüste schützen, sonst konnte ich Mubarak nicht mehr stillen. Ich saß auf dem Boden, die Beine angezogen, legte meine Hände auf die Brüste und krümmte mich. Wann er aufhörte, auf mich einzuschlagen, kann ich nicht sagen. Nein. Ich erinnere mich erst wieder an Nasras und Hamdas Hände, die versuchten, mich aus meiner zusammengekauerten Haltung zu befreien. Doch ich widerstand den schwachen Händen der Frauen. Schließlich schütteten sie mir kaltes Wasser über den Kopf, und ich atmete tief ein, ehe ich in Finsternis versank.

Als ich aufwachte, versuchte Hulala mir ein Stück Verbandsstoff in den Mund zu pressen. Der Schmerz des wunden Fleisches hämmerte in meinem Kopf. Mein Sohn. Ich wollte zu meinem Sohn. Die Frauen starrten mich an und weinten. Vor mir tauchten Tamams zusammengekniffene Augen auf. »Es ist nichts gebrochen, aber sie hat überall Blutergüsse.« »Wir müssen etwas wegen ihrem Zahnfleisch machen.« »Warmes Salzwasser. Gurgle es und spucke es aus.« Das tat ich, und ich erschauerte: Ich spuckte Blut. Tamam ließ ihre Pfeife fallen und erteilte hastig Befehle. »Nasra, koche Wasser. Hamda, du erhitzt Olivenöl und vermischst es mit Basilikum. Jawaher, schließ die Tür. Und du, Hulala, hältst den Mund.«

»Ich werde den Mund nicht halten, sondern Maha ins Gesicht spucken. Sie ist ein ungehorsames Mädchen, das Prügel verdient hat.«

»Ich sage, halt den Mund!«

Sachte hoben sie mich auf und halfen mir, mich in die runde Badewanne zu setzen. Sie falteten mein Gewand zusammen und legten es mir in den Rücken, damit ich den kalten Metallrand der Wanne nicht spürte. »Im Namen Allahs, des Erbarmers, des Barmherzigen«, sagte Tamam, dann goß sie mir warmes Wasser über den Kopf und wusch mir das Haar. Stück für Stück rieb sie meinen Körper mit Wasser und Seife ab. Sie salbte meine verletzten Hände mit Ei und Olivenöl und versorgte meinen zerschundenen Rücken, legte Watte auf die Blutergüsse und verband sie. »Wir müssen sie warmhalten.« Doch die heiße Milch brannte an meinem offenen Zahnfleisch, und ich schüttelte abwehrend den Kopf. Nasra hielt Mubarak im Arm und versuchte ihn zu füttern, indem sie ein Stück sauberes Musselintuch in die Milch tauchte und ihm in den Mund steckte. Er war so hungrig, daß er alle Milch aus dem Tuch saugte, bis es ganz trocken war.

Mit offenen Augen lag ich auf der Matratze. Tamam breitete eine dicke Decke über mich und nahm Mubarak auf den Arm. Draußen, unter dem winzigen Fenster, spielte Nasra auf ihrer Rohrflöte. Ihr Lied war eine endlose Anklage. Der Himmel hatte Ohren, aber das eine war aus Lehm, das andere aus Teig. Taube Ohren. Ich wollte sterben, ich betete darum, zu sterben und von diesem stechenden Schmerz befreit zu werden. Ein verrückter Schäfer bohrte seinen spitzen Dolch in mein Fleisch. Unsere Feinde. Mein Bruder. Warum konnte ich mich nicht verteidigen? Warum konnte ich nicht zurückschlagen? Warum konnte ich ihm nicht die Augen herausreißen? Blut und Tränen würgten mich in der Kehle. Warum konnte ich ihm nicht einen Faustschlag auf die Nase versetzen? In mir brannte sengender Zorn und der Schmerz der Demütigung. Der Schrei, den ich ausstieß, gellte durchs Dorf, rüttelte an verschlossenen Fenstern, weckte Säuglinge, ließ verriegelte Türen erbeben.

Der Geschichtenerzähler

Im Namen Allahs, des Erbarmers, des Barmherzigen. »Oder gleich den Finsternissen auf hoher See, die eine Woge deckt, über der eine Woge ist, über der sich Wolken befinden – Finsternisse, die eine über die andere –, wenn einer seine Hand ausstreckt, sieht er sie kaum. Und wem Allah kein Licht gibt, der hat kein Licht.«

Eines trüben Morgens kroch der Nebel über das Dorf des Jammers und legte sich darauf wie ein Turban, und schrilles Vogelgezwitscher erfüllte die Luft. Als der Muezzin die Stunde des Morgengebets verkündete, regte sich die schwarze Witwe in ihrem Bett. Raai legte sein Gewehr nieder und schloß die Blechtür seines Lagers auf; Salih trug Ofen und Blasebalg heraus, die er vor seinem Laden aufstellte; Nasra führte ihre Schafherde in die Berge. Mahas Blut kochte, ihr Herz schlug heftig, und ein Tropfen Blut verfärbte das Weiß ihrer Augen. Sie schlug die Bettdecke zurück und lief barfuß zu ihrem Bruder. Als er sie mit offenem langem Haar und wildem Blick auf sich zukommen sah, rief er den Namen Allahs. Sie lächelte zuckersüß und küßte ihm die Hand. Daffash konnte gar nicht glauben, daß Maha sich in eine artige Schwester verwandelt haben sollte.

»Guten Morgen, mein Bruder, Löwe der Steppen und Beschützer der Siedlung Qasim.« Er rieb sich die Augen und blickte erstaunt in ihr strahlendes Gesicht. »Was willst du?«

»Soll ich dir helfen, die Stiefel anzuziehen?«

»Ja.«

Sie lächelte ihm zu, kniete dann vor ihm nieder, küßte ihm die Füße, zog ihm die Stiefel an und schnürte sie sorgfältig.

In Seinem weisen Buch warnte Allah jene, die treu an Ihn glauben, vor der Schläue der Weiber, besonders der Witwen und der Unverheirateten. Wenn ihnen kein Mann die Zügel anlegt, sie besteigt und sie im Meer des Kochens und der Kinder ertränkt, fangen die Weiber an, Fallen auszulegen. Sie flüstern den Männern ihre Lieder ins Ohr; sie lächeln; sie zischeln ihre Zaubersprüche, bis sie sich der Seele des Mannes bemächtigt haben. Maha, die schwarze Witwe, half ihrem Bruder, sie wusch ihn, schnitt ihm die Haare, kleidete ihn an und gab ihm Butter und Honig zu essen. Sie küßte ihm die Stirn, die Hände und die Füße. »Daffash, mein geliebter Bruder, hilf mir, im Palast des Paschas eine Arbeit zu finden. Mit dem Geld, das ich verdiene, will ich weitere Orangenbäume kaufen. Bei der Seele unserer Mutter Maliha, hilf mir, eine Arbeit zu finden.«

Als Daffash mit dem Pascha nach Um Qais ritt, bot sich die Gelegenheit, Mahas Anliegen zur Sprache zu bringen. Der Pascha war unentwegt auf der Suche nach alten Tonkrügen und Münzen, die er für ein hübsches Sümmchen an englische Reisende verkaufte. Die Beduinen, die ihm halfen, den alten Krempel auszugraben, waren überzeugt, mühelos die gleichen Krüge und Töpfe wie ihre Vorfahren herstellen zu können. Heimische Reichtümer aus heimischem Lehm, dachten sie, die bei Bedarf durch neue ersetzt werden können. Sie gruben in der Erde, und grinsend überreichten sie dem Pascha die alten Schalen, Töpfe und Krüge.

Während der Pascha die rostigen Münzen mit seiner Lupe untersuchte, klagte er Daffash sein Leid. Seit er einen neuen Koch eingestellt habe, habe er nichts Ordentliches mehr gegessen. Daffash fiel Mahas Bitte ein, und er fragte den Pascha, ob er nicht seine Schwester als Köchin einstellen wolle. Je mehr Orangenbäume er auf seiner Plantage hatte, desto mehr Geld würden ihm die Fremden dafür bezahlen.

»Ist sie stark?«

»Stark wie drei Eselinnen.«

»Gut.« Nachdem sie die Tonkrüge, die rostigen Münzen und den übrigen Krempel verstaut hatten, ritten sie nach Hamia zurück. Daffash sagte seiner Schwester, der Pascha sei damit einverstanden, daß sie als Köchin bei ihm arbeite, und daraufhin vollführte sie Freudensprünge auf der Matratze.

»Sachte, sachte.«

»Oh, mein Bruder, Sohn meines Vaters und meiner Mutter, ich weiß nicht, wie ich dir danken soll.«

Maha, die bittere Kolokynthenfrucht, konnte sich gar nicht mehr beruhigen und tat vor Freude kein Auge zu. Die ganze Nacht grübelte sie über Rezepte nach und sagte Zaubersprüche auf.

»Mein Vater Gog und Magog,
Mein Onkel Harut und Marut,
Helft eurer Tochter, eure Früchte anzubauen.«

Sie badete, flocht sich das Haar zu zwei Zöpfen, betupfte sich die Brüste mit Rosenwasser, rieb sich die Lippen mit Blütenblättern der roten Anemone ein und umrandete ihre wilden Augen mit Kajal. Ihren Sohn ließ sie bei ihrem alten Vater zurück. Sie schnürte ein Bündel, machte sich zu Fuß auf den Weg zum Palast und summte dabei vor sich hin. Dort angekommen, küßte sie dem Pascha die Hand, die dieser lächelnd zurückzog. Sie wischte und schrubbte die Fußböden, wusch die Bettlaken, goß die Topfpflanzen, schüttelte den Staub aus den Teppichen und kochte das beste *mansaf*, das je ein Araber gekostet hat. Sie pflückte sogar grüne Oliven und legte sie in großen Krügen ein. Der breitschultrige Pascha sog zufrieden an seiner dicken Zigarre. Zum erstenmal seit Monaten hatte er nach dem Essen keine Magenschmerzen. Diese Frau, dachte er, war kostbar und den einen Dinar wert, den er ihr am Monatsende gab. Er wußte nicht, was sich unter seinem Dach abspielte – nachts, wenn die Wölfe heulten und die Käuzchen schrien.

Als der Mond sein Licht um sich sammelte und sich zurückzog, als sich die Dunkelheit herabsenkte, juckten Mahas Gelenke, ihr Blut geriet in Wallung, und ihr Herz schlug laut. »Nicht heute nacht«, flehte sie ihre Meister, die Zauberer, an. Doch die Zuckungen hörten nicht auf, ihre Gelenke verdrehten sich, bis ihr linker Fuß nach Osten und ihr rechter nach Westen zeigte. Ihre Fingernägel wurden härter und ihr Mund breiter. Unterdessen zog der Pascha seine Stiefel, seine Reithose und sein Hemd aus. Er löschte die Kerze und begab sich zu Bett. Da schlich sich die schwarze Witwe im Schutze der Dunkelheit ins Schlafzimmer des Paschas. Er hörte die leisen Tapser der verdrehten Füße.

»Wer ist da?«

»Ich bin's, Maha. Ich ziehe die Vorhänge zu.« Sie sah durch das Fenster hinaus in den dunklen Garten und auf das glitzernde Wasser des Teichs. »Wie herrlich«, seufzte sie. Der Pascha betrachtete die Umrisse ihres schlanken Körpers und das schimmernde offene Haar. Er beobachtete, wie sie sich, leise summend, auszog. Sie ging auf sein Bett zu und fiel auf die Knie. »Mein schöner Meister«, hauchte sie und küßte ihm sanft die Zehen. Es war wie die Berührung flatternder Schmetterlingsflügel. Niemals zuvor hatte jemand dem Pascha die Zehen geküßt, und ein ungekanntes Gefühl durchdrang ihn. Maha fuhr fort, seine Zehen zu küssen und an ihnen zu saugen, bis er die leichte Decke zu Boden schleuderte, sich zu ihr hinunterbeugte und ihren sehnsüchtigen Lippen begegnete. Wie zwei Stürme im Ozean der Begierde trafen ihre Körper aufeinander. Als die Hyäne zum Angriff überging, waren Zunge und Zähne ihre Waffen. Der breitschultrige Pascha wurde zu einem Säugling, der nach Milch und Zuwendung verlangte. Sie saugte und lutschte an ihm, saugte und lutschte, bis er Schaum in ihren Händen wurde, ein Schwamm, leicht auszuwringen.

Das Morgenlicht weckte die Sünder in ihrem Bett, der Kopf des Paschas ruhte im Schoß der schwarzen Witwe. Sie streichelte ihm das Haar und summte leise. Von diesem Tag an war der Pascha wie ein Ring an Mahas Finger. Sie drehte den Ring, und schon fügte er sich ihrem Willen und gehorchte ihren Befehlen. Es heißt, sie habe Geld von ihm verlangt, Bäume, Säcke mit Reis und Zucker und goldene Armreife. Von einem Augenblick auf den anderen verkaufte der mächtige Pascha Land, unreife Feldfrüchte und Silberbesteck. Der Strom der Geschenke, der vom Palast zum Bauernhof floß, wurde immer breiter. Wie ein Zug emsiger Ameisen trugen die Diener des Paschas Geschenke zu Mahas Gehöft. An der Spitze des Zuges Säcke mit Reis und Getreide, Geschirr in der Mitte und Möbel am Ende. Raai schwor, einen ganzen Konvoi von Eseln gesehen zu haben, die, mit Sofas, Betten, Sesseln, ja sogar Kochherden beladen, zu Scheich Nimers Gehöft zogen. Die Araber sagen, die schwarze Witwe habe sich sämtlicher Reichtümer des Paschas bemächtigt, sogar der Kleider, die er am Leib trug.

Eines Tages sandte die Sonne nicht mehr ihre helles Licht herab, sondern warf einen glutroten Schein über das Tal des Elends. Alte Weiber, Imame und Scheichs versammelten sich, um den Grund für das schamhafte Glühen der Sonne herauszufinden. Was für ein Verbrechen war in ihrem Tal begangen worden? Wer verstieß gegen Allahs Gebote. Die alte Hexe, die beim Dolmen hauste, strich ihr Tuch glatt und bestreute es mit Sand; sie zog Linien darin und machte Vertiefungen. Sodann tat sie mit hervorquellenden Augen die schreckliche Wahrheit kund. »Maha, die Tochter Malihas.« Daffash stand auf, setzte sein Kopftuch auf und galoppierte zum Palast. Die Wache, der Koch, der Gärtner und die beiden Diener lagen tot da, mit gelben Ringen um den Mund. Die Vorhänge flatterten, und die Räume des Palastes waren leer – keine Teppiche, keine Tische, keine Stühle, nichts war mehr da. Daffash zückte sein Schwert und stieg die Treppe hinauf ins Schlafzimmer des Paschas.

Oh! Welch schrecklicher Anblick! Oh, ihr Geschöpfe Allahs. Seine Schwester und der Pascha lagen im Bett und saugten einander das Blut aus den offenen Adern. Der Pascha war nurmehr Haut und Knochen. Sein Gesicht war blaß, die Augen trüb, die Zähne rot. Maha, die schwarze Spinne, die Verderbnis über vornehme Häuser brachte, war wohlgerundet und strahlte vor Vergnügen. »Allah ist groß«, rief Daffash, der Löwe der Steppen, und packte seine ungehorsame Schwester am Genick. Da sprang sie auf, und ihr großer Mund entblößte zwei scharfe Reißzähne. Ihre Fingernägel wurden lang und spitz wie Nadeln. Sie setzte zum Sprung auf ihren Bruder an, um ihm die Nadeln ins Fleisch zu bohren. Doch er versetzte ihr einen Stoß und zückte sein Schwert. Sie machte einen Katzenbuckel, und ihre Hände verwandelten sich in Hinterbeine. Sie sprang auf Daffashs Rücken und riß ruckartig an seinen Schultern. Flehentlich sah er den Pascha an, der hingebungsvoll an einer unsichtbaren Ader saugte. Daffash warf sich zu Boden, ihr Katzenkopf schlug auf den Beton auf, sie kreischte, und aus ihrem Leib wuchsen Flügel. Der Falke kreiste über Daffash, stieß dann herab und hackte nach ihm. Abermals warf sich Daffash zu Boden und regte sich nicht, als er die Krallen auf seinem Rücken spürte. Da der Falke glaubte, daß in diesem Körper kein Leben mehr sei, verwandelte er sich in eine Rauchfahne.

Maha

Die Zeit heilte die Wunden meines Zahnfleisches, aber nicht die Wunde in meinem Herzen. Demütigung, Zorn und vollkommene Hilflosigkeit. Die Frauen von Qasim stellten meinen Körper wieder her, doch das stolze, störrische Herz wollte nicht gesund werden und weinte weiterhin still vor sich hin. Errettet mich vor jenem Dorf mit seinen engen Gassen und kleinäugigen Lehmhäusern. Ein Blutegel, festgesaugt am Berghang. Im Unterschied zu den Regenwürmern, die blind, aber feinfühlig sind, war das Dorf blind und dickhäutig.

Ich mußte mein Baby stillen. Mit der Zeit verschwand das weiche Hautgewebe um seine Finger, seine Augen trockneten und die Lücke zwischen seinen Schädelknochen schloß sich. Mubarak würde heranwachsen und ein starker Mann werden. Würde er mich vor seinem Onkel Daffash beschützen? Würde er die Hand zerschmettern, die seinen Vater Harb getötet und seine Mutter geschlagen hatte? Seufzend wischte ich mir mit der Hand übers Gesicht.

Ein Ende meines Schleiers trug ich nun offen, um mein nacktes Zahnfleisch zu verbergen, wenn es notwendig war. Aber nicht immer. Nur wenn die Männer des Dorfes mich grüßten und sich über mich lustig machten. Mein Vater, Scheich Nimer von Qasim, der Tiger, den der kühne Stamm der Hufour einst gefürchtet hatte, weigerte sich zu essen und zu trinken, seit Daffash seinen gekrümmten

Stock an meinem Rücken zerbrochen hatte. Er bestand darauf, im Lagerraum zu schlafen, zwischen Heu- und Gerstensäcken. Den ganzen Tag plapperte er sinnloses Zeug vor sich hin. »Voller Heu«, wiederholte er ständig. Oft umarmte er Nashmi, unseren Hund, und rief: »Hol uns zu dir, Maliha.« Die Gesundheit meines Vaters machte mir Sorgen. Er nahm immer mehr ab und murmelte unablässig vor sich hin. Ich bereitete ihm sein Frühstück, stellte es auf ein Strohtablett und brachte es ihm mit einem morgendlichen Gruß. Auf einen Sack gestützt, kraulte er Nashmis Nacken. Seine Hose war gelblichbraun vom Urin, die weißen Streifen seines Hemdes hatten sich dunkelgrau verfärbt, in den Schrunden an seinen Füßen sammelte sich Schmutz. Fliegen schwärmten um die Blasen in seinen Mundwinkeln. »Guten Morgen, Vater.«

»Maliha, du bist zurückgekommen.«

»Ich bin Maha, Vater. Trink doch einen Schluck Tee«, bat ich und stellte ein Glas dampfenden Tee auf den schmutzigen Boden. Ich wünschte, er würde mir erlauben, ihn zu baden und seine Kleider zu waschen.

»Maha ist tot. Ich habe ihr das Land gegeben. Jetzt kann Mubarak das Gehöft haben.«

Ich wußte nicht, was ich sagen sollte. So nahm ich seinen Kopf und hielt ihm das Glas an die trockenen Lippen. Nachdem er an dem Tee genippt hatte, wandte er das Gesicht ab. »Genug. Laß mich jetzt. Laßt mich in Ruhe, ihr alle.«

Ich wischte mir die Tränen aus den Augen und trug das Tablett in mein Zimmer zurück. Mubarak sabberte und spuckte. Mit einem Tuch, das mit warmem Rosenwasser getränkt war, wischte ich ihm über Gesicht und Kopf, dann wechselte ich seine Windel und band ihn mir auf den Rücken. Ich wollte sehen, wie es meinen Orangenbäumen ging. Die alten Steine am Rand des Kanals waren moosbedeckt, das trübe Wasser roch nach verfaulter Petersilie, und die Henna- und Radieschenbeete waren trocken wie das Leere Viertel.

Nachdem ich Mubarak losgebunden hatte, setzte ich ihn unter einem jungen Bäumchen, wo er vor Hitze, Vögeln und Insekten geschützt war, auf das Tuch. Ich füllte den Krug mit Wasser und goß es in die unsichtbaren Münder der Pflanzen. Als ich mit der Hacke den Boden bestellte, kam es mir vor, als ob mir jemand Schläge versetzte. Daffash prügelte mich. Mein Zorn hatte mich bis auf die Knochen abmagern lassen. Ich mußte weiterleben, um Mubaraks willen, des Sohnes von Harb Ibn Qasim. Man gab niemals auf, man fing immer wieder von neuem an und wartete auf den Sonnenaufgang, selbst wenn man von Narben entstellt war und sich am liebsten das Herz aus der Brust reißen würde, um es unter diesem Orangenbäumchen zu begraben.

Mein Vater liebte Mubarak, und er liebte mich. Mit seinen rissigen Händen strich er mir immer übers Haar und sagte: »Meine Tochter, du bist besser als dein niederträchtiger Bruder. Ich wünschte, du wärst ein Mann, denn das Land braucht Pflege und muß an den Ackersmann gehen.«

Mit einer kurzen Melodie, die wie »Mu-ba-rak« klang, kündigte Nasra ihr Kommen an. Ich lächelte. Nasra rannte quer durch die Plantage auf meinen Sohn zu und drückte ihn fest an ihre Brust. »Du hast mir gefehlt, kleiner Mubarak«, meinte sie und gab ihm einen schmatzenden Kuß auf die Wange. Dann setzte sie ihn auf ihren Schoß und begann, auf ihrer Flöte zu spielen. Es war eine lebhafte, schwungvolle Weise. Doch mein Sohn fing an zu weinen.

»Er mag keine Musik. Er ist eben ein hartgesottener Reitersmann.« Nasra deutete auf mein Zahnfleisch und machte eine fragende Handbewegung.

»Zahnlos, aber verheilt«, antwortete ich.

»Kommt Daffash nach Hause?«

»Nein. Er hat sein gesamtes Hab und Gut mitgenommen und schläft im Schoß der Engländer und ihrer Sklaven.«

»Ich muß los. Die Schafe«, sagte sie und verschwand wie der Blitz zwischen den Bäumen.

Dank Samir Paschas Heilmittel war meine Obstplantage gerettet worden. Über mir wölbten die Äste ein Dach aus Blättern und Früchten, so daß ich die Sonne in ihrem Lauf nicht sehen konnte. Mubarak zahnte. Ich hatte meine beiden Schneidezähne verloren. Bald würde die Zeit der Verlobungen beginnen. Großäugige Mädchen würden in erwartungsvollen Nächten diese Jahreszeit der verborgenen Verheißungen herbeisehnen. Niemals würde ich mein Haupt auf den Arm eines anderen Mannes außer Harb legen. Ich war froh, daß Scheich Talib sich nicht mehr blicken ließ, seit er im Gebüsch gelandet war. Ich ging jedermann aus dem Weg. Nicht einmal Tamam besuchte ich mehr.

In jener Nacht der bösen Omen hatte man Daffashs Gebrüll im ganzen Dorf hören können: »Du Hure, du Tochter eines alten Hundes, verflucht seien deine Eltern! Du bist nur ein Weib. Lecke meine Stiefel, lecke die Stiefel des Generals! Gehorche deinen Herren … «

Bestimmt hatte sich Scheich Talib darüber gefreut. Daffash hatte meinen Vater getreten und zu Boden geworfen. Murjan – Allah segne seine Hände – und Nasra hatten mir das Leben gerettet. Daffashs Hände schlossen sich immer fester um meine Kehle. Ich sah die bunten Lichter Jerusalems, den Lampenschein bei meinem Hochzeitszug, den schwachen Schimmer des Schreins. Eine mächtige Getreidemühle zermalmte meine Rippen, eine nach der anderen. Verglichen mit dem Schmerz in den Knochen war der Schmerz des Fleisches nichts. Ein Schmerz bis ins tiefste Innere. Wie ein kalter Ostwind, der Fleisch, Adern und Rückgrat durchdringt und dem nicht einmal eiserne Nägel widerstehen können.

Ich drückte eine Orangenscheibe in Mubaraks Mund. Daffash hatte mich zermalmen, mir die Seele aus dem Leib quetschen wollen. Doch ich hatte überlebt, und er hatte das Haus verlassen, zusammen mit seinen Zauberpulvern, seinem Radio, seinem Gewehr und mehreren Schaffelldecken. Obwohl mein Vater ihn gebeten hatte, weiter unter seinem Dach zu wohnen. »Maha wird das, was sie getan hat, nie wieder tun. Sie hat bereut. Du bist der Herr des Hauses. Niemand wird dir den Gehorsam verweigern.«

Das meiste von dem, was mein Vater sagte, konnte ich nicht verstehen, aber seine Stimme klang schwach und unterwürfig. Ich hielt mir die Ohren zu und ging schlafen. Am nächsten Morgen stand Samir Paschas Landrover vor unserem Tor. Daffash warf seine Sachen auf den Rücksitz, nahm neben dem Pascha Platz und schlug die Tür zu. Das Brummen des Motors übertönte das Wimmer und Jammern meines Vaters, Scheich Nimers, des Tigers von Qasim.

Mein Vater weigerte sich, auf seiner Matratze neben Daffashs Eisenbett zu schlafen. Er wollte nicht im Zimmer des unfolgsamen Sohns bleiben, der nie auf seinen Vater gehört hatte. Konnte es sein, daß er eine Giftspinne gezeugt hatte? Sicherlich war er kein Sproß aus seinen Lenden. Von diesem Tag an nächtigte mein Vater auf dem schmutzigen Boden des Lagerraums. Unter den feuchten Säcken sammelte sich dunkelgrünes Wasser. Es stank nach Verwesung und Urin, als hätte ich dort nicht sauberes Heu, sondern Kot gelagert. Immer wenn ich den Zufluchtsort meines Vaters aufsuchte, erschauderte ich. Moos, Verwesung und Unkraut beherrschten den Lagerraum und kündeten das Ende des Lebens an.

Ich brachte sogar Mubarak zu meinem Vater, um ihn mit dem sprühenden jungen Leben meines Sohns aus seinem Schlupfwinkel herauszulocken. Dann setzte ich Mubarak auf seinen Schoß und sagte ihm, er solle seinem Großvater einen guten Morgen wünschen. »Guten Morgen, meine kleine Maha. Hat Maliha dich ordentlich gefüttert?«

Mubarak fing an zu schreien und herumzuzappeln. Ich beruhigte ihn und bat ihn, seinem Großvater ein Lächeln zu schenken. Doch als sich die Schmeißfliegen auf das Gesicht meines Sohnes setzten und an seinen Wimpern leckten, konnte ich ihn dort nicht mehr lassen. Der alte Mann verfaulte in seinem Kot und Urin. An seinen Blasen zehrten die Fliegen, seine Kleider starrten vor Schmutz. Er war nur mehr ein Haufen vermodernder Knochen. Also brachte ich Mubarak hinaus, legte ihn in sein Bettchen und ging wieder zurück, um meinen Vater aus seinem Elend herauszuholen.

Ich erhitzte Wasser in einer Tonne und trug sie zum Schlupfwinkel meines Vaters. »Ich werde dich jetzt baden.«

Lächelnd sah er auf und erwiderte: »Maliha, du bist zurück?«

»Ja, Scheich, ich bin zurück.«

Behutsam zog ich ihn aus und warf seine Kleider nach draußen, dann fegte ich den Boden und bat ihn, sich einstweilen auf die Decke zu setzen. Er gehorchte mir wie ein Kind und murmelte unentwegt Malihas Namen. Mit dem Luffa-Schwamm rieb ich seine Hände ab, dann wusch ich ihm den Rücken, die dünnen Beine und den Kopf. Das Seifenwasser lief an ihm hinab und tropfte auf den Boden. Zum Teufel mit der Gerste und dem Heu, sie wurden naß. Ein Frösteln überlief den kraftlosen Körper meines Vaters. Mir schien, als kämpfte ich gegen Azrael, den Todesengel. Die Augen meines Vaters waren nicht auf mich gerichtet, sondern sahen durch mich hindurch. Nichts konnte seinen Blick auf irdische Dinge lenken, nichts konnte ihn aus seiner Traumwelt zurückholen. Ich wusch und schrubbte, bis mir die rechte Hand weh tat.

Zum erstenmal in meinem Leben suchte ich in Daffashs Zimmer nach Kleidern. Er hatte mich nie sein Territorium betreten lassen. In seiner Truhe entdeckte ich eine große Photographie von einer lächelnden Blondine, die sich über die Lippen leckte. Diese Ausländer und ihr Betragen. Schamlos. In einem Haufen alter Kleider fand ich schließlich ein sauberes weißes Obergewand, eine Hose und ein Kopftuch. Mit den Gewändern im Arm ging ich zurück zu meinem Vater. Behutsam kleidete ich ihn wieder an. Sein Haar war lang geworden, sein Kinn stoppelig. Seine Hände waren zu zittrig, um das Rasiermesser zu halten. Ich setzte ihm das Kopftuch auf und band die Enden in seinem Nacken zusammen. »Komm mit, Scheich.«

»Ja, Maliha.« Ich führte ihn an seiner zittrigen Hand ins Freie hinaus.

»Gepriesen sei Allah. Was für eine mondhelle Nacht! Erinnerst du dich an unseren Mond, Maliha? Der Sommer, ja, ich kann den Sommer riechen.« Ich half ihm, sich auf die Matratze zu legen, und breitete eine leichte Decke über ihn. »Weißt du noch, unsere Hochzeit, Maliha? Wir haben hundert Kamele, dreißig Ziegen und zwanzig Hühner geschlachtet. Weißt du noch, die Lichter … « Seine brüchige Stimme verlor sich in Gemurmel. Die Dunkelheit hatte sich herabgesenkt, und ein Rabe krächzte. Bringe keinen Abschied, Rabe der Trennung. Hörst du? Keinen Abschied.

Um Saad

»Maha, Schwester.«

Ich strich mir über die Stirn und wandte den Kopf. Der Mond wurde alt und müde. Sein graues Licht hüllte alles im Krankenzimmer ein, auch Um Saads Gesicht. »Ja, Um Saad.«

»Die Tage haben weitere Tage und Unheil hervorgebracht. Wie ich dir schon gesagt habe, hatte ich mich daran gewöhnt, hinter den Backsteinmauern von Abu Saads Haus auf dem Zitadellenhügel ein Beinahe-Leben zu fristen. Gleich in der Nähe unseres Hauses wurde ein Museum für römische Knochen, Münzen und verrostete Gefäße gebaut. Nachts hörte ich die Knochen klappern, die keine Ruhe fanden und unter der Erde begraben werden wollten. Kein Jordanier – das Land hieß jetzt Haschemitisches Königreich Jordanien – kein Jordanier würde zehn Piaster dafür bezahlen, daß er morsche Knochen und moosbewachsene Steine zu sehen bekommt. Wir blicken nicht gern zurück in die Vergangenheit, aus der man etwas lernen könnte. Morsche Knochen erinnern uns an den Tod, an eitle Vergnügungen, an den Zorn Allahs. Weißt du, wer das Museum besuchte? Alte Engländerinnen mit Brille und Ledersandalen. Wir lachten sie aus.«

»Die Engländer haben meinen Mann Harb getötet.«

»Mögen seine ungelebten Jahre dir zufallen, Schwester. Das ist der Lauf der Welt. Mach dir keine Sorgen, sie haben unser Land verlassen.«

»Ich weiß. Mögen sie nie mehr zurückkehren.«

»Nachdem die Engländer Clubs gebaut hatten, zu denen kein Einheimischer Zugang hatte, und seltsam geformte Toiletten, die kein Muslim benutzen konnte, verließen sie schließlich unser Land. Abu Subhi, der Wächter des Jack Irgendwas Club erzählte meinen Söhnen viele Geschichten über die Engländer. Von erwachsenen Männern, die stundenlang einem albernen kleinen Ball nachjagten. Daß sie sich nicht mit Wasser wuschen, wenn sie auf der Toilette waren. Bei deinem Leben, sie wischen sich den Hintern nur mit Papier ab. Hunde behandelten sie so liebevoll wie Kinder, und Haare und unsauberer Speichel von Hunden störten sie nicht. Die Jugendlichen machten Abu Subhi, dem Wächter, schwer zu schaffen. Ständig kletterten sie über den hohen Drahtzaun und klauten Bohnendosen und Süßigkeiten. Aber sie sind fort, Schwester, beruhige dich. Als die Regierung die Clubs in Schulen umwandelte, strömten die Einheimischen, denen bisher der Zugang verwehrt gewesen war, scharenweise herbei und zerschlugen die Toiletten und Siphons der Ungläubigen.«

»Die Siphons?«

»Ja. Man zieht an einer Schnur, und Wasser spült den ganzen Dreck weg.«

»So etwas brauchen wir auch in Hamia, meinem Dorf.«

»Sie verließen unser Land, und ich beobachtete die Feierlichkeiten und den Festzug von meiner Veranda aus. Der Tag der Unabhängigkeit. Kavallerie, Panzer, Kamelregimenter, Soldaten in farbenprächtigen Uniformen und Musik. Blechbläser. ›Lang lebe der König.‹ Die jordanische Fahne flatterte auf dem Dach unseres Hauses. Schwarz stand für den furchtbaren Zorn der Araber, weiß für den Edelmut und die Güte der Araber, rot für das Blut der

Märtyrer und grün für unsere üppigen Wiesen. Farbenprächtige Träume waren das, denn unsere Ebenen bestanden zum Großteil aus unfruchtbarer Wüste. Die Lichter des Ammon Hotels erloschen erst im Morgengrauen. Das Land war glücklich und frei, meine Schwester, aber es war der Anfang meiner Sklaverei. Ausgelassen tanzte das ganze Land bis zum Morgen. Die Erfüllung der Träume bedeutete für mich Tränen; brach mein Herz entzwei. Das Land hatte seine Träume verwirklicht und befand sich im Glückstaumel. In dieser Nacht schlief ich mit Tränen in den Augen ein. Die blaue Taube wurde gefragt, warum sie weine, und sie antwortete, sie weine, weil sie so scharfsichtig sei. Ich sagte: ›Ich habe einen scharfen Blick; ich sehe die Zukunft und weine über die Tage, die da kommen werden.‹

Eines Nachmittags wischte ich den Fußboden des Wohnzimmers. Meine Haare, mein Gesicht und mein Kaftan waren über und über mit Staub und Wasser beschmutzt. Naß. Der Fußboden war naß, die Stühle hatte ich aufeinandergestellt. Es war Sommer, mir war heiß und ich schwitzte. An jenem Waschtag hatte ich einen Haufen schmutziger Unterwäsche und Leintücher gewaschen, und ich verspürte einen dumpfen pochenden Schmerz im Rücken. Aus dem Zimmer der Kinder drang schwach der Klang des Transistorradios an mein Ohr. Ein englisches Lied. Da blickte ich auf und sah sie. Sie hielten Händchen und lachten.«

»Wer?«

»Er und sie. Der Mann, den ich in den vergangenen zwanzig Jahren meinen Mann genannt hatte, und die Frau in Grün, die sich mit ihrer Schlangenzunge über die Lippen fuhr. Sie lachte, als sie mich an Boden kauern und die schmutzige Fußmatte auswringen sah. ›Ist das da deine

Frau?‹ fragte sie. Abu Saad hielt sie am Handgelenk und sagte: ›Ja.‹ Sie sagte: ›Ich mache dir keinen Vorwurf daraus.‹ Da stand ich auf, strich meinen Kaftan glatt und fragte: ›Wer ist das?‹ Mit seiner jämmerlichen Stimme sagte er: ›Yusra, meine neue Frau.‹ Er sagte, sie sei seine neue Frau, Schwester. Ich, Um Saad, Mutter des Glücks, Haniyyeh, die Glückliche, kippte den Eimer um, und das trübe Wasser ergoß sich über den blankgeputzten Boden. Das war dumm von mir gewesen, denn ich mußt es danach selbst wieder wegwischen. Sie war jung, hatte blondiertes Haar und trug hohe Absätze. Das grüne Seidenkleid lag eng wie eine Haut an ihrem Körper. Hunderte von Schmeißfliegen summten im Wohnzimmer und schlugen mit ihren glänzenden blau-grünen Flügeln. Widerlich. Ich sagte zu dem Mann, den ich meinen Mann genannt hatte: ›Wie kannst du es wagen, eine andere Frau in mein Haus zu bringen?‹ Ich sagte: ›Wie kannst du es wagen, mir das anzutun?‹ Doch er ignorierte mich einfach und wandte sich an seine junge Braut: ›Soll ich dir das Schlafzimmer zeigen?‹

Maha, meine Schwester, möge Allah dir die Brust weiten, damit sich dein Herz nicht verhärte. Abu Saad brachte sie in mein Schlafzimmer und schloß die Tür hinter sich. Ich sah rot und grün. Ich sah Blut. Ich ergriff das scharfe Küchenmesser und stellte mich vor die Schlafzimmertür. Als ich ihre unterdrückten Seufzer hörte, das Lachen und das heisere Flehen, brachte ich es nicht fertig, die Tür zu öffnen. Ich hätte es nicht ertragen zu sehen, was sie in meinem Bett taten. Meine Hände zitterten, und das Messer fiel zu Boden.

Ich ging zu meinem Sohn Walid und weinte mich an seiner Schulter aus. ›Ich bin froh, daß du es jetzt weißt‹, sagte er. ›Ganz Amman weiß es schon.‹ Amman, die gedankenlose Stadt, wußte von Abu Saad und seiner neuen Frau und lächelte trotzdem.

In dieser Nacht schlief ich bei meinen Kindern auf dem Fußboden. Sagte ich schlafen? Bei deinem Leben, ich tat kein Auge zu. Vom Minarett der Großen Moschee ertönte der Ruf Allah-u-Akbar, als ich meine Habseligkeiten auf dem Boden im Wohnzimmer liegen sah. Meine Kleider, meine beiden Nachthemden, meine Mäntel und Schleier, meine Unterwäsche, mein Kaftan, mein Ramaj-Parfüm, meine beiden Max-Factor-Lippenstifte und mein Kamm – einfach auf den Fußboden geworfen. Ich leerte einen der beiden Küchenschränke, faltete meine Kleider sorgfältig zusammen und legte sie hinein. Ich beschloß, nun auf dem Fußboden in der Küche zu schlafen. Vielleicht wiegte mich frische Brise vom Kronenhügel in den Schlaf.

Abu Saad kam in die Küche und fragte: ›Was gibt`s zum Frühstück?‹ Als er mich nach dem Frühstück fragte, zerriß etwas in mir, und ich fing an, mir ins Gesicht zu schlagen, zu jammern und seine dicken Beine mit Fußtritten zu bearbeiten. ›Hör auf, hör auf.‹ Doch ich hörte nicht auf. Ich konnte nicht, selbst wenn ich gewollt hätte. Er schmetterte einen der Stühle zu Boden, nahm ein Stuhlbein nach dem anderen und schlug mich damit, bis es zerbrach. Ich dachte an Abu Saad den Metzger, an den Geruch von Blut und an die frühe Zeit meiner Ehe, als er mich schlug, bevor er mit mir schlief. Yusra stand in ihrem durchsichtigen roten Nachthemd in der Tür. Rot ist die Farbe des Zorns der Araber. Rot ist die Farbe meines Herzens. Die Farbe des Blutes. Mein zorniges Herz verströmte Blut über den ganzen Zitadellenhügel. Ich schrie, Haniyyeh schrie, Um Saad schrie. ›Du schlägst mich? Hast du keinen Respekt vor meinem grauen Haar?‹ Gerade wegen meiner grauen Haare habe er eine zweite Frau geheiratet, gab er zur Antwort. Meine grauen Haare waren also schuld. Was kann ich tun, Schwester? Kann man den Lauf der Zeit aufhalten, das Ergrauen der Haare? Es ist unvermeidlich. Oder etwa nicht?« fragte Um Saad und band sich das rosafarbene Tuch fester um den Kopf.

»Ja, es ist unvermeidlich, Um Saad.« Ich streckte die Hand aus nach Saads Bett und ergriff ihre Hand. »Nein, man kann den Lauf der Zeit nicht aufhalten«, sagte ich und drückte ihre eiskalten, zitternden Hände.

Maha

Im trüben Mondlicht wirkte das Gesicht meines Vaters jünger und entspannter. Er schlug die Augen auf, sah, wie ich Mubarak stillte, und lächelte. »Maha, mein liebes Kind. Geht es Mubarak gut?«

»Ja, Vater, er ist nur ein bißchen hungrig.«

»Ich wollte immer stark sein und dich beschützen, doch Allah hat mir anderes bestimmt. Das Land muß an den gehen, der es bestellt. Nein, an die, die es bestellt. Das Land gehört dir, Maha. Das ist mein Wille, und ich habe ihn vor dem Imam und vor Raai kundgetan. Daffash verdient nicht eine Handbreit davon. Nach dir soll das Land auf deinen Sohn übergehen. Die beiden Männer haben meinen Willen bezeugt.«

Der Geruch des Todes lag in der Luft. Der Geruch von Schweiß, Tränen und langen, unbeschrittenen Pfaden. »Mögest du noch lange leben, mein Vater.«

»Du hast in deinem Leben viel Leid erfahren. Es war der Wille Allahs«, sagte er und wandte sein Gesicht der Lampe zu. Meine Hände zitterten, waren zu nichts zu gebrauchen. »Das Herz will dich nicht verlassen. Du wirst mir fehlen. Laß mich Mubarak küssen.« Ich nahm Mubarak und hielt ihn an die spröden Lippen meines Vaters. Er küßte ihn und pries Allah. »Ich lege Zeugnis dafür ab, daß es keinen anderen Gott gibt als Allah und keinen anderen Propheten als Muhammad.« Seine krächzende Stimme verlor sich, und der Mond verschwand hinter düsteren

Wolken. Im Dunkeln konnte ich noch den Kopf meines Vaters erkennen, der auf dem Kissen ruhte. Ich gab ihm einen Kuß auf die Stirn. Anscheinend spürte er die Wärme meiner Lippen und lächelte.

Rein wie ein Kind verließ mein Vater die Welt der Lebenden. Leise schluchzte ich vor seinem Leichnam. Lärm würde ihn nicht wieder zum Leben erwecken. Wenn Tränen die Toten zurückbringen könnten, würde Harb in unserer Mitte leben. Noch immer trug ich das schwarze Stirnband, denn ich trauerte noch um meinen Mann. Ich wiegte mich hin und her, um den Schmerz in meiner Brust zu lindern, ich massierte meine Rippen, damit mein Herz nicht zu schlagen aufhörte. Schüttle den Kopf, laß Luft in die Lungen. Da droben sog ein Teufel alle Luft aus dem Tal und ließ uns im leeren Raum zurück. Stille war der Kaiser, der über den König des Lärms herrschte. Stille, Moos und Verfall triumphierten über die Kräfte des Lebens. Mubarak begann, laut zu schreien. »Sei still, Waisenkind, du Sohn einer Waisen.«

Schweigend marschierte der Leichenzug durch die engen Gassen des Dorfes. Der gewaschene, in ein Totenhemd gehüllte Leichnam meines Vater lag in einem Sarg aus Olivenholz. Der Weihrauchgeruch erinnerte mich an ferne Orte, an Seelen, die ihre Körper verlassen, und an Harbs Geruch. Neben mir im Zug schritt Tamam. Es war ein heißer Tag. Hulala und Tamam schlugen sich auf die Brust und rauften sich das Haar. Doch ich hatte nicht die Kraft, auch nur einen Arm zu heben. Ich verhüllte mein Gesicht, verbarg den Schweiß, die Tränen, den zahnlosen Mund. Meine Trauer war tief, tiefer als das Tal von Abu Saleet. Wenn man am Rande des Tals stand, konnte man die Tiere und Bäume unten nicht erkennen. So tief und leer. Keine Asche, kein Gewand, das ich zerfetzte, keine

Schläge, die ich mir zufügte. Nur Trauer, tief und einsam wie die entsetzliche Stille von Abu Saleet.

Auch Daffash, der Sohn meiner Mutter, nahm an der Bestattung teil und trug den Sarg. Imam Rajab, Raai, Murjan, Scheich Talib und Salih – sie alle halfen mit, den Sarg in das Grab hinabzulassen, das auf dem immer größer werdenden Friedhof neben dem Schrein von Abu Aubayydah ausgehoben worden war. Sie sprachen das Totengebet für die Seele meines Vaters. »Lindere seine Qualen, nimm seine Einsamkeit hinweg und vergib ihm seine Sünden.« Die große Halle des Schreins durften die Frauen nicht betreten. Sie beteten draußen in der Sonne, während die Männer in Reihen dastanden und die Hände in den Himmel reckten. Da ich nicht wußte, wie ich beten sollte, ahmte ich Tamam nach, die unverständliche Worte zischte und sich erst verbeugte, dann hinkniete und schließlich auf den Boden warf. Anbetung, Verehrung, Gehorsam Ihm, der den Tod geschaffen hat. Gehorche schweigend deinem Herrn. Wirf dich vor ihm zu Boden. Versiegle deine Lippen, versiegle deine Seele und murmle mit der Menge: »Möge Allah Scheich Nimer in die Weiten seines Paradieses aufnehmen.« Dann begaben sich die Trauergäste durch die engen Gassen zurück zu Scheich Nimers Haus zum Leichenschmaus. Raai rief von der Terrasse seines kleinen Ladens herab: »Das Stück ein Piaster«, und deutete dabei auf seine Glaskrüge mit Bonbons, Fruchtgeleekonfekt und gerösteten Kichererbsen. »Wir haben auch Marie-Kekse«, verkündete er der nahenden Prozession. Nasra, die wie ein Schatten neben mir ging, meinte: »Raai stinkt.«

Das Scheppern der Kaffeetassen, Mörserkeulen und Messingkrüge erfüllte die beiden Zelte, die im Hof für die Trauergäste errichtet worden waren. Während Nasra das große Tablett festhielt, häufte ich Reis darauf. Mir drehte sich der Magen um, als ich sah, wie die Männer sich Lammfleisch und Reis in den Mund stopften. Von ihren Bärten tropfte Butter, ihre Gesichter waren mit Joghurt verschmiert. Und sie verlangten noch mehr Reis, noch mehr Fleisch, noch mehr Butter, um ihre Bäuche zu füllen. Ich steckte den Kopf zwischen die Knie und kümmerte mich nicht um den Teig auf dem Backblech. Der Geruch gerösteten Brots ließ Daffash hereinstürmen. »Dummes Weib, kannst du nicht mal Brot backen?«

Ich verharrte in meiner Stellung, den Kopf zwischen den Knien.

Da zog er mich an den Zöpfen und brüllte: »Ich spreche mit dir!«

Mit ausdrucksloser Miene starrte ich auf Daffashs Mund, auf seinen dünnen Schnurrbart und auf die Männer des Stammes, die mich mit forschenden Blicken beobachteten. Raubvögel rissen den Kämpfern die Augen aus den Höhlen. Die Tauben des Jordantals schwebten über dem Zitrushain, dann senkten sie sich wie Schneeflocken auf die Baumwipfel herab. Meine Zöpfe wurden allmählich aschgrau. Ich nahm das verbrannte Brot vom Blech und legte neuen Teig darauf. Wie liebte ich doch den Geruch brennender Asche! Diesen Geruch suchte ich im Brot, im Fleisch, ja sogar in geröstetem Kaffee zu finden. Als ich Mubarak schreien hörte, raffte ich mich auf, verhüllte meinen Mund und ging ins Haus zurück. Hatte ich nicht eben ein selbstgefälliges Grinsen auf Scheich Talibs Gesicht gesehen? Nasra und Hamda lösten mich ab und brachten den Männern Essen. Geduldig warteten die Frauen und Kinder auf das, was man ihnen übriglassen würde. Mubarak war hungrig und begann an meiner Brust zu saugen, kaum daß seine Lippen sie berührten. Er war ausgehungert. Vom Hunger getrieben, lief Yasmineh, Hamdas jüngste Tochter, hinter den Essenstabletts her wie ein Hündchen. »Yasmineh, setz dich«, rief Hamda. »Laß dieses Herumrennen.«

Scheich Nimer von Qasim, der Tiger, den der kühne Stamm der Hufour einst gefürchtet hatte, war von dieser Welt gegangen, um wieder mit Maliha vereint zu sein. Ich wünschte, auch meine Seele würde den Körper verlassen, um ihren Gefährten Harb zu treffen. Als ich den unvollendeten Teppich aus der Truhe holte, wunderten sich die Frauen von Qasim. Tamam schnalzte mit der Zunge und meinte: »Am zweiten Tag darfst du noch nicht arbeiten. Das macht die Engel zornig.« Ich brauchte etwas, um meine Hände zu beschäftigen, sonst würden sie auf irgend jemanden oder irgend etwas einschlagen. Ohne auf Tante Tamam zu hören, schlug ich gegen die Weblade. Zahllos waren die Gesichter, die zu erschaffen ich mich sehnte. Klick, peng. Sabhas tätowiertes Kinn, Malihas gütiges Lächeln, Harbs braune Augen oder die gebeugte Gestalt meines Vaters. Klick, peng. Faden auf Faden wob ich ein und jagte das Schiffchen durch das Webfach. Klick, peng.

In jener Nacht sah ich zwei winzige Monde. In jener Nacht, als ich meinem Sohn die Windel wechselte, erblickte ich zwei Zähnchen in dem kleinen Mund. Als ich ihn stillte, biß er mich. Meine fehlenden Schneidezähne wuchsen in Mubaraks Mund. Als ich mit der Zunge die Lücke zwischen meinen Zähnen befühlte, lächelte ich. Letztlich hatte ich meine Zähne doch nicht verloren. Mein Sohn, mein Augapfel, wuchs heran. Seine Beine waren kräftiger geworden und würden ihn bald tragen können. Ich drückte ihn an meine Brust und flüsterte ihm ins Ohr: »Wachse, mein Sohn, wachse. Möge dir nichts als Glück beschieden sein. Dein Vater war der beste Reiter des Stammes, dein Großvater war bei unseren Feinden gefürchtet wie kein anderer, und deine Mutter … ich weiß nicht, was ich dir über deine Mutter erzählen soll. Sie ist wie ein Regenwurm, der unter der Erde kriecht, um nicht bemerkt zu werden.« Als ich ihm den Bauch streichelte, brabbelte er vor sich hin. Sein vergnügtes Glucksen erfüllte das Zimmer. Geräuschvoll küßte ich ihn auf die Wangen, dann rieb ich mein Gesicht an seinem Bauch. Ich lachte, und er lachte auch. Ein klares, unschuldiges Geräusch, wie Wasserrauschen. Ein Geräusch, das aus einem neugeborenen Herzen hervorsprudelt. Ich fütterte ihn mit Joghurt und Reis, wischte ihm das Gesicht ab und wiegte ihn in seinem Bettchen, bis er einschlief. Während ich mit dem Fuß die Wiege hin und herschaukelte, sah ich über dem Kopf meines Kindes eine Schar weißer Tauben mit weit ausgebreiteten, flatternden Flügeln.

Wieder herrschte Stille im Tal. Ich lauschte auf die Rufe Raais, auf das Zirpen der Zikaden und Nashmis Bellen. Wo blieb Nashmis Bellen? »Nashmi«, rief ich und öffnete den Türriegel. Ich suchte ihn im Hof, im Lagerraum, in Daffashs Zimmer. Keine Spur von ihm. Ich ging in den Hof hinaus und ließ den Blick umherschweifen. Da lag Nashmi, unter der Palme. Als ich ihm über den Kopf strich, merkte ich, daß er tot war. Sein Fell war kalt, die Augen geschlossen. Er atmete nicht mehr. In der Dunkelheit sah er aus wie ein alter Mann, der unter dem Baum hockte. Ich hob ihn auf, überquerte den Kanal und schaufelte ihm ein Grab unter dem schönsten Orangenbaum. Als ich seinen Kadaver in das Loch legte, begannen die Tränen zu fließen, die ich zurückgehalten hatte.

Um Saad

»Maha, Schwester.«

»Ja, Um Saad.«

»Maha, meine Gefährtin in diesem leeren Krankenhauszimmer. Tage gingen, und Tage kamen, und ich mußte erleben, wie eine andere Frau mein Haus in Beschlag nahm. Sie spielte Karten mit meinen Söhnen, hörte mit ihnen englische Lieder, tanzte und riß Witze. Es war komisch, wie sie tanzten. Sie schüttelten den Körper und hüpften wie Affen herum. Ganz anders als unser ruhiges Schwingen und Wiegen. Sie äffte Abu Saads Stimme nach, und meine Söhne kreischten vor Lachen. Ich hörte sie lachen, während ich in der Küche kochte. Wie immer bereitete ich Mägen und Innereien zu, rollte Weinblätter und füllte Auberginen. Ich trocknete Pfefferminze, Petersilie und Koriander. Ich putzte, schrubbte, wischte den Staub. Nicht jedoch im Schlafzimmer. Abu Saad verbot mir, dieses Zimmer zu betreten. Mein Zimmer, das jetzt einer anderen gehörte.

Abends legte ich mich auf eine Matratze auf dem Küchenboden und stieß einen Seufzer der Erleichterung aus, weil ich wieder einmal einen Tag hinter mich gebracht hatte. Wenigstens für ein paar Stunden brauchte ich meinen steifen Rücken nicht zu beugen. Obwohl die Brise, die vom Braunen Hügel herunterwehte, kühl und erfrischend war, tat ich kein Auge zu, fand ich keinen Schlaf. Diese Krankheit, meinte mein Sohn Farid, heißt

›Insomnia‹ oder so ähnlich. Man kann einfach nicht schlafen. Ich legte den Kopf auf das Kissen und lauschte den Geräuschen der Stadt. Dem Heulen der Polizeiwagen, dem Rauschen des Verkehrs, dem Bellen der Hunde, dem Stampfen der Mühle und dem dumpfen Surren der Flugzeuge. Ich hörte auch das Klirren splitternden Glases aus dem Ammon Hotel. Dann wußte ich, daß es bald hell wurde und die noblen Gäste so betrunken waren, daß sie ihre Weingläser nicht mehr halten konnten. Doch mir war jedes Geräusch willkommen. Jedes Geräusch war mir lieber als die Ahs und Ohs der Frau in meinem Schlafzimmer. ›Bitte, hier‹ und ›Bitte mehr‹ und das Stöhnen Abu Saads, des Mannes, den ich die vergangenen zwanzig Jahre meinen Ehemann genannt hatte. Da er mein Mann war, wußte ich, was dieses Stöhnen bedeutete. Ich stopfte mir die Ohren mit Watte zu und hoffte auf die Gnade des Schlafs.

Als meine Freundin Um Gharib meine geschwollenen Augen und zitternden Hände sah, brachte sie mich zu einem Heiligen, einem Scheich, der auf dem Zitadellenhügel auf der dem Stadtzentrum zugewandten Seite in einer Höhle hauste. ›Scheich Saleem hat den Schlüssel zu deinem Innern. Dein Unglück wird sich in Glück verwandeln.‹

Ich folgte Um Gharib den steilen Berghang hinauf, bis wir auf ein Plateau gelangten. Von der Höhle aus, die mit einer aus Gemüsekisten gebastelten Holztür verschlossen war, konnte man das ganze Plateau überblicken. Wir saßen am Boden und warteten, bis wir an der Reihe waren. Andere, hauptsächlich Frauen, warteten geduldig darauf, daß sich die hölzerne Tür öffnete. Alle hatten müde, verschwitzte und staubbedeckte Gesichter. Eine alte Frau mit funkelnden Augen wandte sich an die Wartenden und sagte: ›Mein einziges Problem sind Haarschuppen. Mein Mann betet mich an.‹ Die Frauen nickten zustimmend. Wir alle taten so, als seien wir körperlich krank und hätten liebende Ehemänner. Aber natürlich war die Krankheit dieser Frauen eine Krankheit des Herzens. Auf einmal fragte die Frau: ›Seht ihr, wie meine Augen glänzen?‹ Ihr Blick war in der Tat durchdringend, ihre Augen funkelten. ›Immer, wenn ich Salat mache, träufle ich ein bißchen frisch gepreßten Zitronensaft in meine Augen.‹ Ich sah Um Gharib an und lächelte. ›Sind glänzende Augen die Rettung? Nein. Was macht ihr hier? Ihr alle. Wißt ihr nicht, daß Scheich Saleem ein Betrüger ist? Verflucht sei euer Glaube.‹ Die Alte wurde müde, und ihre Stimme erstarb zu einem Murmeln, zu einem Hintergrundgeräusch, das sich mit dem Verkehrslärm vermischte.

Als ich an die Reihe kam, waren meine Achseln schweißnaß und rochen schlecht. Ich hielt den Kopf gesenkt, als ich die Höhle betrat, aus Angst, eine unserer Nachbarinnen könnte mich sehen. Wenn Um Jameel hier war, konnte mich nur Allahs Gnade vor ihrer bösen Zunge retten.

Die Höhle war kalt, feucht und leer. Nach dem stundenlangen Sitzen in der glühenden Sonne tat mir der kühle Schatten wohl. Ein glatzköpfiger Mann mit einem weißen Käppchen saß auf einem dünnen Teppich. Er winkte mich heran und hieß mich Platz nehmen. ›Ja, Meister.‹ Er rollte die Augen und fragte mich, was mir fehle. ›Mein Mann hat eine zweite Frau geheiratet‹, sagte ich mit zitternder Stimme.

›Ah, ein zweitesmal geheiratet‹, wandte er sich an einen unsichtbaren Helfer. ›Tu etwas Geld in diese Schachtel.‹ Ich streifte eines meiner goldenen Armbänder ab und warf es hinein. Wieder rollte er die Augen und gab mir drei schwarze Räucherstäbchen. ›Verbrenne sie bei Sonneuntergang und streue die Asche unter ihre Tür. Trage dieses Amulett und lege es nie wieder ab. Und bring mir beim nächstenmal ein Haar von ihm und seine schmutzige Unterwäsche.‹

›Ja, Meister.‹

Sein Körper fing an zu zucken, als würde er von Stromschlägen getroffen. Mit tiefer träger Stimme sagte er: ›Wenn er sie berührt, wird sie sich in eine rasselnde Schlange verwandeln. Wenn er sie küßt, wird eine schwarze Sklavin mit rissigen Lippen vor ihm stehen.‹ Auf dem Heimweg hallte seine Stimme in meinem Kopf wider. Ich erwartete, eine Rasselotter auf meinem Bett sitzen zu sehen. Jedoch da war keine schwarze Sklavin, keine Rasselotter, nichts.

Trotz des Kummers in meinem Herzen, weiteren beschwerlichen Aufstiegen zur Höhle und dem Verlust von fünf Armbändern blieb Yusra eine junge Frau mit gefärbten Haaren. Ich verbrannte die Stäbchen und das Haar und wartete geduldig in der Küche, daß Abu Saad kam und sich in meine Arme warf. Ich kauerte mich zusammen und dachte nach über das Sprichwort: ›Ein Esel kann nicht die Stufen des Minaretts erklettern und zum Gebet rufen.‹ Es ist unmöglich.

Die nächtlichen Schreie wurden immer lauter. Ich verließ die Küche und machte einen Spaziergang um das Haus herum, um frische Luft zu schnappen. Meine Schritte wurden immer schneller, und bald fing ich an zu laufen. Eines Nachts wehte ein samtig weicher, verspielter Wind. Er rief mir die drängenden Küsse Muhammads in Erinnerung und wie ich mich an seine Wange angeschmiegt hatte. Doch als ich meine Lippen und Wangen betastete, waren sie rauh und trocken. Lauf, Haniyyeh, lauf. Meine Füße berührten kaum den Boden, als es geschah. Meine Arme flatterten wie Vogelflügel. Ich schlüpfte aus meiner Haut und nahm eine andere Identität an. Ich war Hind Roustom aus dem Film und tanzte zu Farid al-Attrashs Gesang. Ich war jung und wohlgeformt, eine junge Frau mit gefärbtem Haar. Ich klammerte mich an das Wellblechtor von Muhammads Laden und sah auf einmal Reis vor mir. Reiskörner überall, sie schwebten in der Luft, stiegen immer höher hinauf, bis sie um das Minarett eine Wolke bildeten. Ich fühlte mich leicht, glücklich und frei. Später fanden mich mein Mann und zwei fremde Männer im Hof der Großen Moschee; sie steckten mich in eine Jacke mit langen Ärmeln, die sie hinter meinem Rücken zusammenbanden. Weißt du, was ich im Moscheenhof machte? Bei deinem Leben, ich schlief. Zum erstenmal seit Monaten schlief ich wieder tief und fest. Sie weckten mich, verfrachteten mich in ein Auto und brachten mich in dieses Paradies.«

»Um Saad, das ist kein Paradies. Es ist ein Irrenhaus. Vergiß das nicht.«

»Ja, Maha, meine Schwester. Es ist ein Irrenhaus. Das darf ich nicht vergessen, nicht wahr? Tera-lam-Tera-lam. Tera-lam.

Ins Irrenhaus schickte er mich.
Nie, niemals besuchte er mich.

Schlag die Trommel!«

»Hier gibt es keine Trommel.«

»Dann schlag was anderes.«

Ich begann, mit beiden Händen auf den Schrank zu trommeln.

Um Saads Stimme war hell und klar. Ich stimmte in ihren Gesang ein. »Ins Irrenhaus, wo die Grillen zirpen und die Spatzen zwitschern, dorthin, dorthin brachte er mich.« Wir kreischten vor Lachen. Der englische Arzt kam herein, schrie uns in einer fremden Sprache an und sagte dann auf arabisch: »Seid endlich still.«

Ich musterte seine stahlblauen Augen, seine schmalen Hände und seinen weiten weißen Kittel, dann rief ich: »Nein, du, halte du deinen ausländischen Mund.«

Maha

Als ich die Augen aufschlug, war das Zimmer von gleißendem Sonnenlicht durchflutet. Vogelgesang und Taubengurren erfüllten die Obstplantage und das ganze Tal. Was für ein strahlender, gesegneter Morgen! Ich rieb mir die Augen und öffnete die Tür und die Fenster. Mubarak schlief noch, sein Atem ging gleichmäßig. Als ich den Krug in das kalte Wasser in der Tonne tauchte, stiegen Luftblasen auf. Ich goß mir das erfrischende Wasser ins Gesicht, über Kopf und Hände. Ein Hase, weiß und weich, jagte auf das Feld zu. Ich öffnete alle Türen und Fenster des Hauses, sogar die Tür zu Daffashs Zimmer. Ehe ich zum Brunnen ging, um Wasser zu holen, entfachte ich im Hof ein großes Feuer. Ich mußte die moosigen Gersten- und Heusäcke verbrennen. Wozu sollte ich die Gerste noch aufheben, wenn ich keine Pferde, Kamele oder Kühe hatte, an die ich sie verfüttern konnte? Einen nach dem anderen lud ich mir die schweren Säcke auf den Rücken, warf sie auf den Hof und kippte auch den Müll darüber. Ich legte die Matratzen meines Vaters und meines Bruders in die Sonne, dann warf ich Daffashs altes Kopftuch und seine Stiefel ins Feuer. Nachdem er mich in Gegenwart der Männer des Stammes an den Zöpfen gerissen hatte, kam er zurück und entschuldigte sich. »Es tut mir leid, Schwester, ich habe die Beherrschung verloren.« Auch das Bild der Blondine überantwortete ich den Flammen. Jedes verrottete Stück Holz, jeder modrige Fetzen Stoff und sogar der zerbrochene Stock meines Vaters landeten im Feuer. Ich putzte, wischte und schrubbte, bis das ganze Haus Nimer nach Waschpulver roch. Die Türen und Fenster ließ ich weit offenstehen, damit die frische Luft die Feuchtigkeit und den Moder vertrieb.

Mit einem schwarzen Stück Stoff band ich mir Mubarak auf den Rücken und ging zum Feld. Mubarak wird immer schwerer, dachte ich mir, als ich ihn unter dem jungen Bäumchen absetzte. Ich jätete Unkraut und bewässerte die Hälfte der Bäume. Nasra hatte mir Ziegenmist als Dünger für die Plantage gegeben. Als die Kiste mit dem Mist leer war und jeder Baum das nahrhafte Wasser des gedüngten Bodens trank, rann mir der Schweiß zwischen den Schulterblättern hinab. Ich band mir Mubarak wieder auf den Rücken, sprang über den Kanal und begab mich zurück zu unserem Haus.

Mit zwei gebratenen Wachteln in der Hand kam Nasra auf mich zugelaufen. »Die habe ich selbst gefangen und zubereitet.«

Wir breiteten im Hof eine Matratze aus und trugen Mubaraks Wiege ins Freie. Er schlief, und so bedeckte ich sein Gesicht mit einem Stück Tüll, das Tamam mir geschenkt hatte. Wir aßen das knusprige gebratene Fleisch und tranken Joghurt dazu. Beim Anblick der zarten Knöchelchen der Wachteln empfand ich jedesmal Mitleid mit diesen armen Vögeln. Nasras grüne Augen lagen tief in ihren Höhlen, als sie mit ihrem zahnlosen Mund an dem Fleisch kaute. Mein Sohn atmete tief und wandte den Kopf auf dem Kissen. Das Summen von Bienen, die nach Blüten suchten, erfüllte das Tal. Mubarak öffnete die Augen und lächelte. »Was für ein herrlicher Tag«, sagte ich.

»Ja. Der weise Hakim läßt grüßen. Er sagt, du bist stark.«

Stark, sagte der weise Alte. Wenn er mir eine gute Medizin, eine Mischung aus seltenen Kräutern schickte, vielleicht würde mein Herz dann gesunden? »Nasra, paßt du auf Mubarak auf? Ich möchte Kräuter und Brennstoff sammeln.«

»Geh nur, Schwester.«

Ich band das lose Ende meines Schleiers ums Gesicht, um meine Zahnlücken zu verbergen, zog das Stirnband fest und ging in Richtung Berge. Unterwegs las ich trockene Holzstöcke und Zweige auf, brach sie in gleichlange Stücke und band mir das Bündel auf den Kopf. Ich sammelte Blutwurz, Salbei, Kamille und Thymian und hängte mir je einen Strauß davon an die Hüfte. Vom Gipfel des Berges blickte ich ins Tal hinab. Das Dorf wirkte klein und kümmerlich. Die beiden Läden, der von Salih und der von Raai, hoben sich davon ab wie zwei hervorquellende Augen. Die östliche Seite beherrschte der Schrein, die westliche das Landhaus. Samir Pascha auf der einen, Imam Rajab auf der anderen Seite. Dazwischen lag das Dorf, zwischen den Rufen vom Minarett und dem Lärm vom Landhaus. Allah-u-Akbar und die heisere Musik der Engländer.

Mein Blick folgte der untergehenden Sonne. Das Tote Meer sah wie ein silberner Faden aus, der sich bis zum Rand des Horizonts erstreckte. In der Luft lag ein bitterer Salzgeruch. Die Sonne wußte, daß sie hinter dem Meer versinken würde, daß sie am Ende des Tages sterben mußte, doch sie empfand niemals Reue. Sie erhob sich immer wieder von neuem. Ich beschloß, die steile Abkürzung nach Hause zu nehmen, durch Dornen und Gestrüpp. Im leuchtenden orangeroten Licht der untergehenden Sonne erschien mir der Pfad öde, langweilig und ausgetreten.

Als ich das schwere Brennholzbündel niedergelegt hatte, begrüßte ich Tamam, Hamda und Halimeh, die auf der Matratze in unserem Hof saßen. »Willkommen, meine Tante«, sagte ich und küßte Tamams Hand, dann gab ich Hamda und Halimeh einen Kuß auf die Wange. »Willkommen, Gäste des Barmherzigen.« Unterdessen schnitt Nasra Mubarak Grimassen, und mein Sohn ließ ein helles Lachen erklingen. Ich zündete ein kleines Feuer an und kochte für alle Salbeitee, der sein Aroma im Hof, in der Pflanzung und im Dorf verströmte und müde Herzen besänftigte.

»Ich wollte sehen, wie groß mein Enkel schon geworden ist. Geht es ihm gut? Bald wird er laufen können. Gepriesen sei Allah.«

Hamda gab mir ein Bündel frischer Datteln. »Für seine Zähne. Du mußt ihm das Zahnfleisch damit einreiben.«

Halimeh konnte nicht aufblicken und mir in die Augen sehen. Die unangenehme Erinnerung an Daffash und die Höhle lag zwischen uns. Da nahm ich ihre Hand und sagte: »Wir sind die Töchter des Heute, Halimeh.«

Mit einem nervösen Lachen holte sie ein Säckchen unter ihrem Gewand hervor. »Ich habe dir Samen und Ableger mitgebracht, die du im Hof anpflanzen kannst.«

»Was für welche?«

»Tomaten, Auberginen, Zucchini, Paprika, Wassermelonen, Gurken, Okraschoten und arabischer Jasmin. Salih hat die Samen von Raai bekommen, der sie von der Kooperative hat.«

Ich lachte. »Jasmin wollte ich schon immer haben. Ich werde einen richtigen Garten anlegen.«

»Man ernährt sich von dem, was man anbaut«, meinte

Tamam, paffte ihre Pfeife und fragte dann: »Kann ich etwas von deinem Henna haben?«

»Tante Tamam, du bist doch zu alt für so etwas«, erwiderte Hamda. Mit dem Ende ihrer langen Pfeife gab Tamam ihr einen Klaps auf die Hand. »He, Mädchen, ich bin nicht alt.« Angesichts Tamams entrüsteter Miene und ihrer farblosen Zöpfe brachen alle in Gelächter aus. Ich betrachtete ihr gerötetes Gesicht, die winzigen Äuglein, den schiefen Mund und die runzlige Haut. Im Herzen war Tante Tamam jung geblieben, ein grüner Getreidehalm, der noch auf die Zeit der Ernte wartete.

Nasra griff nach der Rohrflöte, die an ihrem Hals hing, und legte sie an ihre Lippen. Salbeitee, der über der Glut köchelte, sanfte Flötenweisen, der Geruch brennenden Tabaks. Die Heimkehr nach einem langen, anstrengenden Tag. Ich seufzte. Allmählich wich das glutrote Licht des Sonnenuntergangs der Dunkelheit. Wir tranken Tee und plauderten über unsere Kinder und unsere Männer, über unsere Pflanzen und Bäume. Wir lachten über Raais ängstlichen Gang und seine Feigheit. Als wir unsere Vermutungen anstellten, welche Paare sich in der nahenden Verlobungszeit zusammenfinden würden, sagte Tamam: »Ich glaube, der junge Murjan hat ein Auge auf Jawaher geworfen.«

»Auf meine Tochter? Sie ist doch noch klein, Tante.«

»Sie ist beinahe elf. Sie ist kein Kind mehr.«

Nasra straffte die Schultern, als Halimeh sich nach Daffash erkundigte. »Wann wird dein Bruder heiraten? Es wäre besser, als ausländischen Frauen nachzujagen.« Ich zuckte die Achseln. Mit Daffash hatte ich nichts zu tun. »Scheich Talib sucht eine Frau.« Das eine Ohr aus Teig, das andere Ohr aus Lehm. Ich hörte nicht, was Halimeh sagte.

»Kannst du mir einen Gefallen tun, Schwester?«

»Zu deinen Diensten.«

»Ich möchte eiserne Schnappriegel für die drei Türen und ein Eisentor für den Hof, mit einem richtigen Schloß daran ... «

»Du brauchst dich doch nicht zu fürchten«, unterbrach mich Tamam.

»Ich fürchte mich nicht. Aber es ist besser, auf der Hut zu sein. Es sind viele Fremde im Dorf. Wärst du einverstanden, wenn ich dir dafür zwei Kisten von den Orangen gebe?«

»Ich muß erst Salih fragen.«

Während ich mir das Gesicht wusch, sah ich, wie Mubarak hinter den Hühnern herstolzierte und versuchte, den Gockel Sahi nachzuahmen. »Mmm, Essen«, brabbelte er, und ich wußte nicht, ob er sich selbst oder die Hühner meinte. Bei der Seele meiner Großmutter Sabha, die Tage vergingen, und mein Sohn wuchs rasch. Ein dunkler Haarschopf umrahmte sein rundliches, offenherziges Gesicht mit den großen braunen Augen. In der Hose, die Halimeh ihm genäht hatte, steckten kräftige, wohlgeformte Beine. Ich legte etwas Getreide in einen Topf und gab ihn Mubarak. »Komm, füttere sie.« Ich streute ein paar Körner auf den Hof, um die trägen Vögel anzulocken. Als mein Sohn dasselbe tat, folgten alle Hühner seiner Hand. Ich sang ihm ein Lied:

»Gockel, Gockel, Hühnchen.
Hühnchen, Hühnchen, Hühnchen.
Ei, Ei, Ei, Ei, QUACK!«

Als ich »quack« rief, lachte Mubarak aus tiefstem, reinstem Herzen. »Ha ha«, fiel ich in sein Gelächter ein. Das war für ihn das Zeichen, daß ich ihn jetzt jagen mußte. Langsam schlich ich mich an ihn heran. Er streckte die Arme vom Körper ab, als kitzle ihn jemand, und fing an zu kichern. Auf seinem Gesicht spiegelten sich Wonne, Erregung und Ausgelassenheit. Da sprang ich auf ihn zu, und er schrie: »Hammm!« Ich drückte ihm einen schmatzenden Kuß auf die Wange, und er küßte mich ebenfalls. Ein schwaches, dünnes »Bbba.«

Meinem Herzen wollten Flügel wachsen, es wollte ihn unter seine Fittiche nehmen und beschützen vor den Gefahren der Zeit.

Die Pflanzen, die ich in den letzten zwei Jahren bewässert hatte, wuchsen und gediehen. Der arabische Jasmin verströmte seinen erfrischenden Duft im ganzen Hof. Die Gemüsepflanzen deckte ich mit einer Plastikplane ab, die mir Nasra gebracht hatte, und ich freute mich an der zweimaligen Ernte pro Jahr. Nasra erzählte mir, sie habe diese Plastikplanen in Samir Paschas Garten gesehen. »Sie schützen deine Pflanzen vor Kälte.« Die jungen Orangen- und Zitronenbäumchen waren groß geworden, die kranken älteren Bäume waren durch das Mittel des Paschas geheilt worden, und der ganze Obsthain begann, Früchte zu tragen. Die Orangen und Zitronen verkaufte ich an Raai, der einen Abnehmer in der Stadt gefunden hatte, für einen Dinar die Kiste. Ich erstand eine Ziege, deren Milch Mubarak zu trinken bekam, und einen Hund, der das Haus bewachen sollte. Den Hund nannte ich Nashmiyyeh, nach Nashmi, und die Ziege Nawmeh, zu Nasras Freude.

Die Frauen des Dorfes betrachteten mein Haus als das ihre und kamen oft nachmittags mit ihren Stickarbeiten, Spinnrädern, Webstühlen und ihren Geschichten. Dann tranken sie süßen Tee, woben farbenfrohe Teppiche und redeten sich ihren Kummer von der Seele. Ich bot Minz–, Salbei- und Zimttee sowie Tee mit Kardamom an, dazu fritiertes Gebäck mit Butter und Honig. Die Sonne erfreute sich am Geflüster und Gelächter der Frauen von Qasim; sie verweilte am Nachmittagshimmel und spendete ihnen Licht und Wärme.

Wenn ich die Jasminblüten roch, spürte ich die warme Hand meiner Mutter durch das Gewand, mein Vater strich mir übers Haar, und Harb, der Gefährte meiner Seele, küßte meinen Nacken. Ihre Augen wachten über das Wohl des Hauses und die Pflanzung. Der kräftige Duft der weißen Jasminblüten schenkte mir Ruhe und Zufriedenheit.

Bei einem der nachmittäglichen Besuche fiel mir auf, wie alt und wettergegerbt Nasras Gesicht geworden war. Ihre grünen Augen leuchteten nicht mehr so wie früher, sie sahen aus wie Olivenblätter, ein schmutziges Grün. Das warme Braun ihrer Haare ging in Aschgrau über. Das Feuer der Jahre hatte am Haar all meiner Schwestern gezehrt – ausgenommen Hulala, die noch immer pechschwarze Zöpfe trug. Und im Lauf der Zeit war Tamams Mund schief geworden, nach rechts verzerrt. Ich brachte Mubarak bei, seiner Großmutter die Hand zu küssen, um ihr damit eine kleine Freude zu machen. Dann lachte die alte Pafferin und schnalzte mit der Zunge. Hamdas Mann hatte eine Zweitfrau geheiratet und war ausgezogen. Hamda, die so voller Energie und Lebensfreude gewesen war, wirkte nun wie ein geknickter Halm. Zwar versuchten die Frauen, sie zu trösten, ihr neuen Lebensmut zu geben und ihr vor Augen zu führen, welcher Nichtsnutz ihr Ehemann war. Doch sie saß immer nur auf dem Wollteppich und starrte stumm auf die Palmen. »Er ist der Vater meiner Kinder«, sagte sie dann plötzlich. Als Jawaher uns besuchen kam, wirkte das Mädchen so munter und frei wie ein Vogel in den Lüften. Seit sie Murjan geheiratet hatte – Allah schenke ihm ein langes Leben –, strahlte sie vor Glück. Früher einmal war auch ich jung, ungebunden und verliebt gewesen in einen stattlichen Reiter. Weich und glatt wie Seide, licht wie ein klarer Morgen, so waren die Tage damals gewesen.

Warum hatte ich die vergänglichen Tage nicht berühren, riechen oder wenigstens erahnen können? Ich hätte versucht zu verhindern, daß sie ihre Spuren in mein Gesicht gruben. Man blickt in den Spiegel und sieht das graue Haar, die Falten, die sich wie eine Tränenspur übers Gesicht ziehen, die trüber werdenden Augen. Einstmals war ich jung und reizvoll gewesen. Jetzt war meine Haut schlaff, meine Kleider hingen mir lose am Leib, und meine Welt verschwamm. Irgend etwas in mir schrumpfte und schrumpfte; müde vom Leben und seiner Farbenpracht suchte es nun Ruhe und Frieden. Selbst die Palme und die Orangenbäume konnte ich nur mit Mühe erkennen. Ich spann und spann wie ein Seidenwurm; ich grub unablässig in der Erde wie ein Regenwurm; und nachts rollte ich mich zusammen wie ein Igel und schlief unter dem einsamen Himmel.

Ich hörte Nasras Flöte singen: »Mu-ba-rak.« Ihr Gewand war schmuddelig, das Schwarz verblichen. Ich mußte Halimeh bitten, Nasra ein neues Gewand zu nähen. »Maha, du brauchst ein neues Gewand«, meinte sie. Lachend erwiderte ich, ich fände, daß Nasra viel dringender neue Kleider brauchte. »Die Engländer, sie werden unser Land verlassen«, sagte Nasra.

»Was?«

»Hakim hat es mir erzählt.«

»Nein, das kann nicht sein.«

»Ich schwöre es bei Nawmeh. Die Engländer verlassen unser Land.«

Ich stimmte ein nicht enden wollendes Freudengeheul an. Mit Tränen in den Augen rief ich: »Welch strahlend heller Tag! Welch ein Freudentag! Mubarak!« Ich lief zu meinem Sohn und drückte ihn an mich. »Mubarak, mein Augapfel, die Engländer verlassen unser Land.« Ich küßte meinen Sohn, dann weinte ich leise. Wo war Harb, der Gefährte meiner Seele? Wo waren meine Zähne geblieben? Mein Mann hatte keine Hände, keinen Kopf und keine Beine, als ich ihn in den Bergen fand. Nur ein Dolch, ein Rumpf, ein Stiefel, verbrannte Fleisch- und Kleiderfetzen. Finsternis über Finsternis. Doch ich hob den Kopf, strich das Haar zurück und rief: »Das müssen wir feiern. Das müssen wir feiern.«

»Nein. Zuerst möchte ich heiraten.«

Ich umarmte Nasra und sagte: »Deine Zeit wird kommen.« Sie ließ auf ihrer Flöte ein langes, klagendes »Oooh« ertönen, dann stürmte sie in die Berge.

Den Vormittag verbrachte ich damit, Datteln mit Mandeln zu füllen und Teig zu fritieren. Wir mußten singen, wir mußten tanzen. Welch ein gesegneter Tag! Die Engländer hatten versucht, uns und unser Land zu verändern, aber es war ihnen nicht gelungen. Die Besatzung war wie eine dünne Wolke, die der Wind verwehte. Die Obstplantagen hörten niemals auf, Früchte zu tragen, der Himmel war stets klar und blau, und Hakim, der weise Alte, die Verkörperung des arabischen Widerstands, lebte. Aber verloren hatte ich meinen Mann, den Gefährten meiner Seele, den Reiter des besten Hengstes. Obwohl meine Hände beim Teigkneten zitterten, war ich stark, und ich war zufrieden. Ich mußte für meine Schwestern den besten Tee, die besten Sußigkeiten und den besten Kaffee zubereiten. Ich würde dem gerösteten Kaffeepulver Zucker und Kardamom zusetzen. An diesem Tag sollte es keinen bitteren Kaffee geben. Ich flocht einen Kranz aus Jasmin und legte ihn Mubarak um den Hals. Die Engländer waren verschwunden. Zu spät. Das Herz in der Brust konnte nicht mehr flattern, es wußte nicht mehr, wie es die Flügel ausbreiten, sich in die Lüfte erheben und hoch über unserem Tal schweben konnte.

Der Geschichtenerzähler

Im Namen Allahs, des Erbarmers, des Barmherzigen. »Siehe, diejenigen, die nicht ans Jenseits glauben, wahrlich, sie benennen die Engel mit Weibesnamen.«

Eines düsteren Morgens erinnerte sich Daffash plötzlich wieder an Hulala, die Wahrsagerin vom Dolmen. Er ritt zu ihr und klagte ihr sein Leid. Maha sei nicht seine Schwester, sagte sie, sie sei nicht die Tochter von Menschen, sie sei kein *inns* wie die gewöhnlichen Menschen. »Eine Halbdämonin ist sie, deine Schwester«, sagte sie. Sie strich ein rotes Tuch glatt und bestreute es mit Sand, zog Linien und machte Vertiefungen darin. Dann runzelte sie die Stirn, schüttelte das Tuch aus und fuhr fort: »Dein Problem ist ein Netz, dessen Fäden sich verheddert haben. Der Pascha wird geheilt werden, wenn du ihm sieben Tage lang Futtersaft der Bienenkönigin zu essen gibst, der von den schwarzen Bienen auf den dunklen Bergen hergestellt wird. Bewacht wird der Bienenstock von einem Mann mit einem schwarzen Schwert, dem stärksten Reiter des Hufour-Stammes.« Daffash warf sich seinen Mantel um und war schon im Aufbruch begriffen, als ihm Hulala nachrief: »Mein Sohn, nimm dich in acht vor der großen schwarzen Königin. Ihr Stich ist tödlich.«

Daffash wählte drei der geübtesten jungen Reiter des Stammes als Begleiter. Die Pferde flogen dahin wie der Wind, durchzogen Ebenen und erklommen Berge. Die Augen der Reiter sahen nur das grelle Sonnenlicht, ihre

Ohren hörten nur die Schreie der Adler, und ihre Münder tranken nur das salzige Wasser des Toten Meeres, das den Durst nicht stillt. Die Hufe ihrer Araberpferde durchmaßen die Entfernungen wie scharfe Dolche ein Tuch durchtrennen. Auf dem Rücken seines Pferdes sah Daffash – ja, Allah – eine riesige schwarze Wolke. Eine schwarze was? Eine schwarze Wolke. War dies der Bienenstock, oder war es eine Fata Morgana, eine Folge von Erschöpfung und Durst? Wer bin ich? Wer bin ich?

Ich bin der Geschichtenerzähler.
Mein Gepäck ist voller Bienenstöcke.
Ich spinne Garn, spinne Geschichten.
Ich spinne und spinne viele Leben.

Als die Reitergruppe den hünenhaften, kräftig gebauten Hufour-Wächter sah, wußten sie, daß sie am Ziel waren. Der Bienenstock war unter einem spitzen Felsen verborgen, der aus dem Berg über der tiefen Mulde des Toten Meeres emporragte. Die Bienen bildeten eine pechschwarze Wolke um den Bienenstock unweit der Quelle. Von dem Felsen tropfte Wasser, das die Bienen aber nicht erreichte. Gepriesen sei Allah, eine ganze Ziegenhaut voll reinen Honigs, der hinter einem Vorhang aus Wassertropfen verborgen war. Die Männer des Qasimi-Stammes drückten die Knie in die Flanken ihrer Hengste. Sie zückten ihre Schwerter und griffen an. Das Klirren der Schwerter war bis nach Hamia zu hören, das Aufblitzen ihrer Waffen sogar in Jerusalem zu sehen. Kling, klang und SCHLAG. Klang, SCHLAG und kling. Der Wächter war stark und geschickt mit seinem Schwert. Doch Wahdan, der beste Fechter des Qasimi-Stammes, griff an wie ein Gewittersturm, warf den Wächter des Bienenstocks zu

Boden und setzte ihm die Spitze seiner Klinge an die Kehle. »Bei Allah, töte mich nicht«, flehte der Wächter.

»Für den Rest deines Lebens sollst du dein Kopfband um den Hals tragen. Alle Stämme sollen wissen, daß du im Kampf feige wie ein Weib bist.« Schnell und mit zitternden Händen ließ der Unterlegene sein Kopfband heruntergleiten. In diesem Augenblick verließ die Bienenkönigin den Stock, flog auf Wahdan zu und stach ihn in die Halsschlagader. Er fiel tot vom Pferd. Die Bienenkönigin flog fort, die anderen Bienen schwirrten gehorsam hinter ihr her. Eine schwarze Wolke summender Bienen erhob sich in den fahlen Himmel und zog davon wie eine Rauchfahne. Die Reiter verstauten den Bienenstock vorsichtig in einer der Satteltaschen, banden den toten Wahdan auf sein Pferd und traten den Heimweg an.

Als Daffash gegen Mitternacht zum Palast kam, hatte der Pascha einen seiner Anfälle. Schreie und Gepolter hallten durch die leeren Räume des verwaisten Palastes. Daffash steckte den Pascha ins Bett, band ihn mit den Sattelgurten fest, schöpfte einen Löffel Bienensaft und träufelte ihn dem Pascha in den Mund. Die Flüssigkeit rann ihm die Kehle hinunter. Der scharfe Geschmack des Saftes verursachte ihm einen Hustenreiz. Doch der treue Daffash ließ nicht nach und fütterte ihn weiter, bis der Pascha sich in sein Bett kuschelte und zum erstenmal wieder schlief, seit ihm die Teufelin den Schlaf geraubt hatte. Erschöpft bettete Daffash seinen Kopf auf sein Kopftuch, das er zu einem Kissen zusammengefaltet hatte, und schlief ebenfalls ein.

Von Jammern und Klagen wurde Daffash geweckt. Der Pascha weinte und rief ihren Namen: »Maha, wo ist Maha«, wiederholte er.

»Herr«, rief Daffash, »sie schadet deiner Gesundheit.«

»Du kannst das nicht verstehen. Jede Faser meines Körpers verlangt nach ihr. Ich will zu ihr, selbst wenn es meinen Tod bedeutet.« Nacht für Nacht flehte der Pascha, Daffash solle ihn zu Maha lassen, bat ihn, ihn loszubinden, beschwor ihn mit gebrochener Stimme: »Bitte, laß mich sterben.« Aber Daffash schenkte seinem Flehen kein Gehör und band ihn nicht los. Er fütterte ihn weiter mit Bienensaft, mit Honig und Milch, bis er Kräfte sammelte und Fleisch auf seine vorstehenden Backenknochen kam. Allmählich ging er im Haus herum und sprach auch über seinen Hof. Trotzdem hielt Daffash alle Türen versperrt und bewachte ihn.

Eines Nachts wachte Daffash auf und sah, daß das Bett des Paschas leer war. Er lief zu den Stallungen, sprang auf sein Pferd und ritt zur Orangenplantage. Da sah er den Pascha, der auf das große Tor von Scheich Nimers Pflanzung zulief. Daffash warf sich vom Pferd und packte den Pascha an den Fußgelenken, so daß er flach aufs Gesicht fiel. Er versuchte, sich Daffashs Griff zu entwinden und bettelte: »Nicht. Bitte, nicht. Ich möchte sie nur sehen, mehr nicht. Ich flehe dich an.«

»Nein, mein Freund.« Daffash sah aus den Augenwinkeln einen Schatten, der an der Tür lauerte und hörte verhaltenes Lachen. »Verbrecherin! Du verkaufst Träume und zerstörst Seelen!« rief er und half dem Pascha, der schon alle seine Kräfte eingebüßte hatte und federleicht geworden war, aufs Pferd.

Maha, die schwarze Witwe, unterdrückte ihr Lachen, als sie sah, wie der zu einem Gerippe abgezehrte Pascha sich an ihr Tor klammerte. Sie drehte sich um, schloß die Tür, blies die Lampe aus und sank in einen Schlaf, der nicht von Alpträumen geplagt wurde.

Maha

Meine Stirn war feucht, als ich meinen Schwestern Tee anbot. Jawaher schlug die Trommel, Nasra spielte auf der Flöte, und Halimeh und Hamda tanzten auf dem unfertigen Teppich. Tamam rauchte unablässig Pfeife, und Hulala saß still an die Wand gelehnt. Mubarak und Hamdas Sohn Khalif scheuchten den Hahn herum. Die nachmittägliche Brise ließ Jasminblüten auf uns herabregnen. Der Duft von Blüten, mit Kardamom gewürztem Tee und fritiertem Teig zog durch das Haus, den Garten und das Tal. Möge er aufsteigen und den abziehenden englischen Truppen in die Nase dringen. Wenn sie doch nie mehr zurückkehrten!

Ich stellte das Tablett auf den Boden, und dann rief ich laut: »Bei der Seele meines Mannes Harb, jetzt will ich tanzen.«

Ich richtete mich auf, streckte die Arme in die Luft, schwenkte die Hüften, sprang und landete sanft auf dem blanken Teppich. Mein Körper wurde von den Trommelschlägen und den aufgeregten Stimmen der Frauen aus seiner Gefangenschaft befreit. Sanft umspülten die Wellen des Toten Meeres meine Schultern, meine Hüften. Der Vollmond warf sein perlweißes Licht auf den Wasserspiegel. »Meine liebliche Stute.« Flap, flap, flap. Schwing die Hüften, schwing die Hüften. Als die Frauen ein langgezogenes Trillern hören ließen, überzog sich der Himmel mit einem warmen Orangerot.

Qasimi-Frauen von Hamia,
Seid glücklich, seid glücklich.
Euer Feind ist abgezogen.
Seid glücklich, seid glücklich.
Die Tage der Feigen- und Olivenbäume,
Sie kommen, ja sie kommen.

Als wir uns schließlich niedersetzten und anfingen zu weben, sah mich Nasra ernst an und sagte mit durchdringender Stimme: »Bei der Seele von Nawmeh« – ich erschauderte, denn die Beschwörung dieser Ziege behagte mir gar nicht –, »dein Bruder will den Hof.«

»Welchen Hof?«

»Diesen.«

»Ist das wahr, Nasra?«

»Murjan hat es mir gesagt.«

Ich strich mir über die Stirn, schob mein Kopfband zurück und wandte mich an meine Schwestern: »Was soll ich tun?«

Hulala sagte: »Er ist ein Mann und hat das Vorrecht.«

Tamam blies Pfeifenrauch in die Luft und meinte: »Der Imam und der Wächter haben den letzten Willen deines Vaters bezeugt.«

Hamda sagte: »Dein Vater – Allah sei seiner Seele gnädig –, hat dich in seinem Testament mit einem Teil der Felder bedacht.«

Halimeh sprach leise und ruhig: »Du bist diejenige, die das Land pflügt. Du mußt kämpfen. Wir werden dich unterstützen.«

»Ja«, kreischte Nasra.

Als der Mond hinter den schwarzen Wolken verschwunden war, klopfte es an der Tür. »Wer ist da?«

»Daffash. Mach auf!«

Ich zog mein Gewand an und schob den Riegel zurück. »Was willst du?« fragte ich und sah forschend in sein düsteres Gesicht.

»Dir einen Besuch abstatten.«

»Zu dieser Stunde?«

Er drängte sich herein und pflanzte sich mitten im Zimmer auf. »Hmm. Ganz ordentlich hier.«

»Es war viel sauberzumachen.«

Er kniete sich neben den schlafenden Mubarak, packte ihn am Arm und rüttelte ihn wach. »Willkommen, kleiner Neffe. Ich bin dein Onkel. Pscht. Nicht weinen.«

Ich rief Allah um Beistand gegen den Teufel. »Was willst du?«

»Ich wollte nur mein Eigentum inspizieren.«

»Dein Eigentum? Seit wann?«

»Kleine Schwester. Es ist mein Eigentum.«

Er zog ein Stück vergilbtes Papier aus der Hosentasche und sagte: »Unterschreibe das hier.«

Ich hielt den Zettel in den schwachen Lichtschein der Lampe und erkannte ein paar handgeschriebene Zeilen und zwei runde Siegel. Die Buchstaben waren wie trockene Teeblätter auf hellem Untergrund. Ohne Bedeutung. »Was steht hier?«

»Es ist eine Verzichtserklärung. Du wirst mir deinen Anteil an dem Land abtreten.« Ich schüttelte den Kopf und sagte klar und deutlich: »Nein«.

»Was meinst du mit ›nein‹?«

»Ich behalte, was mir mein Vater gegeben hat.«

Da fing Daffash an zu brüllen. »Nein. Du wirst dieses Blatt Papier mit deinem Daumenabdruck unterzeichnen.«

»Das werde ich nicht. Bei der Seele meiner Großmutter Sabha. Ich behalte meinen Anteil.«

Er blinzelte. Mubarak weinte. Daffash zog eine

schwarze Pistole heraus, die aussah wie ein Kakerlak. Er setzte die kalte Mündung des Laufs an meine Schläfe und befahl: »Los, unterschreib!«

Die Lampe schien zu erlöschen. Meinem Sohn liefen Tränen über die Schläfen, über die Ohren. Ich schluckte und schloß die Augen. Schließ fest die Augen, damit die Seele den Körper verlassen und hinunter zum Jordan purzeln kann, wo sie von Harbs Armen aufgefangen wird, und nach all diesen grauen Jahren umfaßt du wieder seine schlanken Hände. Mit dünner Stimme sagte ich: »Eher lasse ich mich umbringen.« Er legte den Finger an den Abzug. »Aber nicht vor den Augen meines Sohnes«, bat ich. Allah gebe, daß sich eine fürsorgliche Mutter um meinen Sohn kümmerte, ihm immer frische Kleider anzog, ihn badete, ihm die Nase putzte und ihm ein Glas Milch gab.

Daffash bohrte mir den Lauf der Pistole in die Schläfe, so fest, daß mein Auge nach links gezogen wurde. Ein Augenaufschlag, und alles wäre vorbei. Mein Sohn hatte sich heiser geschrien. Nashmiyyeh bellte. Ein stechender Schmerz in meiner Hüfte. Daffash hatte mir einen Fußtritt versetzt. Ich stürzte, wand mich am Boden. Da steckte er die Pistole wieder in den Gürtel und sagte: »Ich werde mir mit deinem Blut nicht die Hände schmutzig machen. Scheich Talib hat um deine Hand angehalten. Er will dich heiraten, Eulengesicht. Ich habe ihm mein Wort gegeben.« Damit ging er und schlug die Tür hinter sich zu. Ich krümmte mich am Boden. Sein schmutziger Stiefel hatte an meinem Bauch seinen Abdruck hinterlassen. Niemals werde ich einen anderen Mann heiraten. Der Schmerz grub sich mit spitzen Zähnen in mein Fleisch. Taumelnd stand ich auf und straffte die Schultern. Warum hatte er nicht abgedrückt? Warum nur?

Ich nahm meinen Sohn in die Arme und leckte ihm die bitteren salzigen Tränen von den Wangen. Immer wieder flüsterte ich ihm ins Ohr: »Es ist vorbei. Ich bin ja da. Es ist alles wieder gut.« Er trank ein paar Schluck Wasser. Ich setzte ihn auf meine Beine und wiegte ihn in den Schlaf. Seine Augen waren rot und geschwollen, und er seufzte schwer. Schließlich trug ich ihn in sein Bettchen und deckte ihn zu. Es war eine mondlose Nacht. Was sollte ich tun? Ich hatte keinen Vater und keine Mutter, keinen Onkel und keinen Mann, der mich hätte stützen können. Ich war ganz allein auf dieser Welt. Doch ich mußte gegen Daffash kämpfen. Händeringend lief ich im Hof auf und ab. Der kalte leichte Wind vermochte nicht, das Feuer in mir zu löschen. Was sollte ich nun tun? Wie sehr hätte ich Harb gebraucht, den Gefährten meiner Seele, der den besten Hengst ritt. »Niemals würde ich mein Haupt auf den Arm eines anderen Mannes legen.« Kein anderer Mann würde jemals meinen Körper sehen, riechen oder berühren. Das stand für mich fest.

Ich schloß die Tür des Zimmers hinter mir, band mir den Schleier ums Gesicht und lief durch die blinden Gassen des Dorfes. Nur hie und da wurde die Stille durch das Weinen eines Säuglings oder durch ein Husten unterbrochen. Die Hunde hatten aufgehört zu bellen, nun begannen die Zikaden ihr schrilles Zirpen. Als ich an meinem Ziel ankam, war ich verschwitzt und außer Atem. Ich klopfte an die Tür. Keine Antwort. Ich klopfte noch einmal. Gemurmel, dann die Frage: »Wer ist da, zu dieser nächtlichen Stunde?«

»Ich bin`s, Maha. Mach mir auf, Tante.«

»Im Namen Allahs, was führt dich her zu dieser Stunde?« Tamam musterte mich mit ihren kleinen Augen.

»Ich weiß nicht, was ich machen soll. Daffash …«

»Fahr fort, Frau.«

»Daffash will mich mit Scheich Talib verheiraten.«

»Und was ist falsch daran?«

»Ich habe mir geschworen, nie wieder zu heiraten. Meine Seele ist immer noch mit Harb verheiratet.«

Tamam umarmte mich und strich mir über den Rücken. »Allah beschütze uns vor dem, was kommen wird. Meine Tochter, geh wieder nach Hause. Ich komme morgen zu dir. Vertraue auf Allah. Gehe jetzt. Geh zu deinem Sohn.«

Als ich vorsichtig durch die Gassen lief, hörte ich plötzlich die leichten Schritte Raais. Wenn er mich zu dieser nächtlichen Stunde sehen würde – allein unterwegs –, würde er einen Skandal heraufbeschwören. Die Tochter von Scheich Nimer durchstreift das Tal zu mitternächtlicher Stunde. Da entdeckte ich einen Durchgang in einer Steinmauer. Langsam schlüpfte ich hinein und kauerte mich in der Dunkelheit zusammen. Ich sah jemanden mit einem Gewehr über der Schulter; neben ihm ging jemand her, und dann sah ich einen Esel mit einem Affen auf dem Rücken. Ein Affe, der auf einem Esel reitet! Ich sah wohl Gespenster. Als die Schritte verhallt waren, verließ ich mein Versteck und lief nach Hause. Ich hoffte, Mubarak schlief noch. Ja, er schlief. Ich zündete die Lampe an und wartete auf das vertraute Geklapper von Pferdehufen.

Ich trieb in einem Ozean des Halbschlafs. Den ersten Kuß erhielt ich auf die rechte Seite des Mundes. Ich betastete meine welkenden Lippen und dachte an meine fehlenden Schneidezähne. Vielleicht könnte der fliegende Händler Uqla, der Zigeuner, sie durch goldene ersetzen. Er überzog Zähne mit einer dünnen Goldschicht, aber neue konnte er nicht machen. Ich legte die Hand auf meine Hüfte. Wie dünn ich doch war. Nur noch Haut und Knochen. Der morgige Tag würde Erleichterung und Frieden bringen. Morgen würde mein Kummer vergehen. Das Tschirpen der Spatzen und das Gurren der Tauben kündeten den Tagesanbruch an. Ich lag da mit dem Gesicht nach unten, und die Wärme der Matratze drang durch mein dünnes Gewand.

Ein sanftes Klopfen an der Tür weckte mich. »Ich bin`s, Tamam.« Ich öffnete und bat Tamam und Hulala herein. »Ich habe dein Problem mit Hulala besprochen.« Hulala schüttelte den Kopf. »Und wir sagen, daß ohne unsere Zustimmung niemand dich heiraten kann.«

»Tante, bedenke doch, was er mir angetan hat. Das nächste Mal wird er mich erschießen.«

»Wir haben einen Plan. Du lehnst ruhig und höflich ab, wenn dich Imam Rajab fragt, ob du Scheich Talibs Antrag annimmst. Wenn du Bosheit in den Augen der Männer aufblitzen siehst, sage, dein Hals ist trocken und du möchtest ein Glas Wasser holen. Ich werde Mubarak zu mir nehmen und für ihn sorgen, solange es Allah gefällt. Nasra wird im Orangenhain auf dich warten. Ihr lauft dann beide weg.«

Ich strich mir über die Stirn und wandte ein: »Aber ich will gar nicht weglaufen.«

»Nur für kurze Zeit. Bis der Zorn der Männer verraucht ist. Nasra wird dir den Weg zeigen. Unterdessen wird Hulala versuchen, mit den Männern zu reden. Bleibe fort, bis wir dir mit Murjan ein Sträußchen frische Minze schicken.«

Ich nahm Tamams Hand und sagte: »Ich habe solche Angst.«

»Fürchte dich nicht, meine Tochter. Denn das Auge sieht, was ins Gesicht geschrieben steht.«

Ich schnitt die Okraschoten und die Tomaten klein und

kochte sie in Olivenöl. Mubarak lief einem Huhn nach. Inzwischen aß er schon normales Essen. »Mubarak, komm her. Dein Mittagessen ist fertig.« Ich sah hinauf zum Himmel, während ich Brot in die Soße eintauchte und Mubarak fütterte. Wie ein Zelt spannte sich der Himmel über unseren Köpfen. Keine Luft zum Atmen. »Mubarak?«

Er kaute mit vollem Mund, als er antwortete: »Mmm.«

»Du bleibst eine Zeitlang bei deiner Großmutter Tamam. Ärgere sie nicht. Sie ist alt und müde.«

»Und Sahi?«

»Nein. Sie hat keinen Stall für ihn. Er würde sonst verlorengehen.« Ich steckte einen Bissen Essen in den Mund und kaute. Doch die Kehle war mir wie zugeschnürt.

»Warum?«

Ich lächelte, denn es war das erstemal, daß er das Wort ›warum‹ aussprach. »Ich muß in die Berge.« Seine Augen füllten sich mit Tränen, sie waren voll Furcht. Ich drückte ihn an mich, küßte ihn und sagte: »Mein Liebling, ich bleibe nicht lange fort. Nur ein, zwei Tage. Deine Großmutter wird sich um dich kümmern; sie wird dich draußen spielen lassen, für dich singen …

›Gockel, Gockel, Hühnchen.
Hühnchen, Hühnchen, Hühnchen.
Ei, Ei, Ei, Ei. QUACK‹«.

Mubarak lachte. Sein glattes schwarzes Haar bedeckte seine Ohren; seine wenigen Zähnchen blitzten in seinem kleinen Mund, seine großen Augen strahlten vor Glück. Sein Lachen ließ meinen Körper vibrieren. Ein klares, reines Lachen, das aus seinem kindlichen Herzen hervorsprudelte.

»Jetzt iß. Damit du groß und stark wirst.«

Um Saad

»Maha, Schwester.«

»Ja, Um Saad?«

»Maha, Schwester, sie brachten mich in einem alten deutschen Auto hierher. Wenn ich meine Hände nicht gebrauchen kann, bin ich keinen Piaster wert. Als sie die Ärmel der Zwangsjacke hinter meinem Rücken zusammenbanden, konnte ich weder sprechen noch gehen. Nichts konnte ich tun. Ich war wie ein Falke, dem man eine Haube übergestülpt hat: blind, unfähig zu fliegen. Ich war es gewohnt, meine Hände frei und ungehindert gebrauchen zu können. ›Ich werde für dich kochen, für dich saubermachen, deiner neuen Frau Honig und Mandeln zu essen geben. Aber bitte, bring mich nicht an diesen Ort. Ich werde deiner zweiten Frau die Füße küssen, ihre Unterwäsche waschen, mich sogar vor ihr niederwerfen. Bei Allah, laß mich bleiben. Möge Allah deinen Frauen ihre Tugend bewahren.‹ Zwecklos, Schwester. Sein Herz war hart wie Stein, kalt wie Metall. Ohne meine Hände konnte ich auch das Gleichgewicht nicht mehr halten, und so stolperte ich ins Auto und ließ mich auf den Rücksitz fallen.

Im Radio sang Um Kulthoum ein Lied aus meiner Jugendzeit:

Zu wem soll ich gehen?
Wem soll ich mich zuwenden?

Du bist mein Glück.
Du bist meine Wunde.

Der Fahrer summte mit. Von draußen hörte ich die Schellen Lakritzensaftverkäufer. Legt Feuer an die Grundfesten dieser Stadt. ›Sei still‹, rief ich dem Fahrer zu. Der Mann, der mich abgeholt hatte, saß bequem auf dem Vordersitz neben Abu Saad. Ich schlug mit den Füßen gegen die Sitzlehnen dieses klapprigen Wagens. Durch seine dicken runden Brillengläser sah mich der Mann an. ›Schon in Ordnung, sie ist verrückt.‹ Und mein Mann nickte. Meine Beinmuskeln schmerzten. Ich betrachtete meine dünnen Oberschenkel und bemerkte, daß ich noch immer den braunen Kaftan trug, den Abu Saad mir in frohen Tagen gekauft hatte. Um Kulthoum fuhr fort mit ihrem Klagelied:

Zu wem soll ich gehen?
Wem mich zuwenden?
Durch wen werde ich Gerechtigkeit erfahren?

Als ich bei unserer Ankunft das weiße, hinter Rebspalieren versteckte Gebäude sah, packte mich der Zorn. Ich rollte mich am Boden und schlug, biß und bespuckte die dicken Brillengläser des Pflegers. Zwei Krankenschwestern waren in seiner Begleitung. Jemand schlug mir auf den Mund. Man bohrte mir eine Nadel in den Arm. Ich kam in diesen Raum und sah dich zusammengerollt im Bett liegen wie ein großer schwarzer Käfer. Da verlor ich die Beherrschung. Ich beschimpfte, verfluchte und beleidigte sie. Warmes Blut lief mir das Kinn hinab auf die Brust.«

Ohne daß wir es gemerkt hatten, hatte Dr. Edwards das Zimmer betreten. Um Saad unterbrach sich. »Ihr redet wirklich pausenlos.« Hinter dem englischen Arzt traten der beinahe blinde Pfleger Kukash mit den zerzausten Haaren und Salam ein. Der Arzt riß Um Saad das rosarote Tuch vom Kopf, Um Saad protestierte: »Es sind Männer im Zimmer. Ich darf meinen Kopf vor fremden Männern nicht entblößen.« Ihr graues Haar fiel ihr auf die Schultern herab. Wie aus dem Nichts zauberte der Arzt eine Schere hervor und reichte sie Salam. Um Saad verstand sofort und fing an zu schreien: ›Nicht meine Haare.‹ Sie hielt sich beide Hände schützend über den Kopf.

Mit der traurigen Stimme eines Mannes, der das Elend des Lebens kennt, rief der Arzt: »Kukash.«

Im Nu hatte ihr Kukash Handschellen angelegt und drückte jetzt ihren Kopf mit beiden Händen nach unten. Um Saad sah aus wie die Ziege, die Raai und Jarbwa für meine Hochzeit geschlachtet hatten. Der englische Arzt, der aus dem Land der Kirchen und Clubs kam, begann, ihr die Haare zu scheren. Ihr Kopf lag fast in Kukashs Schoß. Statt Blut fielen graue Haarflocken auf den Betonfußboden. Um Saad klagte und jammerte laut. Der Arzt holte ein silbernes Gerät mit zwei Flügeln heraus, das er zusammenpreßte und das mit seinem Metallmaul das Haar fraß.

Bald war Um Saads Schädel völlig kahl. Dies tun sie, um uns besser kontrollieren zu können. Ich drehte den Kopf zur Wand. Auf der ungleichmäßigen weiß gestrichenen Wand entdeckte ich eine schwarze Giftspinne, ein weit aufgerissenes Maul. Als das surrende Geräusch aufgehört hatte und die Tür geschlossen war, stieß Um Saad einen langen Seufzer aus; da drehte ich mich um und öffnete die Augen. Um Saad fuhr sich mit der Hand über den kahlen Schädel. Ich sprang aus dem Bett, nahm ihr rosarotes Tuch und band es ihr um, so daß die nackte

Kopfhaut vollständig bedeckt war. Sie öffnete den Mund, machte ihn wieder zu und brach in Tränen aus wie Mubarak, als er – eine Woche alt – vom Imam beschnitten worden war. Ich legte ihren Kopf an meine Brust, und ihre heißen Tränen sickerten durch meinen weißen Kittel in mein schwarzes Gewand. Meine Brustwarzen zogen sich zusammen. Wie gern hätte ich meinen Sohn gestillt.

Maha

Eine Schar Männer strömte auf unseren Hof und verwandelte ihn in einen summenden Bienenstock. Sie gestikulierten, strichen sich über den Bart und priesen den Allmächtigen. Ich streifte meinem Sohn ein Hemd über den Kopf, dann noch eins und zog ihm die dicke Jacke an, die ihm Halimeh aus alten Webteppichen zusammengenäht hatte. Damit würde er nicht frieren. In das dreieckige Tuch, das ich um ihn geschlungen hatte, als er noch ein Säugling war, wickelte ich ein Fläschchen Rosenwasser, seinen Kamm, zwei Hosen, ein Hemd und etwas zum Naschen. Dann zog ich ihm die Sandalen an, die Tamam ihm gebracht hatte. Als ich die Lederriemchen schnürte, jammerte er, weil es ihn drückte. Mein Sohn hatte einen starken Freiheitsdrang und scheuchte die Hennen am liebsten barfuß herum. »Du bleibst bei deiner Großmutter.«

»Nein, nicht Großmutter.«

»Doch, mein Liebes.«

Fragend streckte er sein kleines rundes Händchen aus.

»Nein, ich bleibe nicht lange fort. Nur ein, zwei Tage.«

Ich umarmte und küßte ihn und beschnupperte seinen Hals. Mubarak roch wie sein Vater Harb. Tamam nahm ihn bei der Hand und klemmte sich sein Bündel unter den Arm, dann gingen sie. Ich horchte dem tapsenden leichten Schritt meines Sohnes nach. Wenn es Dich gibt und Du von dort oben gelangweilt herunterblickst, beschütze bitte meinen Sohn.

Die Männer hatten sich draußen auf dem Boden im Halbkreis um Scheich Talib, Imam Rajab und Daffash geschart. Hinten am Horizont blitzte etwas Helles auf; vielleicht ein vorbeihuschendes Reh? Eine Taube? Ein Adler im Sturzflug? Ich wusch mir das Gesicht mit kaltem Wasser und band mir sorgfältig den Schleier um, um mein nacktes Zahnfleisch zu verdecken. Mein Herz pochte laut.

»Maha«, brüllte Daffash.

Ich holte tief Luft, ließ meinen Blick durchs Zimmer schweifen und strich mir über die Stirn. Der Spiegel meiner Großmutter, der beinahe fertiggewebte Teppich am Boden, die blaue Wiege und die drei Matratzen sahen mich stumm an. Der Tonkrug glänzte von feinen Tautropfen, die wie Tränen auf den Boden rannen. Ich versteckte das Futteral von Harbs Dolch und Mubaraks Amulett in meinem Gewand und trat hinaus. Die Sonne neigte sich bereits nach Westen, um hinter dem Horizont zu verschwinden.

»Imam Rajab wird dir ein paar Fragen stellen. Du antwortest mit ›ja‹«, befahl Daffash und zwirbelte seinen Schnurrbart zwischen Daumen und Zeigefinger.

Ich blickte in die feierlichen Gesichter der Männer des Stammes.

Imam Rajab erhob sich mit Mühe und sagte laut: »Maha, Tochter von Nimer, wirst du Scheich Talib als deinen Ehemann annehmen?«

Mein Körper begann schwerelos zu werden, aufzusteigen, hinauf in den Himmel. Ich sah das lächelnde Gesicht meiner Mutter, den Stock meines Vaters und Harbs Arm. Mein Haupt würde ich nur auf Harbs starken Arm legen. Daffash rieb sich die geballten Fäuste. Mit dünner Stimme sagte ich: »Ich möchte einen Schluck Wasser.«

Imam Rajab lächelte und entblößte seine ungleichmäßigen braunen Zähne. Auch finstere Worte konnten die Zähne abschleifen und verfärben. »Sie schämt sich, Daffash. Laß sie einen Schluck Wasser trinken.« Ich kehrte ihnen den Rücken und ging ins Haus; ich fand einen Becher, ging damit hinaus, warf ihn auf den Boden, stopfte mein Gewand in die Hose und lief los, lief zur Obstpflanzung.

Nasra lehnte an einem der Orangenbäumen und sprach mit Murjan. Sie ergriff meine Hand und sagte mit schriller Stimme: »Schnell, die Berge.« Meine Fußsohlen glühten, Mubaraks Schreie erfüllten das Tal. Wenn mich die Männer zu fassen bekämen, würden sie mich erschießen. Dann hörte ich nur noch das Rasseln meiner Lungen, die Luft einsaugten. Dornenbüsche, Gras, trockenes Erdreich und Blutwurz eilten unter meinen Füßen vorüber. Von meiner Nase tropfte Schweiß. Wir schlugen einen Pfad ein, der den Berg hinaufführte. Nasra zog mich vorwärts. Mir war sehr heiß, obwohl die Luft hier kühler war. Murjan blieb dicht hinter uns. Als wir oben angekommen waren, blieb ich stehen und rief dem Wind zu, dem fahlen Licht der Abenddämmerung: »Nein.« Ich würde Scheich Talib nicht als Ehemann annehmen.

Der Schlund der Abu-Auqab-Höhle war weit offen. Ein Löwe, bereit, seine Beute zu verschlingen. Wir gingen hinein und ließen uns auf dem mit Teppichen ausgelegten Boden niedersinken. Meine Lungen schmerzten, als hätten Dolchstöße sie verwundet. Murjan und Jawaher hatten die Höhle für uns hergerichtet. Da waren ein Tonkrug, eine Lampe, Brot, Butter und Datteln. »Das reicht für ein paar Tage«, sagte Murjan. »Verschließt den Eingang mit dem Stein, der davor liegt. Ich bewache den Pfad, der hierherführt. Wenn ihr ein Gerausch hört, lauft nach Süden zum

Toten Meer. Bleibt nicht hier. Wenn ihr Stimmen hört, schleicht ihr euch aus der Höhle.«

»Allah schenke dir ein langes Leben, mein Sohn«, keuchte ich. Nasra brachte mir eine Tasse Wasser und hieß mich trinken.

Das Heulen der Füchse und das Bellen der Hunde belagerte unsere Höhle. Nasras Gesicht zuckte im flackernden Licht der Lampe. An Schlaf war nicht zu denken. Das Herz zitterte mir im Leib. Mubarak. Würde Tamam ihm zu essen geben, ihn ausziehen, seine Tränen trocknen? Ich wiegte meinem Körper hin und her und versuchte zu schlafen. Der runde Stein, mit dem die Höhle verschlossen war, schien auf meiner Brust zu lasten. Von nun an würden Angst und Erschöpfung meine Schwestern sein, meine Begleiterinnen im Land meines Stammes. Es gab keine Ankunft. Die Höhle war finster, der Teppich, in den ich mich hüllte, war kalt. Mein Glück war wie verstreutes Mehl.

Ich schwebte auf Wolkenschleiern dahin, als mich Nasra an den Schultern packte und rüttelte. »Wach auf. Stimmen.« Wir standen auf und legten das Ohr auf den Boden. Ein leichtes Vibrieren drangen durch Erdreich und Fels. »Wir müssen weg.« Vorsichtig schoben wir den Stein zur Seite und traten aus der Höhle. Wie eine glühende Schlange kroch ein Zug von Fackeln den Berg herauf.

»Lauf!«

Dem Klatschen der Wellen folgend, liefen wir nach Süden Richtung Meer. Mächtige Wellen donnerten ans Ufer, zogen sich wieder zurück. Meine Muskeln schmerzten, meine Augen tränten, und meine nackten Fußsohlen bluteten. Das Blut würde eine Spur auf der Erde hinterlassen und es den Männern des Stammes leicht machen, uns zu finden. Das Salz, mit dem die Kieselsteinchen am Ufer überzogen waren, drang in die offenen Wunden meiner Füße. Es brannte wie Feuer. Feuer, Feuer. Die Mutter Hulalas leckte mir die nackten Fußsohlen. Nasras Rücken war verkrampft, meine Füße berührten kaum den Boden, und das einzige Zeichen dafür, daß ich noch am Leben war und lief, war das pfeifende Geräusch des Atemholens. Die Nacht nahm uns unter ihre Fittiche und beschützte uns wie eine gütige Mutter.

Der Himmel glich einer schwarzen Rauchwolke, die über dem weiten Meer hing. Nasra führte mich zu einer Quelle, deren Süßwasser ins Meer floß. »Hier bleiben wir heute nacht.« Eine warme Brise trug scharfen Geruch heran und strich über mein feuchtes Gesicht. Vereinzelte schwache Lichter spiegelten sich im Wasser drüben am anderen Ufer. Ansonsten herrschen nur Finsternis und Hitze über den weiten, salzigen Ebenen. Ich steckte den Kopf zwischen meine Knie, um das Blut zirkulieren zu lassen. Als ich die Augen schloß, sah ich vor mir den lächelnden Harb, der mich mit seinen warmen Händen näher zu sich heranzog; sanft umspülte das Wasser meinen Körper. War ich – Maha, der Indische Feigenbaum, bitter wie die Kolokynthenfrucht, aber voller Geduld und Ausdauer – war ich tatsächlich von meinem Haus weggelaufen? Saß ich wirklich hier auf den salzverkrusteten Steinen und betrachtete die furchteinflößende Senke des Toten Meeres … ohne den Gefährten meiner Seele, ohne Harb, meinen Geliebten, den Vater meines Sohnes? Warum hatte ich meinen Sohn bei Tamam gelassen? Warum hatte ich …?

Dunkle Wolken senkten sich auf Nasra und mich herab. Das von Land umschlossene Wasser hielt den Atem an, nichts bewegte sich an dieser endlosen Küste, nur das Wasser der Mineralquellen plätscherte die Klippen hinab und ergoß sich ins schwarz glänzende Meer. Dunst lag über dem Wasser, den Felsen und Quellen und erschwerte das Atmen. Der beißende Geruch von Säuren und Mineralien stieg zum Himmel empor. Ich legte die Wange auf einen flachen Stein und lauschte dem Rauschen des Süßwassers, das seinem Tod entgegenströmte. Ein Tropfen Süßwasser in der unendlichen Weite des salzigen Meeres. Das trostlose Gewand des Todes umschloß die Ebene, die Gipfel der Berge und sogar Jerusalem mit seinen hohen Minaretten. Ich würde versuchen zu schlafen, würde versuchen, die Augen zu schließen wie Nasra; versuchen, nicht mehr an die Salzsäulen unter Wasser und an die Vipern zu denken, die in der Dunkelheit lauerten.

Die Sonne ging auf, erhellte den blassen Himmel und warf ihre flackernden Strahlen auf die glatte Wasseroberfläche. In der Morgendämmerung verwandelte sich jedes Salzkörnchen in ein glitzerndes Juwel, einen Edelstein. Das Rauschen des Wassers schwoll mit dem Wind an und wieder ab. Nasra lag noch immer auf dem flachen Stein und schlief. In ihrem schwarzen Gewand sah sie aus wie eine dünne schwarze Maserung des Felsens. Ich schöpfte Wasser mit den hohlen Händen und benetzte mein Gesicht. Der bittere Geschmack der Mineralien blieb an meiner Zunge haften, die Säure drang mir in die Augen. Ich spürte eine Beklemmung und ahnte, daß mein Sohn weinte. Sooft ich an ihn dachte, spürte ich es in meinen Brüsten. Ich strich mir über die Brustwarzen. Bestimmt war er hungrig. Bestimmt weinte er. Verflucht sei mein Herz, das schnell wie trockene Palmblätter Feuer fing.

Nasra wachte auf, räkelte sich und sah zum Himmel. Sie ließ die Beine baumeln und fing an, auf ihrer Rohrflöte zu spielen. Eine muntere, lebhafte Melodie – ein Gruß an den Morgen.

»Nasra, Schwester, geh ins Dorf und bring mir Nachrichten.«

»Essen auch?«

Mein Blick verweilte bei den staubigen Sträuchern am Ufer der Mineralquellen. »Ja.« Nasra sprang vom Felsen herunter und wusch sich das Gesicht. Sie stopfte sich das Gewand in die Hose und machte sich auf den Weg. Ich beobachtete, wie sie sich zwischen den Büschen hindurch ihren Weg bahnte. Als sie weit weg war und klein wie eine Ameise, setzte ich mich seufzend nieder. Langsam wurde es heiß, die Sonne glühte erbarmungslos. Mein schwarzes Kleid zog die Hitze an, heizte mich auf wie einen Backofen. Das Plätschern und Rauschen des kühlen Wassers drang an mein Ohr.

Die durchscheinenden Hände des Wassers winkten mir zu, zogen mich, hielten mich an den Handgelenken. Das Meer rief mich, dunkel, heiser, traurig. Meine Vergangenheit. Ich löste mein Kopfband, warf den Schleier auf einen Stein, entflocht meine Zöpfe. Dann zog ich mein schmutziges schwarzes Gewand aus, meine Hose, meinen Unterrock, und streckte meinen nackten Körper. Meine Füße berührten das Wasser; die Kühle tat wohl. Wenn ich im Toten Meer untertauchte, taten mir immer die Augen weh. Die Säuren und Mineralien schienen die zarte Haut anzugreifen. Ich mußte durchhalten, bis das angenehme Gefühl über den Schmerz siegte und ich wieder sehen konnte. Die frischen Tränen wuschen das Salz aus meinen Augen. Das Geräusch schwappender Wellen, das nasse Haar und der bittere Geschmack der Mineralien brachten mir Harb zurück. Zuerst küßte er mich rechts auf den Mund, dann links, dann mitten auf den Mund. Ich hielt ihn an den Schultern fest und schmiegte mich näher an ihn. Als ich ihn umarmte, ihn umschlang, fing er an, wie ein Kind zu weinen. Zärtlich sah er mich an und wurde eins mit mir. Ihn in mir aufzunehmen war, wie nach einem langen anstrengenden Tag nach Hause zu kommen. Mein Körper wurde zu einem leichten, schnell mahlenden Stößel. Geflüster und das Rauschen der Wellen. »Du bist die Gebieterin meiner Seele, Rehäugige.« Ich schlang die Arme fest um meinen Körper. Tränen, Leere und Liebe. Ich tauchte hinunter, um ihn festzuhalten, dann ließ ich mich auf dem Wasser treiben. Trübe grüne Pfützen, dann frische Luft und blendendes Licht.

Ich glaubte, Hakims gebeugte Gestalt zu sehen. Ich wischte mir das Wasser aus dem Gesicht. Ja, beim grauen Haar meiner Großmutter. Er blieb stehen, setzte seine Ziege auf dem Boden ab und winkte mir zu. Dann ging er weiter, mit leichtem Schritt, wie ein Zwanzigjähriger. Mit seiner Ziege im Arm verschwand er hinter einer hohen Klippe. Ich schrie, so laut ich konnte: »Hakim.« Nichts war zu hören, nur das Echo meiner eigenen Stimme und das Rauschen der Wellen. Vielleicht konnte er mit seinen seltenen Kräutern mein müdes Herz heilen. »Hakim.« Nichts, nur das Echo meiner Stimme, die sich am Berggipfel brach.

Die Sonne entfesselte ihre glühenden Flammen und warf sie hinunter in die Senke des Toten Meeres. Schweißtropfen liefen mir über Gesicht und Rücken. In der Ferne zwei Ameisen, die näher kamen. Murjan und Nasra. Bringt mir gute Nachrichten, betete ich.

»Friede sei mit dir«, begrüßte mich Murjan.

»Und mit dir, mein Sohn«, erwiderte ich.

»Mubarak geht es gut«, sagte Nasra.

»Maha, meine Mutter, dein Bruder Daffash hat die Obstpflanzung, das Haus und deinen Sohn an sich gerissen.«

»Daffash hat dein Gemüse mit den Wurzeln ausgerissen.«

Körnchen des bitteren Salzes vom Toten Meer steckten mir im Hals, klebten auf meiner Zunge, umrandeten meine Augen. »Ich habe Durst.« Murjan reichte mir den Wasserschlauch. Ich trank ein paar Schluck. Als Nasra mir Datteln anbot, schüttelte ich den Kopf.

Mein Orangenhain, das Juwel auf der Stirn des Tals. Die goldene Dämmerung erfaßte sanft die Zitronenbäume und hob sie empor, hinauf in den Himmel, und dort blieben sie hängen. Das eiskalte Wasser des alten Kanals teilte den Orangenhain in zwei Hälften und sickerte in den Boden, machte die trockenen Gräser weich und biegsam und brachte Kühle und Feuchtigkeit. Der Duft der Blüten trug mich sanft in eine andere Welt. Wohlgeruch erfüllte das Tal. Das klare Wasser sickerte in die Tiefen meines Herzens, reinigte meine müde Seele und machte mich zerbrechlich, durchscheinend.

Ich hielt mir die Hand vor die Augen und blickte in die Sonne. Was hatte ich, Maha, die Tochter Malihas, der Tochter Sabhas, hier zu suchen? Wie hatte ich bloß von meinem Sohn und meinem Haus weglaufen können? Ich mußte gegen Daffash kämpfen. Langsam und bedächtig drehte ich mich um, dann sagte ich entschlossen: »Ich kehre ins Dorf zurück.«

Nasra begann, sich ins Gesicht zu schlagen und zu weinen. »Bist du verrückt, Maha?«

Murjan starrte aufs Meer und sagte wie zu den Wellen: »Tu, was du für richtig hältst.«

Hochaufgerichtet und hocherhobenen Hauptes schritt ich über die weite Ebene. Die wenigen Palmen waren wie Süßwassertropfen im salzigen Meer. Sie konnten die Ebene nicht in ein lindes Grün verwandeln. Die Macht der bleichen Wüste triumphierte über die wenigen grünen Flecken. Ein Kamel und ein Kalb käuten ihr Futter wieder. Die Bananenplantage war der kürzeste Weg ins Dorf. Ein Dorn bohrte sich in meine Fußsohle. Nasra und Murjan hatten Mühe, mit mir Schritt zu halten. Mein Bruder Daffash, der Sohn meiner Mutter Maliha, meines Vaters Scheich Nimer und der Enkel meiner Großmutter Sabha, riß Haus und Hof an sich. Ich hätte Daffash in der Höhle töten sollen, damals, als er mit Salihs Frau schlief. Ich hätte den Abzug drücken und ihm ins Herz schießen sollen. Ich hätte Daffash töten sollen, bevor Nasras Flötenklänge ihre Wärme einbüßte und bevor Nasra ihren Ohrring und den Glanz ihrer grünen Augen verlor.

Ich schob das Kopfband hoch, wischte mir den Schweiß von der Stirn und lief weiter in Richtung des vergessenen Dorfes, das wie ein Blutegel am Berghang klebte. Nach nur zwei Tagen schien das Dorf gealtert. Von düsterem Braun. Lehmkuppeln, Lehmwände, Ohren und Augen aus Lehm. Ich ließ das Tote Meer hinter mir, das in seinem Bett brauste. Die Felder gehörten mir. Mubarak war mein Sohn, ein Teil meines Herzens. Ich hatte die Zitronenbäumchen gepflanzt und die Orangenschößlinge gesetzt, hatte drei Jahre gewartet, sie gegossen, bis sie zum erstenmal Früchte trugen. Meine Fingernägel waren gerändert von Erde, Mist und Lehm. Ich hatte das Erdreich umgegraben, gehackt und gejätet. Die Hände meines Bruders waren sauber, hatten niemals die Erde berührt. Die Felder gehörten mir. Lieber wollte ich mich umbringen lassen, als mit ansehen zu müssen, wie die Obstpflanzung dahinwelkte. Lieber wollte ich in Frieden unter der Erde ruhen, eins mit den Wurzeln meiner Orangenbäume.

In der Hauptgasse empfing mich Raai vor seinem Laden mit den Worten: »Du hättest Scheich Talibs

Angebot annehmen sollen.« Ich betrachtete seinen gestutzten Bart, seine verschlagenen Augen und die bunten Gefäße mit gerösteten Kichererbsen, die vor ihm aufgereiht standen, und schüttelte den Kopf. Als Salih mich sah, sprang er auf und rief: »Friede sei mit dir, Tochter von Nimer. Warum bist du zurückgekommen?« Salih arbeitete nicht nur mit Metall, er war selbst aus Metall. Er bildete sich ein, alles zurechtbiegen zu können, sogar das Herz einer Mutter. Imam Rajab schlurfte auf mich zu und sagte: »Allah strafe die Sünderinnen. Ihr seid allesamt Ungläubige.« Ich betrachtete seinen langen geölten Bart und seinen sich vorwölbenden Bauch und lächelte. Die Frauen des Dorfes wagten sich nicht aus dem Haus, um mich zu begrüßen. Hinter Türen und Fenstern versteckt beobachteten sie die Frau, die eine Nacht allein in den Bergen verbracht hatte.

Plötzlich hörte ich den Imam rufen: »Steinigt die Sünderin!« Die Kinder hoben Kieselsteinchen auf und warfen sie auf mich. Erhobenen Hauptes setzte ich meinen Weg fort. Die Steine wurden größer und größer. Hatte ich beim Aufprall der Kieselsteinchen auf meinem Rücken ein Prickeln gespürt, so peitschten mich jetzt heftige Schläge. Doch ich drehte mich nicht um. Ich wandte meinen Kopf nicht. Ich erreichte unsere Obstplantage und schritt durch das Tor. Ein paar Jungen knieten sich hin, bückten sich nach Steinen und holten zum Wurf aus. Grinsende Gesichter, nackte Hintern und Rotznasen. Da nahm ich den Schleier vom Gesicht und sah sie an. Sie wichen zurück, ließen die Steine fallen, drehten sich um und rannten die steile Gasse hinunter.

In diesem Augenblick, als ich eben mein Haus betreten und meinen Sohn in die Arme schließen wollte, kam der dunkelgrüne Landrover auf mich zu wie ein riesiges

Insekt. Samir Pascha, mein Bruder und zwei Männer in weißen Kitteln sprangen aus dem Auto. »Da ist sie«, brüllte Daffash. »Seht sie euch an. Sie hat den Verstand verloren. Die Biene ihres Verstandes ist davongeflogen.« Ich sah, wie aus Mubaraks Hose ein Zipfel seines weißen Hemds heraushing. Mein Sohn. Ich wollte zu meinem Sohn. Als Nasra gelaufen kam, brach Daffash in gröhlendes Gelächter aus und japste: »Seht euch an, mit wem sie verkehrt! Mit der verrückten Schafhirtin.«

Nasra war nicht verrückt. Nasra war die Prinzessin unter den geistig Gesunden. Nasra war das Kraut, das viele meiner Wunden geheilt hatte. Wie konnte er es wagen? Ich hob die Augen zum gleichgültigen Himmel empor, strich mir über die Stirn und sagte laut: »Nasra, Daffash Pascha, ist normaler als du.« Wieder waren Kinder herbeigelaufen und gafften. Plötzlich waren auch Tamam, Hulala und Halimeh da und stellten sich auf meine Seite. Unter der Palme rotteten sich die Männer zusammen wie Küchenschaben. Der abgezehrte alte Scheich Talib, Salih, Raai, Imam Rajab und der Zigeuner Uqla, der fliegende Händler. Murjan durchschritt die staubige leere Fläche und stellte sich zu den Frauen.

»Erstens«, brüllte Daffash, und seine Stimme überschlug sich fast, »ich spreche nicht mit Frauen. Sie haben keinen Verstand und keinen Glauben.« Der Imam nickte zustimmend. »Zweitens: Welchen Sinn hat es, mit Frauen zu reden, die den Verstand verloren haben?« Die Männer lachten einmütig. Wie das Krächzen des Raben der Trennung erhob sich dieses Lachen über das blinde Tal. »Drittens, senke den Kopf, oder ich schieße dir zwischen die Augen.«

Ich spürte Nasras warme Hand auf meinem Rücken. Ich räusperte mich und sagte leise: »Erstens, ich spreche nicht mit Vergewaltigern.« Plötzlich trat Stille ein. »Zweitens spreche ich nicht mit ungehorsamen Söhnen. Und drittens nicht mit Knechten der Engländer.« Das Wort »Engländer« pflanzte sich fort, prallte zurück von den Häusermauern, kletterte die Berge hinauf und brach sich dort in fürchterlichem Widerhall.

Hulala humpelte in die Mitte zwischen den beiden Parteien und sagte mit ihrer schrillen Stimme: »Das ist doch lächerlich. Ihr alle, Männer mit buschigen Schnurrbärten, habt euch versammelt, um gegen ein Häufchen hilfloser Frauen zu kämpfen. Die Frauen dieses Dorfes waren stets eure gehorsamen Mütter, Ehefrauen, Töchter und Schwestern, und sie werden es bleiben. Wenn ihr diese beiden Fremden in den weißen Kitteln wegschickt, verspreche ich euch, daß Maha eure Sklavin wird. Sie wird euch den Fußboden schrubben, Essen kochen und eure Kleider waschen. Ihr braucht nur diese beiden fortzuschicken.«

Ich strich mir über die Stirn. »Ich werde niemanden heiraten. Ich werde keine Erklärungen unterschreiben und niemals für die Engländer kochen.«

Wie ein angeketteter Stier stampfte Daffash mit den Füßen auf. »Diese Spinne betet nicht für die Seele Muhammads.«

Imam Rajab zwinkerte Daffash zu und ermunterte ihn: »Allah hat in Seinem weisen Buch gesagt: ›Schlagt sie‹«.

Daffash durchschritt den leeren Raum zwischen den Männern von Qasim und den Frauen, streckte die Arme aus und packte mich am Hals. Er drückte zu. Ich trat ihm gegen das Schienbein. Da verlor er die Beherrschung. »Du Hundetochter.« Er warf mich zu Boden und setzte sich auf mich. Ich trat, schlug mit den Fäusten und versuchte sogar, ihn zu beißen. Daffash drückte immer fester zu, bis ich vor meinen Augen nicht mehr sein mageres Gesicht, den Schweiß auf seiner Stirn und seine zornflammenden Augen sah, sondern gleißendes Licht. Die Frauen versuchten, ihn von mir wegzuzerren. Tamam schlug ihn mit ihrer Pfeife auf den Kopf. »Sie ist die Mutter von Harbs Sohn.« Hulala stand jetzt bei den Männern und beobachtete das Geschehen. Nasra sprang ihm auf die Schulter und versuchte, seine Hände von meinem Hals zu lösen. Halimeh rief ihrem Mann Salih zu: »Er wird sie noch umbringen. Tu doch etwas.«

Aber die Männer blieben unter der Palme stehen und gafften, kratzten sich am Kopf, strichen sich über den Bart und zwirbelten sich den Schnurrbart. Ich hörte Nashmiyyeh bellen, hörte galoppierende Pferde und Daffashs Keuchen. Sah Hamdas wütendes Gesicht und ihre Hände am Hals meines Bruders. »Laß sie los, du wandelnder Alptraum.« Er lockerte seinen Griff, um Hamda mit dem Ellbogen einen Schlag zu versetzen. Da sprang ich auf, entschlossen, ihn zu töten. Ich umklammerte seine Handgelenke. Er lag am Boden, das Gesicht schmerzverzerrt, als Hamda ihn würgte. Fester, fester, betete ich. Die Verantwortung dafür, sein Blut vergossen zu haben, wollte ich gerne mit ihr teilen.

Plötzlich Lärm von allen Seiten. Hamda stürzte zu Boden. Nasra wurden die Hände auf dem Rücken festgehalten. Halimeh wehrte sich noch, eine Hand verschloß mir den Mund. Tränen, ein stechender Schmerz an meiner Schulter. Das Klappern leerer Blechdosen. Kinder, im gleichen Alter wie Mubarak, trippelten im Gänsemarsch hintereinander her.

Summ – summ.
Die Biene ist weggeflogen.
Summ- summ.

Tamams zerbrochene Pfeife flog durch die Luft. Samir Pascha umklammerte die Hand, die eben noch die Pfeife gehalten hatte. Männer in Weiß zerrten an mir, schlugen mich, legten mir Handschellen an. Jawaher weinte an Murjans Schulter. Ein Mann packte mich und warf mich über seine Schulter. Die Welt stand kopf. »Tante, Harb, Nimer, rettet mich. Rettet mich.« Ich trat mit den Füßen. Tamam lag reglos am Boden, mit dem Kopf nach unten. Tot? Ich hörte das Tapsen zarter Füße auf dem Betonboden. »Mubarak, mein Sohn«, wimmerte ich, »mein Sohn.« Tap, tap, tap. Keine Luft in diesem Tal. Keine Luft zum Atmen. Ich bekam keine Luft. »Ihr habt aus meinem Sohn ein Waisenkind gemacht«, keuchte ich. Das Haus und die Obstpflanzung warfen sich nieder, flehten eine Macht unter der Erde um Hilfe an.

Summm – summm.
Die Biene von Mahas Verstand ist weggeflogen.
Summm – summm.

Kinderhände schlugen auf leere Blechdosen. »Verrückt – Maha. Verrückt – Frau«, fielen zarte Stimmchen ein. Ein stechender Schmerz. Ich glitt hinab, hinab in einen hell erleuchteten Tunnel. Harb? Immer Harb, mein Mann, der Gefährte meiner Seele …

Um Saad

Um Saad hatte man weggebracht an diesem Morgen. Kein »Maha, Schwester«, nichts von »sternförmigen Gucklöchern«. Ich fühlte mich in dem kahlen Krankenzimmer so einsam und klein. Alles war weiß. Weiß waren die Bettlaken, die Schränke, die Bettschüsseln, die Abfalleimer und der Nebel in den Köpfen. Vor den vergitterten Fenstern lag ein tiefes Tal mit Rebstöcken und Pinien. Gitter. Ich war eine Gefangene in dieser Festung. Ich strich das zerknüllte, nach Um Saads Atem riechende Laken glatt. Unter ihren Kissen entdeckte ich zwei verblichene gelblich-braune Fotos. Eines zeigte einen lächelnden blonden Mann mit offenem flachem Gesicht und einem kräftigen Kinn: Muhammad. Das andere einen Mann mit dickem Gesicht und fleischigen schlaffen Lippen: ihr dreckiger alter Ehemann. Ich legte die Fotos zurück und setzte mich auf mein Bett. Man hatte mir die Haare immer mit einem feinen, in Kerosin getauchten Kamm gekämmt. Läuse hatte ich nicht. Sie rupften und zupften, fanden aber keine. Dieser beißende Kerosingeruch. Der Thymianduft, der mir vom Fenster her in die Nase wehte, sagte mir, daß der Frühling gekommen war. Kein einziges Wort aus meinem Dorf Hamia, das wie ein Blutegel am Berghang klebt. Die leichten Schritte meines Sohnes, als er an der Hand seiner Großmutter davonging, hallten in meiner Erinnerung nach. »Mutter«, rief er immer und rückte im Bett näher zu mir heran, wenn er schlecht geträumt hatte.

Wohin ich auch blickte, stets sah ich ihn: Er lächelte den Hahn an, schnitt dem Hund eine böse Grimasse, kroch an den Wänden entlang, an dem dunstbeschlagenen Fenster, über den Tisch, den Boden, das Bett. Ich stützte das Kinn auf den kalten eisernen Bettpfosten und wünschte mir, ich hätte selbst ein Herz aus Eisen. Wie oft hatte er sich mit seinem zarten Körper an mich gekuschelt und Wärme und Geborgenheit gesucht. Eine andere Identität annehmen, sagte Um Saad. Aus seiner Haut herausschlüpfen, aus seinem Kopf, aus seiner Vergangenheit.

Als ich das verhaßte Klicken des Schlüssels im Schloß hörte, sprang ich in mein Bett und deckte mich zu. Kukash rollte eine Trage herein, auf der Um Saad lag. Ihr Körper zuckte. Dr. Edwards folgte der Trage wie bei einem Leichenzug. Sie packten sie an Arm- und Fußgelenken, hoben sie auf und warfen sie auf ihr kaltes Bett. Dann machte der ausländische Arzt kehrt und verließ das Zimmer. Kukash folgte ihm schweigend.

Ich hörte den schweren Atem meiner Schwester. Dank sei dir da droben, wer immer du sein magst. Sie war noch am Leben. Als die Schritte im langen Korridor verhallt waren, stand ich auf und tat auf dem kalten Betonfußboden den einen Schritt, der unsere beiden Betten voneinander trennte. Ihr Gesicht war bleich wie eine Zitrone. An den Schläfen hatte sie blaue Flecken, die mit einer stinkenden Masse dünn bestrichen waren. Ihre Lippen waren dunkelblau, und unter den geschlossenen Lidern rollte sie die Augen. Sie hatten meine Schwester in eine Zwangsjacke gesteckt, aber die Ärmel waren lose und nicht auf dem Rücken zusammengebunden. Allmählich ließen die Zuckungen nach, verklangen wie Wellen. Ihr Körper war kalt wie Quellwasser am Morgen. Mit meinen Händen konnte ich nichts tun. Was konnte ich tun, um ihren

Geist wieder mit Wärme zu erfüllen? Mit brüchiger Stimme fing ich an, Lieder von heißen Sommertagen zu singen:

Fahrt die goldene Ernte ein.
Hey, hey, hey, hey.
Schneidet die Garben, bringt sie heim.
Hey, hey, hey, hey.

Doch meiner Stimme fehlte die Begeisterung beim Mähen der neuen Ernte, es fehlte ihr die freudige Erwartung, sie klang flach und ausdruckslos. Also fing ich an, Um Saads Arme, die sie von sich gestreckt hatte, ihre gespreizten Beine, ihren schlaffen Bauch zu massieren. Wie viele Kinder hatte sie geboren? Hatte sie gesagt, zehn? Ich massierte ihr den Nacken, den kahlgeschorenen Schädel, darauf bedacht, die Wunden an den Schläfen nicht zu berühren; dann ging ich zu den Schultern über. Wenn es mir gelang, ihren Geist ins Leben zurückzuholen, würde Um Saad bald wieder wohlauf sein. Ich rieb, preßte und massierte, bis es dunkel wurde. Schließlich deckte ich sie mit meiner Decke zu und breitete die Laken auf ihre gefesselten Gliedmaßen.

Als mir Sura, die dicke Köchin, Essen auf den Teller schöpfte, sagte ich kein Wort. Ich hatte mich an den Kartoffelbrei und das Katzenfutter gewöhnt, das aussah wie Hundescheiße. Ich dachte an Um Saad und bat um eine weitere Tasse Tee. Suras träge Stimme erinnerte mich an geschmolzenes Fett, Öl und Sauce. »Zu Befehl, Eure Hoheit, Prinzessin Maha von Qasim.« Ich schwieg. Ich hatte mich nicht nur an Suras Essen, sondern auch an ihren sarkastischen Ton gewöhnen müssen. Sie goß eine weitere Tasse Tee ein, stellte sie auf mein Tablett und schob ihren Wagen aus dem Zimmer. Löffel für Löffel glitt das Essen meine Kehle hinunter. Ich trank den Tee schnell und verbrannte mir dabei die Zunge, dann stellte ich das Tablett auf das Tischchen. Ich wischte mir den Mund ab, krempelte die Ärmel hoch, bereit, für die Seele meiner Schwester zu kämpfen.

Ich tränkte ein Stück Mull mit Rosenwasser und träufelte es Um Saad zwischen die halbgeöffneten Lippen. »Um Saad, meine Schwester, wach auf. Du mußt aufwachen, Haniyyeh.«

Langsam öffnete sie die Augen und murmelte: »Hört auf, bitte.«

Ich drückte ihren Arm und sagte: »Es ist vorbei. Ich bin`s, deine Freundin und Schwester, deine Gefährtin in dieser Schlangengrube. Ich bin es, Maha.« Mit der einen Hand stützte ich ihren Nacken und half ihr, den kalten süßen Tee zu trinken. Schließlich sog sie ihn ein. Mubarak, meine Seele, mein Sohn lutschte Unmengen von Süßigkeiten.

Sie wandte den Kopf, bemüht, ihren unsteten Blick auf mich zu richten. »Um Gharib. Man hat mir nicht gesagt, daß du kommst.« Ein schwaches Lächeln, dann schloß sie wieder die Augen und sank in einen erschöpften Schlaf.

In jener Nacht tat ich kein Auge zu. Ich betrachtete nur unentwegt das schlaffe Gesicht Um Saads im blauen Mondschein. Die Nacht war kalt, aber ich brachte es nicht über mich, Um Saad meine Decke wegzunehmen. Als der Mond in seine Welt zurückkehrte und die blinde Welt in der Dunkelheit zurückließ, fing Um Saad, meine Schwester, an zu sprechen. Zuerst waren es zaghafte Laute, die jedoch kräftiger und deutlicher wurden. Sie sprach mit al-Shatei Hasan. »Nun bist du also doch noch gekommen.

Warum hast du so lange gebraucht, um die schwachen Menschen zu besuchen? Wahid hat im Badezimmer Liebeslieder gesungen, aber im Kino sah ich Farid al-Attrash. Er hatte schmale Lippen, schmale, mit Lippenstift bemalte Lippen. Purpurrot. Meine Mutter ging mit hochhackigen Schuhen die Treppe hinunter, stolperte und landete tot auf dem Gehsteig.« Um Saad schüttelte sich vor Lachen, bis ihr Tränen die Wangen hinunterliefen. »Sie sagten, sie würden mich zerquetschen wie Mandeln. Mich Haniyyeh, Um Saad, Gebrochener Hals, Grauhaar, dunkelhaarige Schönheit und all das.« Ich warf meinen Kopf auf dem Kissen hin und her, während ich Um Saads Gefasel zuhörte. Sie lachte, seufzte, weinte, jammerte, dann wurde sie zornig. Wütend schrie sie al-Shater Hasan an: »Du Bastard, Teufelssohn, du Blume meiner Jugend, du Kot in Tiergedärmen. Hol deine Tarnkappe und komm. Hilf mir, Um Saad, Haniyyeh, Gebrochener Hals, zu verschwinden. Komm und halte mich, komm und umarme mich.«

Schließlich rührte sich die Sonne in ihrer Welt, bereit, wieder über unseren Häuptern emporzusteigen. Der intensive Geruch nach Thymian und Minze lockte mich ans vergitterte Fenster. Unten im tiefen nebligen Tal von Fuhais sah ich eine Herde schwarzglänzender Hengste, die der Morgensonne entgegengaloppierten. Ich wünschte mir, meine Seele könne zu ihrem Schöpfer galoppieren, wünschte, nach all den grauen Jahren endlich den Gefährten meiner Seele umarmen zu können. Ich wünschte, mein Herz könne nach Hamia eilen und meinen Augapfel, meinen Sohn Mubarak, umarmen. Ein Tausendfüßler krabbelte die Wand entlang auf mich zu. Ich zog meinen einen Pantoffel aus, um ihn zu töten. In diesem Augenblick, als der Tausendfüßler nur noch eine Pantoffelspanne von seinem Tod entfernt war, riß der englische Arzt die Tür auf.

»Guten Morgen«, trällerte er. »Wie geht es uns heute? Ein wunderschöner Tag, nicht wahr?« Ein wächsernes Lächeln überzog sein Gesicht, als er vor mein Bett trat, und in seinem fremdländisch klingenden Arabisch fuhr er fort: »Richtig. Heute bist du an der Reihe«, und deutete mit der Spitze der Schere auf meinen Kopf.

»Du hast mir doch die Haare geschnitten, als ich hierherkam.«

»Wir müssen sie kürzer schneiden.«

Der Tausendfüßler huscht zwischen die Eisengitter hinaus in die Freiheit. Ich bin zu müde, um die Hand zu heben, den Mund zu öffnen und zu rufen: »Neiiin.« Keine Nachricht aus meinem Dorf, mein Sohn wird von seinem Onkel Daffash erzogen, und Harb ist tot. Bald wird Mubarak seinen flaumigen Schnurrbart mit Daumen und Zeigefinger zwirbeln. Mein Vater ist tot. Der Teppich meiner Mutter ist noch unvollendet. Nicht ein Wort aus meinem Mund. Kukash, der zuckende Körper trägt, saugt wie gewöhnlich an einer Zigarettenkippe. Ich lasse den Kopf in die ungeduldigen Hände des ausländischen Arztes sinken, der wie ein König über uns herrscht. Als das kalte schnatternde geflügelte Gerät über meinen Kopf gefahren und mein Haar gefressen hat, erkenne ich, daß ich umringt bin von Fata Morganen, die in der Ferne flackern. Das Leben ist ein langer Traum von Ankommen und Fortgehen. Schluß mit dem Nachdenken, dem Erinnern, dem Hinterherjagen. Elektroschocks? Leere. Es gibt kein Ankommen, bilde dir nur nichts ein. Die Menschen werden mit Träumen gefüttert, mit Träumen gemästet, so wie ich die Hennen mit Getreide mäste. Plötzlich entdeckt man, daß man all die Jahre hindurch Staub gegessen und dünne Luft getrunken hat. Um Saad bricht in ein schrilles verrücktes Lachen aus. Graue Haarlocken fallen auf den Betonfußboden. Mein Glück ist wie verstreutes Mehl. An einem windigen Tag bittet man barfüßige Männer, das Mehl aufzusammeln. Der Wind heult und wirbelt im öden Dornenfeld. Mein Glück ist wie verstreutes Mehl.

Der Geschichtenerzähler

Im Namen Allahs, des Erbarmers, des Barmherzigen. »Wie viele sündige Städte vertilgten Wir, und sie liegen wüst auf ihren Fundamenten da! Wie viele Brunnen sind verlassen und wie viele hohe Burgen.«

Oh, erlauchteste Herrschaften, meine Freunde und Gefährten, eines Tages machte ich mich mit meiner Eselin und meinem Äffchen Maymun auf zu den Häusern des Stammes Beni-Qasim. Wir erreichten das Tal des Elends, konnten aber weder den Fluß noch die Plantage entdecken. Ich ritt weiter durch das leere Flußbett über Steine und Kiesel, in der Hoffnung, zum Orangenhain von Scheich Nimer zu gelangen. Das Gehöft und das Haus waren nur ein Stück flaches Land – mit Belladonna, Bilsenkraut und Kolokynthen bewachsen. In der Luft lag der scharfe, bittere Geruch der Trauer. Die giftigen Pflanzen hatten die süßen Früchte vom Erdreich verdrängt, hatten die eßbaren Pflanzen überwuchert und das Land in Besitz genommen. Das Leben hatte sich unter das Erdreich zurückgezogen, und nur Geröll und Sand war übriggeblieben.

Es heißt, eines Tages sei die Sonne der Qasimi störrisch mitten am Himmel stehengeblieben, unwillig, im Westen unterzugehen oder zum Osten zurückzukehren. Ein heißer Tag folgte auf den anderen, und die Araber lagen ermattet unter der reglosen Sonne. Die Sonne begehrte auf gegen die Sünden, die in diesem Dorf begangen wurden. Heuschreckenschwärme suchten das Tal der Schande heim, jählings fielen sie über das Dorf herein und verschlangen das Grüne und das Trockene. Die Heuschrecken fraßen Weizen, Gerste, Schilf, Zitronenbäume, Sträucher und die großen flachen Bananenbaumblätter. Unentwegt malmten die Kiefer der jungen Heuschrecken in der Dunkelheit. Weite Felder, übersät von Heuschrecken, flatternden Flügeln und eifrigen Kiefern. Die schlimmste Hungersnot, die die Araber jemals erlebt hatten.

Die Menschen krochen auf dem Boden und aßen, was die Heuschrecken übriggelassen hatten. Dann aßen sie ihre Ziegen und Schafe, ihre Kamele, Kühe, Katzen, Pferde, Hühner, Hunde, ja sogar Schildkröten und Schaben. Alte ausgemergelte Frauen fingen die Heuschrecken und kochten Suppe aus deren Beinen. Frauen brachen Gold aus ihren Zähnen heraus, um von fliegenden syrischen Händlern Getreide und Milch zu kaufen. Die Hungersnot und die Dunkelheit nahmen kein Ende, bis die Qasimi sogar Staub aßen in der Hoffnung, einen Wurm oder einen Wurzelrest zu finden. Hätte man diese Menschen, die gleich Motten waren, angeblasen, wären sie zerstoben wie zerflockte Wolle. Als die Hungerschreie der Gläubigen Allahs die Ohren des Himmels durchdrangen, berührte Allah der Allmächtige die Erde mit der rechten Hand.

Als der Weise und Mächtige das Land berührte, bebte die Erde wie in Geburtswehen. Meine hochverehrten Herrschaften, die Erde lag in Schmerzen, sie wollte sich ihrer Lasten entledigen. Gräber sehnten sich danach, ihr Inneres auszuspeien, und Raubvögel kreischten laut am Himmel. Nur das Heulen des Windes war zu hören, der schwarzen, stinkenden Rauch herantrug, und das Prasseln brennenden Hagels. Das Meer spürte, wie sich das feste

Land unter ihm zurückzog, es wogte und toste, um nicht selbst unterzugehen. Hoch türmten sich die Wellen auf und schlugen über den Rauchwolken und dem finsteren Himmel zusammen. Geschmolzenes Eisen und Geröll ergossen sich aus dem Krater und überfluteten das Tal mit einer glühenden orangefarbenen Masse, die sengend und brennend in den Bauch der Erde eindrang. Wie eine Wundblase, die wächst und eitert, wächst und eitert, um schließlich zu platzen und Eiter und Verderbnis über dem Antlitz des Universums zu verbreiten. Als die Blase trocknete und Allahs Zorn nachließ, heilte langsam auch die Wunde auf dem Antlitz der Erde. Nun speite das Erdinnere nichts mehr aus, der Rauch verflog, das Feuer erlosch, da es keinen Ast, keinen Zweig und Strauch mehr fand, um es zu verschlingen. Das Meer kehrte in seine Senke zurück, hörte auf zu tosen und sich aufzubäumen. Allah, der Gott der Muslime, hatte das ungehorsame Dorf zerstört, es zu Staub verbrannt und seine Asche über das Tote Meer verstreut. Kein Bote, kein Augenzeuge überlebte das Erdbeben. Die Araber von Hamia waren nicht mehr.

Bevor ich mich zu einem anderen Ort aufmachte, warf ich noch einen letzten Blick auf das Geröll und die Sanddünen. Oh, was fand ich da! Ja, was sah ich da! Meine edlen Herrschaften, ich entdeckte Fußspuren im Sand. Die Fußspuren einer Frau und eines dreijährigen Kindes. Die Wahrheit ist: Maha, die schwarze Witwe, die bittere Kolokynthenfrucht, hatte mit Hilfe der Heerscharen unseres Meisters Salomon die Katastrophen überlebt. Die Dschinn hatten sie und Mubarak auf ihren Flügeln über die Lava und das Feuer hinweggetragen. Als der Krater sein Maul verschloß und kein Feuer und keine Zerstörung mehr ausspuckte, brachten sie sie sicher zurück.

Bei den flachen Steinen des Dolmen Hulalas begegnete Maha dem Mann ihres Lebens. Wie ihre Großmutter Sabha verliebte sie sich in einen Fremden, einen Besatzer, einen Eindringling. Der majestätische Kreuzritter hatte ein Gefolge von zweihundert schwarzen Sklaven und hundert Sklavinnen bei sich, die mit Goldfäden durchwirkte und mit Smaragden bestickte Kleider trugen. Der mächtige weiße König fiel den Pfeilen zum Opfer, die die schwarze Witwe mit ihren Augenwimpern verschoß. Er hatte Maha im glühenden Licht des Sonnenuntergangs am Webstuhl sitzen sehen. Auch er ein Opfer der heidnischen, beduinischen Augen. Auf Knien, in der Hand wertvolle Steine aus den Tiefen der Erde und vom Grund des Meeres, machte er Maha, der Tochter Malihas, einen Heiratsantrag. Sie lachte, nahm seine Geschenke entgegen und sagte: »Es gebührt sich nicht für einen König, auf die Knie zu fallen.« Der König aus dem fernen Land erhob sich, rückte die Diamantkrone auf seinem Haupt zurecht und küßte die schmale Hand, die Maha ihm entgegenstreckte.

Maha, meine Herrschaften, lebt nun mit ihrem Ehemann, dem König, Seefahrer und Eroberer, in einer großen Burg oben auf dem Sheikh-Hügel. Von außen betrachtet ist es eine ganz gewöhnliche Burg, aber oho, wenn man sie betritt! Die Wände sind mit Jaspis, Marmor, Lapislazuli und Mosaiken verkleidet. Die Vorhänge aus roter chinesischer Seide, mit Goldfäden durchwirkt, und der Boden ist mit dicken persischen Teppichen ausgelegt. Sämtliche Töpfe, Pfannen und Teller sind aus massivem Gold, die Löffel aus Elfenbein und mit Diamanten besetzt. Die Fensterbretter sind aus Jade, und das Fensterglas ist mit Gold eingefaßt. Bewacht wird die Burg von einer Armee kräftiger nubischer Sklaven, die selbst das tapferste Herz mit Furcht erfüllen. Kein Mensch mit einem Funken Verstand würde es wagen, sich der jadegrünen Burg zu nähern.

In klaren Sommernächten, so heißt es, kann man von den Steinen des schwarzen Amphitheaters von Um Qais aus die glitzernden Zinnen sehen und das Summen der Teufelin vernehmen, die dem mächtigen König das Haar kämmt. Es ist nur ein vager Schimmer, und der gedämpfte Klang eines Liedes dringt mit der leichten Brise an dein Ohr. Das Summen Mahas und der Anblick der Zinnen sind schwach und zart wie ein Spinnennetz. Ein Windstoß, winzige Regentropfen genügen, um die Spinne zu töten und ihr feingewobenes Refugium zu zerstören. Die glänzenden Zinnen, der traurige Klang eines Liedes und der Wolkenkranz. Regentropfen können die Spinne aus ihrem Netz hinwegspülen. Das sehnsuchtsvolle Summen, Wolken und Nebel und die glitzernden Zinnen. Ein zartes, feines, flatterndes Refugium. Unser aller Ende ist nah …